OUIDA

LES FRESQUES

AU PALAIS PITTI

APRÈS MIDI — A CAMALDOLI

NOUVELLES

TRADUITES DE L'ANGLAIS AVEC L'AUTORISATION DE L'AUTEUR

PAR

HEPHELL

PARIS

LIBRAIRIE HACHETTE ET Cie

79, BOULEVARD SAINT-GERMAIN, 79

PRIX : 3 FRANCS

LES FRESQUES

Imprimeries réunies, **B**.

OUIDA

—

LES FRESQUES

AU PALAIS PITTI
APRÈS MIDI — A CAMALDOLI

NOUVELLES

TRADUITES DE L'ANGLAIS AVEC L'AUTORISATION DE L'AUTEUR

PAR

HEPHELL

PARIS

LIBRAIRIE HACHETTE ET Cie

79, Boulevard Saint-Germain, 79

1884

LES FRESQUES

LA COMTESSE DE CHARTERYS, MILTON
ERNEST BERKS, ANGLETERRE, A HENRY HOLLYS,
AMBASSADE D'ANGLETERRE A ROME

16 juin 1881. — Envoyez-moi quelqu'un pour peindre la salle de bal.

M. HOLLYS A LADY CHARTERYS

Expliquez-vous plus clairement : Fresques, huile, gouache, bois, satin, plâtre?

LADY CHARTERYS AU MÊME

Fresques. Très pressé. Les princes annoncent visite.

M. HOLLYS A LA MÊME

Inutile, ma chère Esmée, de continuer à télégraphier; l'affaire ne peut se traiter ainsi; vous êtes vous-même trop au courant des choses de l'art pour ne pas savoir qu'il faut plus de temps pour peindre à fresque une salle de bal que pour la tendre avec des rouleaux de papier français. Votre salle est aussi vaste que celle du palais Colonna. Si vous vous adressez à un véritable artiste, — et vous ne pouvez songer à un peintre de copies, — le travail sera long et très coûteux. Je vous fais l'honneur de croire que vous ne voulez qu'une œuvre originale. Quand attendez-vous les princes ? J'aurais bien votre homme ici, mais je doute qu'il consente à entreprendre cette tâche, et en outre il demanderait un temps considérable.

LADY CHARTERYS A M. HOLLYS

Envoyez l'homme. Son Altesse Royale n'a pas fixé le jour de sa visite.

M. HOLLYS A LA MÊME

Permettez-moi, ma chère Esmée, de vous faire observer qu'un homme n'est pas un paquet de cigares qu'on expédie comme échantillon par la poste. Je vous disais que je n'étais pas sûr que l'artiste à qui je songeais consentît à se charger de la décoration de votre salle de bal ; je l'ai sondé depuis ; il ne me semble avoir aucune objection à l'exécution de ce projet. C'est un homme de talent, de génie même, quoique d'ailleurs complètement inconnu jusqu'ici. En Italie, tout homme qui sort de la routine peut languir, sa vie entière, ignoré. A notre misérable et vulgaire époque, les choses banales sont les plus appréciées. Vous devez comprendre que, s'il accepte la proposition, il faudra vous résigner à un gros sacrifice d'argent. Vous en rendez-vous compte? J'en doute un peu. En tout cas, vous ferez bien d'y réfléchir. Mais il me vient une autre idée... N'est-ce pas contraire aux convenances? Il n'est ni jeune... ni âgé; cependant son extérieur est des plus agréables : je crains que ce ne soit pas parfaitement conforme aux usages reçus, et vous n'ignorez pas que, lorsqu'il vous arrive de faire une infraction à la règle, c'est à moi que l'on s'en prend.

Toujours à vous.

LADY CHARTERYS A M. HOLLYS.

Envoyez-le. Payez tout ce qu'il demandera. Quant à la question de convenances, Tabby est toujours ici.

M. HOLLYS A LA MÊME

Ma chère Esmée, comme, dans notre état encore incomplet de civilisation, les télégrammes ne sont pas arrivés à reproduire la ponctuation, ni les points d'interrogation, il leur arrive souvent d'être un peu incohérents; de plus, ils coûtent fort cher; si cette question n'a pas d'importance pour vous, il n'en est pas de même en ce qui me concerne. Vous êtes très riche et moi je suis très pauvre. Je trouve scandaleux de vous voir appeler votre très illustre et très respectable grand'mère Tabby ; c'est sans doute chez vous une mauvaise habitude incurable. Quelle affreuse responsabilité sociale que d'être votre subrogé tuteur ! Je me demande encore à quoi je dois ce grand, mais périlleux honneur. Dieu merci, vous êtes majeure ! — Revenons à votre salle de bal. Ce qui a fixé mon choix sur ledit artiste (appelé Renzo), ce sont les fresques d'une petite église d'un village des Abruzzes, et qu'il a peintes pour le seul amour de l'art. Ce village est son pays natal. Cette décoration est un véritable chef-d'œuvre ; si vous étiez plus artiste, je pourrais vous écrire vingt pages sur ce sujet, mais je me bornerai à vous dire qu'elles représentent la vie de saint Julien l'Hospitalier, qu'elles rappellent Blotticelli par le coloris et Michel-Ange par la vigueur et l'anatomie. Rien que cela d'éloges, allez-vous dire ! Oui, c'est vrai, je ne saurais en être avare quand je suis sous le charme... Seulement, vous conviendrez que c'est chose assez rare... Ensuite, j'ai visité l'atelier de Renzo, via Magutta ; ses compositions, d'une grande imagination et d'une véritable délicatesse de dessin, sans parler de sa préférence décidée pour la fresque, m'ont inspiré la conviction que la décoration de votre salle de bal ne pouvait être confiée à de meilleures mains ; il saura la rendre digne, du reste, de Milton Ernest. Quant à vous, n'êtes-vous pas tellement l'esclave des tapissiers parisiens, que vous ne songiez actuellement à transformer votre grand vieux castel en une copie du plus nouveau des hôtels de l'avenue de Villiers, avec son pittoresque désordre de turque-

ries et de pochades à l'intérieur! Ne vous y trompez
pas toutefois... j'adore le Japon et la Turquie en leur
lieu et place, et je puis même au besoin supporter
quelques *impressionnistes;* seulement ni les uns ni
les autres ne sont d'accord avec une maison de style
Tudor, toute meublée en vieux chêne. Le contenu d'un
bazar de Téhéran ne cadrerait pas davantage avec une
pièce entourée de panneaux sculptés par Grinling Gib-
bons. Mais revenons à Renzo. Il va de soi qu'il eût
été difficile, pour ne pas dire plus, de demander à
mon artiste de décorer une salle de bal, même la
vôtre, s'il était à la mode ; mais il est tout à fait inconnu et pauvre, au sens le moins romantique de ce
vilain mot. Tout d'abord il ne voulait entendre parler
de rien et paraissait presque offensé de ma proposition ; peu à peu il est venu à résipiscence, et je suis
parvenu à lui persuader que la décoration d'une salle
de bal, longue de 50 mètres, avec des sujets tirés des
contes de Boccace ou de l'Arioste, n'était pas une
œuvre à dédaigner. Je lui ai également garanti qu'il
aurait son appartement particulier, et que personne ne
viendrait l'y déranger. Il s'embarquera demain sur le
paquebot de Civita-Vecchia et arrivera à Milton Ernest
dans le courant de la semaine prochaine. Je n'ai pas
besoin de vous recommander de le traiter avec toute
la politesse voulue, car c'est un gentleman. Il entend
vous laisser libre de fixer le chiffre de ses honoraires,
quand son travail sera achevé, ainsi qu'il était d'usage
dans les palais et monastères, au siècle du Sodoma et
du Dominiquin. C'est peut-être là un trait d'astuce
italienne, car tout le monde sait qu'en disant : « Ce

qu'il vous plaira, » on espère recevoir trois fois ce
qu'on n'oserait demander; c'est peut-être aussi chez
lui orgueil. Je suis très frappé de cette preuve de race
chez messere Renzo, bien qu'on prétende qu'il est le
fils non reconnu d'une pauvre fille, qui l'a confié en
mourant à la garde du curé de son village. Mais ceci
ne saurait avoir d'intérêt pour vous. Avec vos idées
particulières sur l'art, vous ne ferez guère plus de cas
de cet individu que de votre groom, et vous ne le
traiterez même pas avec autant de considération que
votre tailleur, — car vous prenez le thé, je crois, avec
votre tailleur? — Un mot encore; gardez-vous, autant que la chose vous sera possible, de vouloir imposer votre goût et votre jugement au peintre que je
vous adresse. Il sait ce qu'il veut. Souvenez-vous que
pour ce qui est des fresques, on n'en peut rien dire
avant d'en avoir vu l'effet général. Sir Joshua Rey-
nolds, si je ne me trompe, disait qu'il ne fallait
jamais montrer d'œuvres ébauchées ni aux enfants ni
aux badauds. Sans être ni l'un ni l'autre, vous êtes,
en revanche, capricieuse et entêtée. Puisse ce trait
diabolique produire sur vous tout l'effet que je souhaite! Ayez soin que le plâtre sèche bien.

LADY CHARTERYS A M. HOLLYS

Parfait! Quelle éloquence! Street a trouvé du plâtre
ad hoc. Mille remercîments.

LÉON RENZO A DON ECCELINO FERRARIS, FLORINELLA

Milton Ernest.

Très cher père, il pleut à verse aujourd'hui ; force
m'est de renoncer à peindre. C'est donc à vous que
je consacre mes loisirs du matin. L'Angleterre me
frappe par son aspect vert et humide, par le grand
nombre de ses maisons : à chaque mètre il en surgit
une, ce qui produit dans le paysage l'effet d'un appartement trop meublé. On y voit aussi une quantité de
cheminées très élevées, comme des cheminées d'u-
sine. Les maisons sont basses. Londres a l'air bien
provincial, bien prosaïque, comparé à Rome. C'est à
croire littéralement que l'on peut se casser la tête
contre les toits. L'atmosphère de la grande ville est
épaisse comme une polenta, on pourrait la couper à
la cuiller. Je n'ai pas voulu m'arrêter à Londres ; je
suis venu comme une flèche, pour ainsi dire, dans
Berkshire, n'ayant fait qu'une halte d'une heure dans
la *National Gallery*. J'ai trouvé là quelques belles
toiles, qui n'auraient jamais dû quitter l'Italie. Le
pays, joli, boisé, me rappelle certaines parties de
l'Ombrie, avec cette différence, toutefois, que les
montagnes, qui prêtent tant de majesté au calme de
la nature, manquent ici.

Le ciel, sombre et bas, aussi lourd qu'une draperie
de laine, ne peut se comparer à notre éblouissante et
radieuse voûte céleste. À la station d'un petit village
m'attendait une voiture aux roues très élevées et attelée

d'un cheval admirable. Cette gare semble avoir été placée là tout exprès pour le service du château de Milton. Je suis arrivé à la porte d'entrée par une avenue longue de deux kilomètres. C'était le soir; on m'a tout aussitôt conduit dans l'appartement qui m'était destiné, et où j'ai trouvé un bain tout préparé. Je n'ai eu affaire qu'à un seul domestique, qui, heureusement, parle un peu le français, et qui sera, je crois, spécialement chargé de mon service. Le lendemain matin, un grave et imposant majordome m'a mené dans la salle de bal, et m'a dit que lady Charterys me recevrait quelques heures plus tard dans la bibliothèque; ce qu'elle fit en effet. Je m'étais figuré une femme entre deux âges, mais elle est jeune à n'en pas douter; après m'avoir fait de la tête un petit signe hautain et froid, elle m'a demandé si rien ne me manquait. Sans me donner le temps de lui répondre, elle s'est informée des nouvelles de M. Hollys, qui est à la fois son cousin et son subrogé tuteur; puis, toujours sans attendre ma réponse, elle m'a engagé à me mettre immédiatement à l'œuvre, ajoutant qu'elle espérait me voir terminer mon travail dans le plus court délai possible. Elle comptait, m'a-t-elle dit, que je ferais de jolies choses, genre Corot, mais avec les personnages vêtus, tant il y a de gens stupides! Là-dessus elle me fit derechef un petit signe de tête, et ainsi finit notre entretien. Pardonnez-moi cet incohérent bavardage; je m'entends mieux à manier la brosse que la plume; puis, n'êtes-vous pas d'une indulgence à toute épreuve pour les bévues de votre filleul?

Tout ce qui m'entoure est d'une grandeur, d'une

magnificence incontestables; sans doute, j'en admire
les beautés, mais j'en suis comme écrasé. Les terrasses
sont d'un aspect triste avec leurs cèdres imposants et
les branches feuillues des ormeaux. La grande galerie est trop sombre avec ses armures de fer et ses
panneaux de chêne; cependant je ne voudrais y rien
changer. Tout est en harmonie et à l'unisson avec le
ton général du paysage et les teintes grises de l'atmosphère; je n'en puis dire autant de la châtelaine, qui
est une très jolie jeune femme, très capricieuse, très
frivole, très dédaigneuse, qui n'est jamais en retard
pour une coupe de robe, fût-ce même d'une robe de
chambre. Lady Charterys n'est pas mariée, comme
je l'avais supposé d'après son titre; elle le tient de
sa mère, qui le prit par droit d'héritage à la mort de
son frère, le dernier comte de Charterys, lequel n'a
pas laissé de postérité. Elle se trouve par suite à la
tête d'une fortune colossale et d'une grande influence
dans le comté, avantages auxquels elle paraît d'ailleurs
aussi indifférente qu'une enfant le serait pour un
reliquaire orné de pierres précieuses. N'allez pas croire
d'après ce qui précède que je l'aie vue longtemps,
mais elle est de celles qu'on juge au premier coup
d'œil.

Il y a ici une troupe d'hôtes très gais et très animés;
ce qu'on appelle la saison de Londres touche, paraît-il,
à sa fin. Tout ce monde si frivole m'a considérable-
ment porté sur les nerfs. Pendant les premiers jours
de ma présence ici, il ne m'était pas possible de travailler, tant leurs observations m'irritaient. J'ai pris
le parti de dire à lady Charterys que, si l'on ne m'au-

torisait pas à m'enfermer à clef dans la salle de bal, je serrerais ma boîte à couleurs et repartirais pour l'Italie sans avoir même esquissé les cartons. Elle a cédé, en sorte que je jouis maintenant d'une tranquillité parfaite. Je n'ai d'ailleurs à me plaindre de rien ; j'ai mon appartement particulier, j'y prends mes repas, on me sert les mets les plus soignés et les meilleurs vins français ; en un mot, je suis traité comme un prisonnier d'État. Je vois bien cependant que toute la valetaille n'a aucune considération pour moi ; à ses yeux, je suis sur le même niveau que le vitrier qui vient poser des carreaux à la salle de bal. Mais cela ne m'importe guère.

Cette salle de bal, soit dit en passant, est une pièce de fort belle ordonnance et surmontée d'un dôme.

Mon désappointement a été grand de ne pas trouver, en arrivant ici, le plâtre encore humide, comme on devait s'y attendre dans une construction de date récente ; le plâtre des murs est déjà sec et légèrement granulé ; j'en ai exprimé tout mon mécontentement à lady Charterys, lui disant qu'elle ne pouvait espérer de fresques à grand effet de coloris sur des murs revêtus d'un pareil enduit, et qu'il serait même peut-être plus sage d'opter pour de grands panneaux peints à l'huile. Cette idée ne semble pas lui sourire ; elle s'est probablement mis en tête d'avoir des fresques, parce que c'est *chic*.

Au point de vue de l'architecture, cette grande salle est une erreur capitale ; lady Charterys l'a fait construire l'an passé dans un style qui n'a pas plus de rapport avec celui des Tudor qu'un grand vase de cristal de notre temps n en aurait avec une monture de Benvenuto Cellini. Tout hétérogène qu'elle est, cette salle de bal n'en a pas moins de belles proportions; puis, comme elle est masquée par de grands ombrages, elle ne gâte pas la vue générale du château. Elle sera incontestablement d'une grande utilité à la jeune maîtresse de céans, lorsqu'il y aura foule ici, comme c'est le cas en ce moment, vu qu'il n'existe maintenant pour toute salle de bal qu'une étroite et longue galerie très insuffisante. Milton Ernest est d'un beau style, mais je trouve qu'il manque de grandeur, comparé à nos palais. Le nombre des domestiques est prodigieux.

La galerie de tableaux n'est pas riche en toiles anciennes; on paraît très fier de quelques œuvres de maîtres vénitiens, lesquelles ne sont évidemment que des copies; dernièrement j'ai failli me faire une affaire avec une imposante douairière en lui disant ce que j'en pense; c'est la grand'mère de mon hôtesse, la mère de son père, qui, lui, n'est plus de ce monde. Elle s'appelle lady Cairnwrath d'Oswestry. Je copie ce nom diabolique sur l'une de ses cartes; si je suis pour la valetaille au même niveau que les vitriers, je ne dépasse pas celui du tapissier aux yeux de cette redoutable grande dame, dont le regard seul a le don de vous pétrifier.

La lumière grise du ciel m'incommode, me gêne pour mon travail; il paraît qu'il en est toujours de même ici. Ah! que j'étais bien plus heureux lorsque je décorais votre sainte petite église, mon bon père! Je ne serais probablement jamais venu en Angleterre si j'eusse gagné quelque argent cet hiver; mais j'étais

littéralement *a secco* et menacé de mourir de faim.
Un brave capitaine de mes amis m'a offert de me trans-
porter gratis de Civita-Vecchia à Londres; avec l'argent d'un petit bronze que j'ai vendu, j'ai pu venir de
Londres ici et acheter les couleurs dont j'avais besoin.
Je n'ai heureusement aucune dépense à faire maintenant, car je suis sans le sou. Je soupçonne les domestiques d'avoir deviné ce qui en est; ils ont pour cela le
même flair que les rats pour découvrir l'endroit où est
serré le grain.

Adieu, mon cher père, je vous quitte et je vais me
promener dans le parc; tout est sombre et mouillé,
mais l'air exhale cependant de douces senteurs, et les
chevreuils n'en sont pas moins de charmants animaux.
Je ne me lasse pas d'étudier leurs jolies allures et l'ensemble gracieux de leurs groupes. Dire que celle qui
les possède ne daigne jamais les regarder!

LADY CHARTERYS A M. HOLLYS

Votre Renzo est ici. Rien ne pourra me dissuader
qu'il n'a encore fait autre chose que quelques grands
traits à la craie sur du papier gris; il se claquemure
dans la salle de bal, insistant pour que personne ne
vienne l'y troubler. Il a même exigé que la porte en
fût fermée à clef. Je suis convaincue qu'il passe son
temps à fumer ou à dormir. Il serait intolérable s'il
n'était si beau, — car il est merveilleusement beau.
Je me souviens d'un portrait de César Borgia auquel il
ressemble énormément.

M. HOLLYS A LADY CHARTERYS.

Il existe à ma connaissance trois portraits de ce fameux César, qui n'ont aucun rapport entre eux. Duquel de ces portraits entendez-vous parler? Je ne vois pas pour mon compte la plus légère ressemblance. Je vous avais tout particulièrement recommandé de respecter la solitude de votre hôte; il est physiquement impossible de se livrer à un travail de tête avec des allants et venants autour de soi; il faut lui laisser le temps de combiner ses compositions. Vous n'ignorez pas que la fresque ne connaît pas de repentirs? Si l'on vient à se tromper, l'erreur reste là pour toujours comme une belle et complète allégorie de la vie, mais vous autres, belles dames, vous ne savez rien de la fresque, ni de la détrempe, ni de la vie!

LADY CHARTERYS AU MÊME

Ce n'est pas de César Borgia que je voulais parler, mais de Christophe Colomb; nous avons un portrait de lui dans la galerie. Votre ami est un causeur intéressant et qui parle très bien le français. Il a, paraît-il, étudié à Paris pendant des années; sa méthode de travailler peut être excellente, mais, à coup sûr, elle n'est pas expéditive. Si les princes réalisent leur projet de visite, je me verrai dans la nécessité de faire tendre en satin la salle de bal *pro tempore*.

Hier il nous a raconté l'histoire de sa vie, nous

disant que, dans sa petite enfance, il courait pieds nus dans la montagne et ne vivait que de châtaignes; il a été élevé chez un prêtre. Ce que je ne pourrai jamais comprendre, par exemple, c'est qu'un pauvre vieux curé (même d'origine noble) ait pu lui donner de si grandes façons et si grand air. Je l'ai invité à dîner, il m'a répondu qu'il n'avait pas de tenue du soir; je lui ai alors suggéré de télégraphier à Rome, sur quoi il m'a fait une véritable scène, mais à froid, sans le moindre emportement, un peu à la façon de Chastelard; vous savez bien... Est-ce que les Italiens ont toujours de ces manières-là? Cela tient-il à ce qu'ils ont été des Romains? Vous entendez bien ce que je veux dire : le *civis romanus,* n'est-ce pas? Ce que lord Palmerston et ce cher lord Beaconsfield ont fait de l'Anglais dans le monde.

M. HOLLYS A LADY CHARTERYS

Peu d'Italiens sont Romains pur sang ; dans le nombre se trouvent une foule de Latins, de Grecs, de Juifs, de Lydiens ou d'Orientaux. Il faut que Renzo vous inspire un bien vif intérêt pour que vous daigniez ainsi jeter un coup d'œil rétrospectif sur l'histoire. Chastelard aussi me semble être une allusion à des drames sous-entendus... Je serais désolé si, de gaieté de cœur, j'avais exposé ce malheureux au péril, car il y a en lui l'âme d'un véritable artiste. J'aurais dû me souvenir qu'à défaut de lions la flèche de Diane s'égarait sur son chien.

LADY CHARTERYS A M. HOLLYS

Diane était-elle vraiment assez sotte pour tuer son chien ? J'aurais cru que semblable balourdise n'arrivait qu'aux badauds ou aux volontaires. Quant à supposer qu'il n'y a personne ici en ce moment, c'est une erreur ; jugez plutôt par la liste suivante : Bertie Prendergast, lord Cochester, le colonel Royallieu, le comte de Suresne, Dickie Haward ; et Vic arrivera ici dans une huitaine de jours.

M. HOLLYS A LA MÊME

Vous savez très bien que ce que je souhaite, c'est de vous voir épouser Vic, et que ce soit une affaire bientôt faite. Il vous convient en perfection et il ne vous permettra pas de victimer de pauvres peintres. Voudriez-vous donc flirter avec mon Romain ?... Non... de grâce !

LADY CHARTERYS AU MÊME

Flirte-t-on avec un mendiant du Transtevere parce qu'il produit un effet pittoresque sur les degrés d'un temple ? Ayez donc plus de bon sens et de respect des convenances.

M. HOLLYS A LADY CHARTERYS

Votre réponse est d'assez mauvais goût et, de plus,
n'en est pas une. Pourquoi n'iriez-vous pas faire une
tournée de visites chez vos amis et ne laisseriez-vous
pas en paix peintre et fresques?

LÉON RENZO A DON ECCELINO FERRARIS

Je suis charmé d'apprendre que mes griffonnages
égayent votre solitude, mon cher et excellent ami,
vous, à qui je serai éternellement redevable de cet
inappréciable don du savoir, qui, s'il ne donne pas
toujours la puissance, reste cependant toujours une
compensation et une consolation. Vous trouverez ci-
inclus deux croquis : l'un, celui du château ; l'autre,
celui de ma patronne. Patronne n'est pas un joli mot,
mais puisque c'est l'expression vraie dans le cas présent,... *lasciammolo star!* Cette ébauche ne donne
d'elle, je le reconnais, qu'une très imparfaite idée;
quelques traits de crayon rouge ne sauraient rendre sa
beauté; elle a la merveilleuse carnation des Anglaises;
je croyais même que, chez elle, l'art aidait un peu à la
nature. Son visage serait irréprochable si sa bouche
n'était si dédaigneuse ; son regard exprime l'ennui
et l'impatience ; c'est celui d'une insensible plutôt que
d'une jeune Vénus... Elle n'aura jamais manqué de
rien, ce qui n'est pas moins funeste que de manquer
de tout... En Italie, lui disais-je, avec quelques pièces

de menue monnaie, pour acheter du pain, des fruits et des couleurs, j'étais parfaitement satisfait de mon *déjeuner de soleil.* Elle m'a conté, tout en bâillant légèrement, qu'elle avait passé un hiver en Italie et que ce pays ne lui allait pas. Une seule chose lui avait plu, c'étaient les promenades à cheval dans la campagne de Rome. « Je me figure, m'a-t-elle dit, que ce doit être joliment amusant de peindre, car les peintres que j'ai connus, Leighton et Millais, n'avaient jamais l'air de s'ennuyer. Mais, quant à moi, je ne comprends pas le plaisir qu'on peut y trouver. Je vois cependant aujourd'hui que grand nombre de femmes consacrent leurs loisirs à cet art. C'est un genre, une mode que je ne serai jamais tentée de suivre. Puis, ces femmes-là sont toujours faites comme de vrais paquets ; il est bien plus sage de s'en rapporter à sa couturière, qui s'y connaît mieux que vous ; malgré les nombreuses célébrités qui ont surgi à l'horizon depuis Worth, c'est toujours lui qui a le pompon. Quand on a une robe signée de lui et un chapeau de Mrs. Brown, on n'a rien à craindre. » Mon interlocutrice ouvrit ici de grands yeux dédaigneux ; elle paraissait confondue de mon silence. Hélas ! c'était la première fois que j'entendais parler de Mrs. Brown. J'ai dû faire à lady Charterys l'effet d'un sauvage. A vrai dire, je le lui rends bien, car elle n'est occupée que de perles et de plumes, comme une vraie sauvagesse : art, science, philosophie, tout est lettre morte pour elle ; son horizon est borné par une impitoyable barrière d'égoïsme et de sottise.

Les Anglaises me paraissent manquer de distinction

et de grâce ; elles vous dévisagent d'une manière désagréable et de mauvais ton ; il leur faut à tout prix
attirer l'attention du sexe fort. C'est ce qui m'a souvent frappé quand elles viennent faire un tour dans la
salle de bal, car elles ne se gênent pas devant moi.
Sans doute, elles sont très élégantes, j'ai assez vécu à
Paris pour m'y connaître ; mais tout ce qu'elles portent,
tout ce qu'elles disent, tout ce qu'elles font, est toujours frappé au coin d'une certaine excentricité. Elles
n'ont ni le charme séduisant de la Parisienne, ni
la grâce de nos compatriotes, pas même celle de nos
jeunes paysannes allant chercher de l'eau à la fontaine
d'Aricie, ou portant du varech à Amalfi. A propos
de jeunes paysannes, je vous dirai que j'ai pris pour
sujet de mes fresques les idylles de Théocrite. Il
y a là matière à de magnifiques compositions. Dès le
lendemain de mon arrivée, lady Charterys m'a demandé
combien il me faudrait de temps pour exécuter mon
travail : « Un an au moins, ai-je répondu, peut-être
deux. » Elle m'a répliqué d'un air étonné : « J'avais
toujours cru que tout serait achevé vers le milieu de
l'automne. — En ce cas, dis-je vivement, il n'y a
qu'une chose à faire : vous adresser à un décorateur
plutôt qu'à un artiste ; vous n'aurez que l'embarras du
choix soit à Paris, soit à Londres. » A ces mots, son
étonnement parut redoubler et elle se retira.

Je lui écrivis, à la suite de cette entrevue, un petit
billet pour lui demander l'autorisation de partir ; elle
me répondit par un autre petit billet, me priant de
continuer mes travaux et d'y consacrer deux ans s'il
était nécessaire. Le prince et la princesse retardent

l'époque de leur visite; je ne sais de quels princes il
s'agit, mais j'ai consenti à rester; je ne vous dissimu-
lerai pas la satisfaction que j'en ressens. Le travail, en
lui-même, m'intéresse et me plaît; puis, après tant
d'années de privations, de solitude et de lutte avec la
misère, le fait seul d'être assuré de son lendemain vous
est un repos inappréciable. Ici je suis tout entier à
mon art; je n'ai plus à me préoccuper de la question
du loyer, ou de savoir si j'aurai assez de monnaie pour
payer ma tasse de café. La seule chose que j'aie jamais
enviée aux enfants gâtés de la fortune, c'est leur indépendance. Un certain soir, lady Charterys me fit inviter verbalement à dîner avec elle, ses hôtes et la for-
midable grand'maman; cette façon d'agir ne m'ayant
pas semblé polie, j'ai fait répondre, également verbalement, que j'étais occupé. Le lendemain, elle m'écrivit
un mot, me disant qu'elle désirait causer avec moi; je
ne pouvais me dispenser de me rendre à son appel.
Elle était dans son salon, vraie niche de porcelaine de
Saxe et de bois laqué blanc Louis XVI; pour la première fois, elle me tendit la main. Elle parut surprise que je ne lui touchasse que le bout des doigts,
en m'inclinant respectueusement. « Pourquoi n'êtes-
vous pas venu dîner avec nous? me demanda-t-elle de
ce ton brusque plutôt qu'aimable qui est ici commun à
tout le monde. — Je travaillais, répondis-je; puis,
j'ignorais qu'il fût conforme à l'étiquette, en Angleterre, de faire inviter quelqu'un de vive voix par un
domestique. » A ces mots, une légère rougeur colora
ses joues: « Ah! je vous demande pardon! répliqua-
t-elle, toujours d'une voix brève; il n'est jamais entré

dans mes intentions de vous faire une impolitesse. Je
croyais que vous deviez être si fatigué de la monotonie
de votre solitude! Nous autres, nous mourons tous
d'ennui, bien que, pour changer, j'invite mes hôtes par
série de huit jours seulement. Maintenant, dînerez-vous
avec nous si je vous le demande? » Que pouvais-je
dire? la vérité; et la vérité est que je n'ai pas d'habit!
pas un bout de toilette! Cette confession eût pu paraître humiliante à certaines gens; pour moi, elle ne
l'était pas : « Pourquoi alors, reprit-elle d'un air surpris, ne télégraphiez-vous pas pour demander votre
habit? Votre valet de chambre pourrait vous l'expé-
dier de Rome. » Je ne pus m'empêcher de rire et je lui
dis : « La vérité, madame, c'est que je n'ai pas de
valet de chambre à Rome et que je ne possède d'habit
ni à Rome ni ailleurs. Je croyais que M. Hollys avait
dû vous prévenir de la pénurie de mes finances, et vous
dire que j'étais menacé de mourir de faim sans la
commande que vous m'avez faite. » En entendant cette
phrase, lady Charterys devint pâle comme un linge. Je
vis bien alors qu'elle ne se fardait pas et que son teint
de rose est absolument naturel : « Je suis désolée!
oui! désolée! murmurait-elle, comme si elle y eût été
pour quelque chose. Mais ne pourrais-je pas? ... Pourquoi ne pas acheter?... je vous fournirais tout l'argent
dont vous pourriez avoir besoin... — Pardon! madame,
repris-je d'un air froissé, je n'ai besoin de rien ici.
J'ai dû vous mettre franchement au courant de la situation, parce qu'autrement j'aurais pu paraître insensible à votre politesse; mais je ne saurais vous reconnaître le droit de m'acheter des habits comme des

livrées aux laquais poudrés qui font la haie dans vos
antichambres. Quand mon travail sera achevé, vous
serez libre de m'offrir la rémunération que vous et vos
amis jugerez à propos. Si, au contraire, vous n'êtes
pas satisfaite, je ne réclame aucune rétribution ; j'aurai
toujours été votre débiteur en retour de cette année de
travail agréable passée à l'abri des soucis quotidiens
qu'engendre la pauvreté. » Lady Charterys ne dit mot,
puis je me retirai de l'air le plus respectueux. J'avais
conscience, j'en conviens, que le beau rôle m'était
resté dans cette entrevue, ce qui n'était pas un petit
triomphe pour un homme qui n'a pas d'habit. Jamais,
jusque-là, lady Charterys n'avait imaginé qu'il y eût
dans le monde un homme sans valet de chambre et
sans habit ! Il est sûr maintenant qu'elle ne pourra
plus me confondre avec un fournisseur de Londres,
de Paris ou de Vienne. Ceux-là ne sont jamais pris au
dépourvu sur ce point. Quant à moi, ma jaquette de
serge en été, ou de velours brun en hiver, me suffisent.
Que n'ont-elles l'extrême condescendance de vouloir
bien durer toujours.

LADY HERMIONE LATROBE A SA SŒUR
LADY DOROTHÉE LATROBE, AUX CLOITRES,
PRÈS DE CHESTERFIELD

Ma chère Dolly, il y a ici un être d'une rarissime
beauté : un Romain ; Esmée l'a fait venir pour peindre
la salle de bal. Vous ne connaissez rien de comparable
à lui ; on dirait un portrait descendu de son cadre.
Est-il possible que nous ayons passé tout l'hiver à

Rome sans l'avoir vu? Il est extrêmement farouche, et, par cela même, d'autant plus séduisant. Il s'enferme sous clef dans la salle de bal, qu'il peint à fresque. Quand il nous arrive de l'apercevoir dans le bois, ou ailleurs, il salue et s'esquive aussitôt. Il a l'air de nous prendre pour des bêtes sauvages. Sur mes instances, Esmée s'était décidée l'autre soir à l'envoyer chercher, mais il n'a pas voulu venir. C'est trop fort! Tabby nous reproche d'être trop disposées à le traiter comme un gentleman, ce qu'il a tout l'air d'être en effet. Au surplus, acteurs et artistes ne sont-ils pas reçus partout maintenant? On en a vu deux la semaine dernière chez le duc. On s'ennuie ici mortellement en ce moment; cela tient en grande partie à la présence de Tabby, qui est une vieille chatte des moins commodes. Esmée, en revanche, est toujours l'amabilité en personne. Ah! combien je voudrais que vous vinssiez! On attend très prochainement Henry Hollys; il est rempli d'esprit, mais un peu grondeur. Le Romain ayant refusé, hier soir, de nous faire l'honneur de sa compagnie, Esmée a fait servir le thé à quatre heures dans la salle de bal; de cette façon, il n'a pu nous échapper. Il a été charmant, nous racontant de délicieuses histoires et nous chantant de ravissantes chansons italiennes, qui m'ont rappelé celles que nous avions entendues à Naples avec accompagnement de mandoline. Vous en souvient-il? De plus, il a esquissé nos croquis et nous les a offerts. J'aurais préféré qu'il gardât le mien, mais j'espère qu'il ne tiendra qu'à lui de le faire de souvenir. Moi qui, jusqu'ici, avais cru les Italiens si galants! Toujours est-il qu'il ne l'est

pas, lui, le moins du monde. Il s'est permis de nous
dire certaines vérités qu'Esmée était furieuse d'entendre. Il doit rester ici un an. Pendant l'hiver, il y
sera dans une solitude absolue. Mais l'hiver est encore
bien loin. Esmée ira à Cannes, elle parle de s'y rendre
dans son yacht *le Glaucus;* si elle m'invite à être du
voyage, j'accepterai...

LÉON RENZO A DON ECCELINO FERRARIS

Les jours se suivent et se ressemblent, mon cher et
excellent ami ; mon travail avance autant que le permet
l'incertitude du temps. J'ai fait six cartons, les douze
autres sont encore dans le vague. Quand je ferme les
yeux, je vois notre petit village avec ses bois de chênes
et de châtaigniers, ses rocs de marbre gris et de por-
phyre rouge, ses plates-bandes de maïs, ses étroites
couches de pastèques et ses fèves qui ne poussent sur
le roc qu'à force de soins. Je vois nos belles jeunes
filles brunes et bien campées, la poitrine haletante sous
leur guimpe de linon, et portant sur la tête des am-
phores de grès. Mon cœur, d'accord avec ma pensée,
vole vers vous tous. Ah! que je voudrais être assis à
vos côtés, sous votre petit porche, près des grands
ifs, à la nuit tombante, nuit si violette, si argentée, si
claire, si lumineuse, alors que les lucioles brillent
comme de petites étoiles sur les feuilles des choux et
des citrouilles! Si j'avais assez d'argent pour vivre
sans être à votre charge, je n'aurais jamais fait l'insigne folie de quitter nos douces et silencieuses montagnes. Le luxe qui m'entoure finit par m'écœurer;

ces tapis qui étouffent toute espèce de son, ces domestiques innombrables qui vont au-devant de tous vos
besoins et de tous vos désirs, ces repas interminables
qui réclament un appétit gargantuesque, ce panorama
perpétuel de gens désœuvrés qui se succèdent sans cesse
et se ressemblent toujours, car la mode impose son uni-
formité à ses fidèles : tout cela me porte sur les nerfs.
On a beau tirer son verrou, on n'en subit pas moins
l'influence du milieu où l'on est; une maison a une
atmosphère morale comme une ville. Puis l'air est très
lourd ici; il me semble que je ne suis qu'à moitié
éveillé. Sans soleil je ne suis plus moi! Ces nuages
éternels n'ont pas le brio de nos nuées d'orage
déchirées par des traits de feu, chassées par le vent,
entassées les unes sur les autres comme des cimes
alpestres et présentant, le soir, quand la tourmente
est passée, un coloris d'une puissance et d'une inten-
sité sans pareilles. Ici les nuages ressemblent plutôt
à de l'édredon, ils ne représentent qu'une masse de
vapeur grise uniforme, sans aucun intérêt; quant aux
couchers de soleil, je n'en ai pas revu un seul depuis
le jour où j'ai vu Civita-Vecchia disparaître dans les
feux du soir. Vous allez dire que j'ai la nostalgie. Eh
bien! oui, c'est vrai, je l'ai. Elle ne m'empêche pas
toutefois d'apprécier le calme pastoral et opulent de
ce pays; la force, le courage et la bonne humeur de
ses habitants; la propreté de leurs maisons et la supériorité de leur agriculture : si l'on pouvait acclimater
quelques-unes de ces qualités en Italie, la propreté
surtout, ce serait un vrai paradis. Malgré tout, je ne
saurais me plaindre de mon exil sans manquer à la

reconnaissance, car la plus précieuse des grâces m'est
accordée : celle d'un travail aussi sympathique qu'intéressant.

Après quelques tentatives d'ingérence et de conseils,
que j'ai rejetés plus catégoriquement qu'il n'était peut-
être poli ou politique de le faire, ma patronne s'est
décidée à me laisser une entière liberté d'action; je
soupçonne son cousin de lui avoir écrit que j'étais un
être intraitable. Voilà trois mois que je suis ici; depuis
lors, les invités se succèdent à tour de rôle; mais je
n'ai pas plus de rapports avec eux que s'ils étaient
dans la lune; ils ont, ou plutôt elle a, l'habitude de venir
prendre le thé à six heures dans la salle de bal, lorsqu'on n'est pas en chasse, en promenade, ou qu'il a
plu pendant l'après-midi. Je ne puis y mettre mon
veto; elle est absolument dans son droit. Ayant entendu dire que je suis tant soit peu musicien, elle a
fait placer un Érard à mon intention dans la salle de
bal. Je ne saurais naturellement refuser de jouer,
quand lady Charterys me fait l'honneur de sa présence; j'avoue même que ces thés sont une agréable
diversion à la monotonie de mes journées, et que
j'éprouve un désappointement réel, soit qu'on se promène à cheval ou en voiture, soit qu'on joue au *lawn-
tennis,* jeu aussi bruyant qu'incompréhensible, à ce
qu'il m'a semblé en traversant la cour pour me rendre
dans le parc. Elle a cessé de se plaindre de la lenteur
de mon travail; je la soupçonne de prendre maintenant quelque intérêt à voir le plâtre nu se colorer
comme une rose. Je me suis procuré quelques beaux
enfants de paysans, pour me servir de modèles. Ils

sont beaux, c'est vrai, mais voilà tout. Il n'y a pas
d'âme dans leurs yeux bleus et ronds; je ne pourrai
copier que leurs petits corps faits au tour et leurs
membres potelés. Leur visage ne dit rien; les enfants
italiens ont le paradis et l'enfer dans leurs yeux
extraordinaires. Pourquoi? Car il n'y a pas d'âme chez
ces enfants-là, et s'il y en avait une, ils la vendraient
à vil prix, pour acheter du poisson salé ou des tomates.
Leur regard n'en a pas moins quelque chose d'indescriptible que n'ont nullement les bambins d'ici. Cela
tient-il à ce qu'il y a tant de drames dans notre sang,
dans notre sol? ou à ce que les mères italiennes en-
dorment leurs enfants en chantant des strophes du
Tasse et de Métastase? Les Anglaises ne récitent pas,
assurément, des vers de Shakespeare, penchées sur
les berceaux de ces petits êtres blancs et roses!

J'ai traduit au pied levé le Tasse en français à lady
Charterys et à ses amis; le changement de forme est
loin d'être favorable au grand poète; certains passages
semblent cependant les avoir vivement impressionnés.
Je faisais cette lecture, appuyé à l'une des fenêtres de
ce qu'ils appellent ma prison, fenêtre d'où l'on aperçoit
des pelouses vertes et de grands cèdres. Entouré d'un
cercle de jolies femmes, je devais, ce me semble, res-
sembler au conteur du *Décaméron*. La grand'mère
ne voit pas, je le crois aisément, ces séances d'un très
bon œil; mais son plaisir, ou son déplaisir, est sans
effet sur sa petite-fille, car lady Charterys, ayant atteint
sa majorité, est sa propre maîtresse et ne doit obéis-
sance à personne. Elle a dû être toute sa vie une enfant horriblement gâtée, rêvant de choses impossibles,

irréalisables et, qui plus est, pouvant être au besoin
insolente et capricieuse. Malgré cela, je crois qu'elle
a une bonne nature ; mais elle a été si façonnée par
les usages du monde, que son cœur bat rarement
comme il devrait le faire.

Il y a ici un certain duc de Kingslynn, l'un de ses
nombreux cousins, que l'on désire généralement lui
voir épouser. C'est un aimable garçon. Elle l'appelle
Vic et le taquine sans trêve ni pitié. Il ne manque pas
d'une certaine dignité quand elle décoche sur lui ses
traits piquants, mais il n'est pas son égal au point de
vue de l'intelligence, et si elle l'épouse, ce ne sera évidemment que pour devenir duchesse. Il est plus que
probable qu'ils ne tarderaient pas à s'en repentir l'un
et l'autre, s'il n'arrivait rien de pire. Je voudrais tant
pouvoir vous la bien dépeindre. Je vous envoie un
croquis de sa personne ; je l'ai pris hier soir, au moment où elle descendait de cheval au bas de la terrasse
des ifs, en contre-bas de la salle de bal : elle enleva
son petit chapeau melon, s'appuya à la balustrade et
m'adressa quelques paroles ; les lueurs empourprées
du soleil couchant, qui brillaient à travers les branches
touffues des ifs, répandaient sur les cheveux de la
belle amazone leurs chauds reflets, et donnaient à ses
yeux une douceur pénétrante. Je me servirai plus tard
de cette esquisse pour faire d'elle un portrait en pied,
quand j'aurai achevé les fresques et que je serai de
retour à Florinella, me demandant si le souvenir de
ce séjour en Angleterre n'est pas un rêve ! Elle sera
sans doute la femme de Vic, dont elle aura déjà commencé à torturer le cœur et à irriter le caractère.

Hier, dans l'après-midi, lady Charterys et son monde, pour me servir de l'expression consacrée, ont envahi la salle de bal. Il ne m'appartient pas de les en bannir à perpétuité. Force me fut donc d'ouvrir la porte, bien qu'à mon corps défendant, je l'avoue. Ils étaient très nombreux, tant hommes que femmes, parlant tous anglais ensemble, en sorte que je ne pouvais suivre leur conversation. Ah! quel plaisir j'aurais eu à les payer en même monnaie, si la présence d'un Italien m'en eût fourni l'occasion! Les patriciens anglais semblent tenir à prouver qu'il est de bon goût d'avoir mauvais genre. Bien que je me fusse empressé de jeter mon cigare dès qu'entra lady Charterys, ses invités de l'un et de l'autre sexe ne continuèrent pas moins à fumer. On servit le thé; les hommes s'ingurgitèrent une abominable boisson composée d'eau-de-vie et d'eau de Seltz; les femmes se gavèrent à l'envi de gâteaux chauds, de bonbons, de fruits confits, de chocolat, de friandises de toute sorte. Je songeais avec effroi que le premier coup de cloche du dîner sonnerait à huit heures. Il me surprend qu'ils ne meurent pas tous d'indigestion.

Lorsqu'ils daignèrent se rappeler que j'étais là, ils m'adressèrent la parole en français. Je sentis en ce moment le démon de la vanité me mordre au cœur; convaincu qu'ils ne faisaient pas plus cas de moi que des personnages de mes fresques, je me dis: Léon Renzo, au café Greco et à Paris, on a toujours cru que tu pouvais parler; arme-toi donc de courage et tâche de confondre ces butors de buveurs d'eau-de-vie et d'eau de Seltz. Je me lançai; le français sem-

blait être à tous aussi familier que l'anglais, sauf à
un personnage assez lourd d'extérieur, appelé lord
Colchester, ayant un monocle vissé dans l'œil. Je me
mis en frais et je réussis. J'eus bientôt la satisfaction
de m'apercevoir que les grignoteuses de bonbons ne
faisaient plus la moindre attention aux consommateurs
de soda. Je racontai des histoires ; je chantai des chansons en pinçant de la mandoline. Je jouai un *concerto*
de Schubert et des fragments de *Moïse en Égypte*. Je
me hasardai ensuite à faire la critique des mœurs
anglaises ; une seule chose nuisait à mon bonheur,
c'est qu'ils étaient trop obtus pour sentir facilement
la pointe de l'aiguillon ; seule, lady Charterys, ma patronne, prit la mouche, et défendit sa manière de vivre
et les habitudes anglaises qui me paraissaient révol-
tantes d'égoïsme. *Basta !* une chance s'était présentée
à moi, je l'avais saisie au vol, et, à vrai dire, on ne me
quitta qu'au premier coup de cloche. Quelques minutes
avant leur départ, j'avais lié conversation en latin avec
un des hôtes de lady Charterys, appelé Bertie, philo-
logue distingué et artiste tout à la fois ; il parut fort
étonné et ne m'en répondit pas moins dans la même
langue. « Il ne faut pas parler ainsi latin, s'écria lady
Charterys, vous savez bien que nous ne le comprenons
pas. — Mais, répliquai-je vivement, vous le comprenez aussi bien que je comprends votre anglais. » Cette
réponse la blessa et l'humilia visiblement. « Voilà
une leçon bien donnée, » riposta mon interlocuteur.
J'espère qu'ils ne prendront pas l'habitude de se faire
servir le thé dans la salle de bal. La colère n'est
bonne à personne ; d'ailleurs ils me firent perdre les

dernières lueurs du jour; il y en a si peu dans ce
pays, même aux heures les plus favorables! Adieu,
cher et respectable ami; je vous salue de tout cœur.

M. HOLLYS A LADY CHARTERYS

Je serais trop heureux de pouvoir me rendre à votre
aimable appel, mais je n'ai pas la moindre chance
d'obtenir un congé d'ici le mois de septembre, et
encore ne sera-t-il que de dix jours tout au plus.
Comme vous le savez, je remplis un intérim, et mon
grand chef ne compte pas être de retour de la chasse
avant novembre.

Nous jouissons ici d'une chaleur et d'un ennui acca-
blants. Je fais de temps à autre une escapade chez des
amis, soit à Frascati, ou à Tivoli, ou à Palo, au palais
Odescalchi; mais il est impossible de se soustraire au
poids écrasant d'une chaleur de plomb, à moins que
l'on n'aille respirer l'air de la montagne, et je suis trop
bien rivé à la chancellerie pour me hasarder aussi
loin. Il est question de complications, et les Chambres
peuvent être convoquées à chaque instant. Il y a des
siècles, soit dit en passant, que vous ne m'avez parlé
de vos fresques; ce silence me semble plus éloquent
que les éloges les plus bruyants. L'auriez-vous déjà
rendu complètement fou? S'est-il administré de désespoir du chloral à si haute dose qu'il dorme pour
toujours sous les ifs de Milton Ernest? Si vous ne me
répondez pas catégoriquement, j'écrirai à votre grand'-
mère pour lui demander ce qui en est.

LADY CHARTERYS A M. HOLLYS

C'est moi, mon cher Henry, qui me charge de vous
dire la vérité, bien que votre sottise ne mérite pas
tant d'honneur. Votre *colis* est en parfait état; les
murs commencent à se couvrir d'esquisses, de con-
tours, comme il dit, et promettent déjà beaucoup. Il
se propose de peindre la galerie de musique en *graffiti*. Je ne saurais vous dire ce qu'on entend par là;
je suis à la lettre vos instructions, me gardant bien
de me mêler en rien de ses travaux. Je lui laisse toute
liberté d'action. Du moment qu'il a déclaré trouver
le jeu de lawn-tennis absurde et disgracieux, je ne
saurais lui demander d'être de nos parties; de temps
en temps, une fois par semaine peut-être, il nous
chante quelque mélodie, ou nous lit avec un charme
extrême quelque poème italien. Il chante réellement
très bien; je suis surprise qu'il ne soit pas entré au
théâtre, comme Capoul; Vic l'a pris en amitié, ce qui
est assez singulier, car ils ne peuvent échanger ensemble qu'une demi-douzaine de mots. Vous souvenez-
vous du français de Vic, de son français d'Eton, qu'il
croyait être si merveilleux, quoiqu'il ne lui permît
tout juste que de comprendre d'affreuses opérettes et
de pouvoir commander un souper chez Bignon?
Aucun de nous ne le supposait capable de monter à
cheval, lorsque l'autre jour, au moment où l'on avait
fait sortir tous les chevaux pour les présenter, Souchong (vous vous la rappelez bien?) s'est emballée
dans la direction du bois pendant qu'il s'y promenait.

L'arrêter, se mettre en selle fut pour lui l'affaire d'un instant. Après avoir couru environ trois milles, franchi bien des haies, sauté bien des fossés, il parvint à la calmer et la ramena aussi douce qu'un agneau, quand nous croyions tous qu'elle avait dû se casser les reins.

M. HOLLYS A LADY CHARTERYS

Charmante monture de femme, cette Souchong! Mais qui donc est le héros? Vous saviez à n'en pas douter que Vic est un cavalier?

LADY CHARTERYS AU MÊME

Qui pourrait soupçonner un Italien de savoir monter à cheval. Je croyais que, sous ce rapport, ils n'étaient pas plus habiles que les Français.

M. HOLLYS A LA MÊME

Pardon de ma bévue! J'ai compris; mais renoncez, de grâce, à vos étroits préjugés insulaires. Si les Italiens ne savent pas bien soigner et ménager leurs chevaux, ils montent néanmoins avec beaucoup de courage et de grâce. Quant aux Français, avez-vous jamais suivi une chasse au cerf à Chantilly, ou au sanglier dans les Ardennes? Vic est bien bon d'avoir de la sympathie pour le dompteur de Souchong!

LADY CHARTERYS A M. HOLLYS

Il me semble que le soleil vous a fait battre la campagne. Souchong n'est aucunement domptée; elle cherche, comme toujours, à mordre son groom et à faire voler son box en éclats!

M. HOLLYS A LA MÊME

Un mot de plus seulement. Irez-vous à Cowes, *comme d'habitude, oui ou non?*

LADY CHARTERYS AU MÊME

A quoi bon souligner une si simple question? Non, je ne compte pas y aller, parce que *le Glaucus* est en réparation, et que j'en aurai besoin cet hiver.

M. HOLLYS A LA MÊME

Merci! j'aurais dû deviner votre réponse. Ne songez-vous pas à faire peindre la cabine du *Glaucus* en *graffiti?* Si oui, j'ai sous la main l'homme que j'aurais dû vous envoyer pour la salle de bal; il est âgé de soixante-huit ans, décoré, diplômé, professeur, membre de mille sociétés artistiques et, au demeurant, un âne! C'eût été fâcheux au point de vue des fresques sans doute, mais leur auteur, du moins, n'eût pas eu à en souffrir; il est sûr que celui-là n'eût pas traduit le Tasse, ou fait le Mazeppa sur Souchong. Mais on n'est jamais sage que trop tard.

LADY CHARTERYS A M. HOLLYS

Je viens d'envoyer aux feuilles du *high life* une note destinée à faire savoir au public de l'univers entier que M. Hollys, si connu et si généralement apprécié, est atteint d'aliénation mentale à la suite d'un coup de soleil dont il a été frappé dans l'exercice de ses fonctions diplomatiques à Rome.

M. HOLLYS AU DUC DE KINGSLYNN, A MILTON ERNEST

Cher Vic, vous savez tous les vœux que je forme pour vous, mais que puis-je faire? Je n'ai jamais eu beaucoup d'influence sur ma pupille et, à distance, je n'en ai aucune. Si je lui écris en votre faveur, ce sera probablement une raison pour l'indisposer à tout jamais contre vous. Je suis convaincu que vous lui inspirez une grande estime et qu'elle ne saurait faire un meilleur choix. Même mettant complètement de côté les mérites exceptionnels pour lesquels Belgravia n'a cessé de mettre en vous tout son espoir, depuis que vous êtes sorti d'Eton le huitième, la loyauté de votre nature, la droiture de vos intentions, la douceur et l'égalité de votre caractère, l'avantage de si bien connaître celui de lady Charterys, sont à mes yeux des garanties de bonheur bien autrement sérieuses; mais si vous sentez qu'elle n'a pas d'inclination pour vous, ne lui offrez pas l'occasion de vous rendre malheureux.

Esmée est une femme qui, si jamais son cœur parle, sera capable de tout. Mais si elle n'éprouve pour vous que sympathie ou simple amitié, alors,... alors, mon cher Vic, frappez-vous au cœur avec un poignard plutôt que de compromettre votre avenir en vous exposant à un désappointement éternel, à une jalousie dévorante, à un dévouement inutile. Voilà en toute franchise ma manière de voir ; libre à vous de faire ce que bon vous semble. Je désire seulement que vous répondiez à la question suivante : Ai-je eu tort ou non d'envoyer Renzo à Milton Ernest ? Tout en me doutant bien qu'elle s'amuserait à le taquiner à propos de sa peinture, il ne m'était jamais entré dans l'esprit qu'elle s'occuperait de lui plus que du docteur, ou du recteur de sa paroisse. Je tremble de n'avoir pas tenu compte suffisamment du charme d'un profil irréprochable et de la puissance de deux yeux d'onyx.

LE DUC DE KINGSLYNN A M. HOLLYS, ROME

Milton Ernest.

Non, je n'imagine pas qu'il y ait rien de ce que vous supposez avec l'Italien. Il paraît être tout entier à sa peinture ; je l'ai pris en grande amitié. Malgré sa beauté, il n'est ni poseur ni galant ; c'est un pauvre diable d'un orgueil prodigieux et qui de propos délibéré se tient à distance. Je ne lui crois pas la moindre chance ; vous devez, sans nul doute, le connaître à fond. En dépit de ce que vous me dites, et bien qu'en vous croyant dans le vrai, je n'en persiste pas moins,... j'essayerai. Elle a très peu de goût pour moi évidemment ; mais enfin, si elle n'en a pas davantage pour les autres, pourquoi me décourager ? Je ne puis m'exprimer devant elle comme je le voudrais, ni la regarder comme l'Italien quand il lit le Tasse ; néanmoins il n'est rien que je ne fasse pour elle et je ne crois pas qu'il y ait au monde une femme qui la vaille. Si elle a des défauts, je ne les connais pas ; libre à elle, si bon lui semble, de me traiter comme la boue de ses souliers, je ne l'en aimerai pas moins toute ma vie.

M. HOLLYS AU DUC DE KINGSLYNN

Vous êtes dans le vrai, mon cher Vic ; mais les femmes s'en moquent comme de la boue de leurs souliers ; j'ajouterai même que peut-être préfèrent-elles être traitées elles-mêmes ainsi. Goût étrange, mais telles elles sont. J'ai souvent entendu parler de la clairvoyance de l'amour ; mais l'amour m'a toujours semblé aussi aveugle que dix mille chauves-souris, et vous ne faites pas exception à cette loi de cécité. Que Dieu vous protège, mon cher ami ! Allez de l'avant et tâchez de gagner la partie.

LE DUC DE KINGSLYNN AU MÊME

Partie perdue ! C'est à peine si elle a daigné m'entendre. Je pars pour la chasse aux éléphants. Je suis parti, écrivez-moi à Londres.

M. HOLLYS AU DUC DE KINGSLYNN

Je suis navré; mais si vous m'en croyez, vous renoncerez au voyage d'Afrique; vous n'avez nul besoin de manches de couteau. Allez plutôt à Benderrick ou à Glenlochrie, et je ferai l'impossible pour m'y rendre et passer là une semaine avec vous.

LE DUC DE KINGSLYNN AU MÊME

Guards Club, Londres.

Parfait! les jeunes grouses sont très belles pour la saison; il ne s'agit pas plus du Romain que du groom. Vous êtes un brave homme de m'avoir épargné la fameuse phrase : *Je vous l'avais bien dit.* Venez à Glenlochrie.

LÉON RENZO A DON ECCELINO FERRARIS

J'ai reçu votre lettre avec autant de plaisir que de reconnaissance, mon cher père. J'ai été bien fâché d'apprendre que le fils de la pauvre Tessa avait tiré un mauvais numéro. La conscription est dure pour les hommes et plus cruelle encore pour les mères. Aucune nouvelle du pays ne me laisse indifférent; quand je vous lis, il me semble entendre la crécelle des cigales, les tiges de maïs frémir, la chouette huer :

vos lettres m'apportent les senteurs du chèvrefeuille
sauvage, des fleurs de citronnier et de la rosée em-
baumée du matin ; ici, quand je me promène dans les
serres, je me crois dans nos champs d'Italie au lever
du soleil de juin. Lady Charterys est presque seule
maintenant à Milton Ernest. Tous ses hôtes sont partis, à l'exception d'une charmante jeune personne,
lady Hermione, et de l'imposante grand'mère. Le fameux duc a été éconduit, si j'en dois croire le jardinier en chef, celui qui parle bien le français. Je suis
tout à fait en faveur près de lui, depuis que je lui ai
indiqué comment vous êtes parvenu à guérir vos vignes
de la maladie appelée par nous *criptommia* et dont
les siennes sont atteintes ici dans les serres. Le départ
du jeune duc est maintenant un fait accompli ; il s'est
conduit avec moi en vrai gentleman, mais il ne con-
venait à lady Charterys sous aucun rapport. Elle le ta-
quinait, se moquait de lui, et le prenait évidemment
pour un sot, ce qu'il ne me paraît pas être, bien qu'il
ait cet air gauche et qu'il parle le langage peu choisi
en vogue chez les jeunes gens du grand monde d'aujourd'hui, autant du moins que j'en ai pu juger par
ceux que j'ai vus ici. Lady Charterys et lady Hermione
continuent à venir prendre le thé dans la salle de bal ;
elles commencent vraiment à comprendre assez bien
le Tasse. Lady Charterys possède une magnifique voix
de mezzo-soprano ; sa méthode laisse malheureusement
beaucoup à désirer sous bien des rapports. Elle accepte
mes observations de la meilleure grâce du monde ; je
lui enseigne aussi à pincer de la mandoline ; ces leçons néanmoins vont bientôt cesser, car elle est à la

veille d'aller faire une tournée de visites dans les châteaux. A l'entendre, rien n'est plus fastidieux. La saison des chasses en Écosse est déjà ouverte, paraît-il,
et c'est par là qu'elle commencera. A son dire, les
hommes, après avoir chassé toute la journée, sont réduits le soir par la fatigue à l'état de moutons ou de
pierres. Les gens du grand monde me semblent se
rendre eux-mêmes esclaves de devoirs mortellement
ennuyeux. Tout en trouvant leur genre de vie insupportable, ils n'en continuent pas moins à suivre la
même ornière. Si j'étais des leurs, je les surprendrais
par l'indépendance de ma conduite.

Je vous serais bien obligé de m'envoyer un grand
album, rempli de dessins faits par moi quand j'étais
tout jeune pour illustrer le *Morgante Maggiore*.
Lady Charterys désire les voir; le poème que je lui
ai raconté, très expurgé, l'a beaucoup amusée. Je lui
ai dit que nos paysans tirent encore de ces vieux
poèmes des drames qu'ils jouent sur nos montagnes,
sans autres décors que ceux de la nature. On excite
facilement l'intérêt chez lady Charterys, surtout lorsqu'on touche la fibre de sa fantaisie. Elle a de l'esprit,
seulement elle le gaspille en pure perte. Je suis très
sensible, je l'avoue, au changement qui s'est opéré en
elle depuis le jour où elle m'avait si légitimement
froissé au sujet d'un habit; maintenant elle est aussi
polie qu'aimable avec moi. Sans doute, elle ne saurait
se débarrasser complètement d'une certaine brusquerie qui lui est habituelle, mais du moins elle se
contient. Elle écoute sans s'insurger certaines vérités
que je me permets de lui dire, et paraît confondue de

son ignorance en matière d'art et de lettres; ignorance dont elle se targuait naguère! son éducation a
certainement dû être très négligée. Elle m'a cependant raconté qu'elle était restée, de quatre à dix-sept
ans, entre les mains d'une gouvernante internationale,
qui l'avait littéralement bourrée de toutes sortes de
connaissances hétéroclites. A dix-sept ans, ses études
achevées, elle fit son entrée dans le monde. Il y a de
cela cinq ans. C'est avec une attention soutenue qu'elle
écoute tout ce que je lui raconte de votre savoir si
étendu, de votre bonté sans limites, et du toit que vous
m'avez rendu si cher, de cette charmante petite maison rustique, où la vieille Marthe me grondait quand
je laissais les poules courir dans les plates-bandes et
les grives voler les olives. Quand reverrai-je votre cher
petit presbytère avec ses murs blanchis à la chaux? Je
peins en ce moment Hylas traîné dans l'eau par les
Nymphes. Je n'ai pas trouvé de modèle pour Hylas;
c'est donc à mes souvenirs que j'ai recours, me rap-
pelant nos jeunes garçons au teint brun, aux membres
délicats, plongeant et pêchant dans les ruisseaux de
nos montagnes. C'est encore à l'Italie que je pense
pour peindre un effet de nuit, de ces belles nuits
comme les matelots les aiment. Ici, quand la lune se
lève, elle a toujours l'air d'être sur le point de se
cacher; les étoiles, lorsqu'elles sont visibles, ce qui
n'arrive pas deux nuits sur cinq, sont petites et pâles.
Ah! quand verrai-je encore Vénus briller, avec sa lumière transparente, sur le front sombre du Soracte ou
sur les neiges de Leonessa?

DON ECCELINO FERRARIS A LÉON RENZO

Je vous envoie le livre que vous m'avez demandé,
mon très cher fils ; j'espère qu'il vous arrivera promptement. Je suis bien heureux de voir la place qu'occu-
pent dans votre cœur notre humble maison et notre
petit village. Nulle part ailleurs, mon cher fils, on ne
vous fera un accueil comparable à celui qui vous attend ici. Quand vos pieds fouleront de nouveau les
étroits sentiers de nos montagnes, vous serez sûr d'y
apporter joie et bonheur. Marthe se fait vieille, pas
assez cependant, m'a-t-elle chargé de vous dire, pour
ne pas vous aimer toujours. Permettez-moi maintenant de vous adresser quelques observations. Votre
hôtesse vous inspire un intérêt tout naturel ; prenez
garde seulement qu'il ne devienne trop vif. Je ne vois
pas sans inquiétude, je vous l'avoue, ces leçons de
musique et ces lectures de nos poètes. Il n'y a pas
à douter que, de son côté, cette grande dame n'y
trouve tout autant de charme que vous ; mais puisque
c'est une grande dame, et que vous êtes aussi fier que
pauvre, cette intimité n'est pas sans péril. Pardonnez-
moi si je me permets cette insinuation, et n'attribuez
mes craintes qu'à la prudence d'une grande affection.
Que Dieu vous bénisse.

LÉON RENZO A DON ECCELINO FERRARIS

Cher et excellent père, soyez sans inquiétude ; je
saurai me défendre contre le danger. L'orgueil, si peu
justifié qu'il soit chez un homme de mon origine, n'en
est pas moins une force morale. Elle est charmante et
m'inspire, j'en conviens, un vif intérêt, mais c'est par
l'effet du contraste entre les défauts visibles de son caractère et les grandes qualités de son cœur, entre son
égoïsme intense, quoique inconscient, et la noblesse
de sa nature vibrante et sensible. Toutes ces contra-
dictions concourent à en faire un sujet psychologique
tout à fait à part. Ceci paraît abstrait et didactique, mais
c'est en réalité cette nature complexe qui m'intéresse,
et rien de plus. Or ce sujet d'étude va bientôt me manquer, car, ainsi que je vous l'ai déjà dit, elle ne va pas
tarder à s'éloigner ; il est même douteux qu'elle revienne
avant d'aller à Cannes, c'est-à-dire avant l'hiver. Il est
d'usage en Angleterre de courir de château en château pendant tout l'automne. On y est perpétuellement
en scène comme sur un vrai théâtre. Ce ne sont que
toilettes, dîners, distractions et bavardages de tout
genre. Il est facile de conclure, d'après la peinture
que fait lady Charterys de ce genre d'existence, que
rien n'est plus creux ; et pourtant, elle m'assure qu'on
y trouve de réels stimulants, et qu'une fois *dans le
train* on ne peut se résoudre à une autre existence :
heureusement que je suis à jamais garanti d'être dans
ce train-là ! Soyez donc très rassuré sur les dangers
que je pourrais courir ; ainsi que je vous l'ai déjà dit,

j'en suis préservé par une triple armure : ma pauvreté, mon art et mon orgueil. Pendant mon séjour à
Paris, j'ai aimé une femme; je vous en ai fait la confidence un soir d'été, assis sous votre porche, pendant
qu'une lune splendide, un large disque d'or, montait,
montait toujours, à travers les nuages incandescents,
sur les montagnes du couchant. Elle est morte, cette
femme, et ce qu'il y a de plus triste, c'est qu'elle n'était
pas digne de la passion qu'elle m'avait inspirée. Je suis
guéri pour longtemps de l'amour et de sa folie. Je
resterai seul comme un ermite pendant l'automne ven-
teux et l'hiver sombre de ce pays. Pourvu qu'il y ait
seulement assez de jour pour peindre, je ne me plain-
drai pas. J'esquisse en ce moment l'enterrement de
Daphné. Je ne trouve pas de modèles parmi ces gros
cultivateurs, ces travailleurs goutteux. Mais j'ai des
souvenirs de formes si sveltes, si agiles, si souples, de
beaux types bruns, de chariots traînés par des bœufs
au retour de la moisson, de danses rythmées sous des
berceaux de branches d'olivier, de jeunes gens nus,
gracieux comme des roseaux, tirant de l'eau à la
perche ainsi qu'au temps de Daphné. Que de points
sur lesquels nous n'avons pour ainsi dire pas changé
depuis le temps de Théocrite! Oui, cher et excellent
ami, soyez persuadé que mon cœur est trop plein de
l'Italie pour faire des folies ailleurs; puis, croyez aussi
que, si dans l'estime de lady Charterys je suis placé un
peu plus haut que son maître d'hôtel, je ne dépasse
pas le niveau d'un secrétaire ou d'un professeur, tout
au plus celui d'un Rizzio à qui cette reine hautaine
daignerait à grand'peine jeter son gant ou donner un

regard de pitié. Or je ne sollicite ni gant ni pitié. Je me tiendrai pour satisfait si, lorsque la salle de bal terminée, je reçois d'elle un seul sourire ! *A riveerci*, mon bon et cher ami !

M. HOLLYS A LADY CHARTERYS.

Pourquoi ne venez-vous pas à Drumdries? Ils sont tous furieux. Je ne vous verrai pas du tout, puisque je suis seulement ici pour une quinzaine.

LADY CHARTERYS AU MÊME

Glenlochric.

Je regrette très sincèrement, mon cher Henry, de ne pas vous voir; mais je ne peux me résoudre à aller à Drumdries. Quand j'ai promis d'y venir, je ne me doutais pas que le pauvre Kingslynn aurait relevé sa tente dans le voisinage. Je supposais, au contraire, qu'il serait parti pour la chasse aux éléphants, soit en Afrique, soit aux Indes. Je n'oserais jamais sortir du parc, de peur de le rencontrer; il m'est si insupportable! Je sais tout aussi bien que vous que c'est un bon et charmant petit garçon, d'une conduite irréprochable en dehors de Paris, où l'usage autorise toute vertu anglaise à jeter son bonnet par-dessus les moulins. Toutefois je ne consentirai jamais à l'épouser, même pour devenir une des douze duchesses du royaume-uni de la Grande-Bretagne et d'Irlande, ce que mes amis déclarent néanmoins tous à l'unanimité être l'unique chose qui vaille la peine de vivre. Je me contente de mon sort. Oui, je forme le projet d'aller faire prochainement une tournée de visites, mais pas immédiatement. Hermione est ici; elle a tout l'air d'être fort enthousiasmée de l'un de nos voisins, John Herbert de Wardell, qui est de retour, depuis peu, de longs, très longs voyages à l'étranger. S'ils se plaisent mutuellement, personne ne pourra critiquer leur union, car, bien qu'il soit seulement baronnet, la famille des Wardell n'en remonte pas moins à plusieurs siècles.

M. HOLLYS A LADY CHARTERYS

Qu'est-ce à dire? Hermione et John Herbert? Vous et l'autre? Une jolie partie carrée! Ainsi que vous le faites observer très judicieusement, on ne peut rien trouver à redire au sujet d'Herbert.

M. HOLLYS A LA DOUAIRIÈRE DE CAIRNWRATH

Chère tante, permettez-moi de vous demander si vous ne pourriez décider Esmée, bien qu'elle ne veuille pas entendre parler de Drumdries, à remplir ses engagements avec d'autres amis? Sa manière d'agir commence à paraître des plus singulières. Si elle ne veut à aucun prix quitter Milton, alors lancez des invitations. Pour l'amour de Dieu, tâchez de faire diversion à l'état de choses actuel, n'importe de quelle façon. Je viendrais en personne si je n'étais tenu d'être à Rome dans soixante heures.

LA DOUAIRIÈRE DE CAIRNWRATH A M. HOLLYS

Personne n'est aussi péniblement affecté que moi
des imprudences lamentables (je pourrais me servir
d'une expression plus énergique) de ma petite-fille
lady Charterys, mais je n'y puis absolument rien. Elle
est entièrement indépendante, et vous savez de longue
date quelle est son opiniâtreté. Elle n'ira ni à Cowes,
ni chez aucun de ses amis. J'ai tout lieu de croire que
si elle reste à Milton, c'est parce que la société de
l'artiste italien que vous avez jugé à propos d'envoyer
ici, a pour elle un attrait déplorable. Je n'ai, bien entendu, aucune imprudence grave à lui reprocher.
Esmée elle-même respecte assez ma présence pour ne
jamais me rendre témoin de pareilles choses; il y a
toutefois des irrégularités regrettables, et je considère
leur degré d'intimité comme très répréhensible. Elle
demande maintenant à cet individu de dîner avec nous!
Il a assez de bon sens et de tact pour refuser, mais
vous jugez par là où nous en sommes! Il lui enseigne
l'italien et lui donne des leçons de chant: vous n'ignorez pas de quoi ces choses-là sont invariablement les
avant-coureurs. Il vous était impossible, j'en conviens,
de prévoir qu'Esmée pourrait s'oublier jusqu'à témoi-
gner de la sympathie à un jeune homme envoyé par
vous pour peindre sa salle de bal; mais il n'en est
pas moins fâcheux que vous n'ayez pas choisi de préférence un homme d'un âge mûr et d'un extérieur
moins séduisant que cet individu. Cet état de choses

me contrarie et me scandalise au delà de toute expression. Je ne sais littéralement que faire !

Dès le début, j'ai eu le pressentiment que cette étrange idée de faire peindre la salle de bal par un Italien amènerait quelque désagréable complication. Si l'on s'était borné à charger de ce travail de bons décorateurs, ils l'auraient exécuté sans qu'Esmée fût entrée dans la salle de bal avant que tout fût terminé. Soyez certain que j'ai usé de tous les arguments imaginables pour lui démontrer le tort irréparable qu'elle pourrait se faire par ses familiarités avec un étranger dont vous ne connaissez pour tout antécédent que celui d'avoir peint l'autel d'une pauvre petite église de village. Force m'est d'avouer qu'aucun de mes raisonnements n'a eu de prise sur elle. Tout d'abord elle en a ri, disant qu'elle ne voyait pas le moindre mal à apprendre l'italien. Puis, fatiguée de m'entendre répéter la même chose, elle a fini par me dire carrément que Milton Ernest était à elle et le château de Staines à moi, voulant sans doute m'insinuer par là que je ferais bien d'y retourner. Ne pourriez-vous, ainsi que lord Llandudno, vous interposer en qualité de subrogés tuteurs ?

P.-S. — Impossible de songer à inviter des gens à qui Esmée ne voudrait pas adresser la parole, car soyez sûr qu'elle ne leur parlerait pas s'ils étaient invités sans son consentement.

M. HOLLYS A LA DOUAIRIÈRE DE CAIRNWRATH

Chère tante, je suis réellement confondu et je ne me pardonne pas ma sottise. Esmée n'ayant jamais, jusqu'à présent, passé trois mois sur douze à Milton, comment pouvais-je prévoir que les choses tourneraient ainsi? Je crains que Llandudno et moi n'ayons d'autre autorité que sur l'administration de ses biens. Nous ne saurions lui interdire d'inviter un peintre à dîner, quand nous ne nous faisons pas faute d'en convier nous-mêmes à notre table. Vous prenez les peintres pour des balayeurs; ces idées-là sont bien surannées par le temps qui court. Quant à moi, je n'ai aucune objection à ce qu'elle l'invite; mais ce que je trouve une énormité, c'est de flirter avec lui. Tout cela est surtout déplorable pour le pauvre diable, qui ne peut qu'en souffrir; quand elle sera fatiguée de lire le Tasse ou de jouer de la mandoline, il ne lui faudra pas vingt-quatre heures pour oublier l'existence de son professeur et pour se dire qu'il sera trop heureux d'accepter 500 livres en payement de ses fresques. Je crois d'ailleurs que vous auriez tort de prendre tout cela trop au tragique. Je regrette sincèrement, je vous assure, d'avoir jamais mis le pied dans l'atelier de Renzo, atelier qui, du reste, n'était pas si facile à trouver, vu qu'il ne faut pas gravir moins de cent quatre-vingt-quinze marches d'un escalier raide comme une échelle et obscur comme un four.

LA DOUAIRIÈRE A M. HOLLYS

Je ne sais que trop bien, mon cher Henry, que votre monde frivole considère toutes les distinctions sociales comme superflues et traite les considérations sérieuses de pédanterie. Pourtant, si lord Llandudno invite des peintres à dîner, il serait le dernier à permettre à ses filles de les épouser. Or je crois nécessaire de vous avertir qu'il ne me paraît pas impossible que ma petite-fille Esmée, dans sa folle obstination, se jette tout bonnement à la tête de cet homme. Il serait temps, je crois, de convoquer un conseil de famille.

M. HOLLYS A LA MÊME

Nous n'avons pas de conseils de famille en Angleterre. Que faire, mon Dieu?

LA DOUAIRIÈRE AU MÊME

Ne pourriez-vous pas obtenir de son gouvernement qu'il le réclamât? A quoi servent les traités d'extradition?...

M. HOLLYS A LA MÊME

S'il n'a commis aucun crime, sous quel prétexte demander son extradition? J'en perds mon

latin. J'écris à Llandudno. Je suis sûr qu'il va courir
à Milton.

LA DOUAIRIÈRE A M. HOLLYS

Je serai heureuse de voir lord Llandudno et je
pense que lady Charterys n'osera pas tourner le dos
à son tuteur. Mais veuillez vous rappeler, je vous prie,
que ce n'est pas lui qui nous a expédié ce monsieur.

LORD LLANDUDNO A M. HOLLYS

Milton Ernest.

Mon cher Henry, je suis ici, selon votre désir, sous
un prétexte plausible. Sur ma vie, je ne vois pas ce
que je pourrais faire. Mon opinion, c'est que la peur
a fait perdre la tête à Tabby. Si Esmée est éprise de
votre ami, elle cache bien son jeu. Ce garçon me plaît
beaucoup; c'est un gentleman, et il est vraiment plein
de talent. Il paraît qu'il lui donne des leçons de chant,
et qu'il lui apprend à jouer de la mandoline, toujours à
l'heure du thé, dans la salle de bal; elle le laisse en paix
jusqu'à cinq heures. Lady Cairnwrath est furieuse; je
lui ai dit qu'à mon avis, ce que nous aurions de mieux
à faire, ce serait de ne pas nous en mêler; Esmée
n'est plus une enfant, et au demeurant, je n'aime pas
qu'on se permette de dire à une femme certaines
choses qu'on ne pourrait pas dire à un homme sans
s'exposer à des coups de canne. Elle n'est pas femme

à se compromettre ; il serait plutòt dans son caractère de s'amuser de ce garçon tant qu'il aura pour elle le charme de la nouveauté, puis de lui envoyer un chèque et de n'y plus penser. Elle est orgueilleuse comme personne ; je la crois incapable de déchoir. On eût mieux fait de ne pas installer cet artiste au château ; il aurait pu être logé au village ; peu importe, après tout. Si elle ne part pas auparavant, elle ira à Cannes. Je voudrais, comme vous, lui voir accepter le pauvre Vic ; mais il n'a aucune chance. Tabby prétend que votre ami est un aventurier, un intrigant, qui médite de se faire épouser ; ce sont des lubies. Il me fait l'effet d'un très honnête garçon. Il se dérobe chaque fois qu'Esmée essaye de le faire sortir de son atelier. Ils parlent français ensemble ; je ne suis pas très fort en français, mais il me semble bien qu'ils se querellent souvent. Hermione comprend ce qu'ils disent, seulement la petite sournoise fait la discrète. En tout cas, je crois qu'il faut se garder d'intervenir : Esmée ne supporte pas les coups de caveçon, elle ressemble à mes filles.

P.-S. — Tabby est pour le caveçon. Les heureux jours qu'elle a dû faire passer à feu Cairnwrath ! Et comme du haut du ciel il doit se féliciter de ne plus être de ce monde ! Mais gare le jour où elle ira le rejoindre ! ! !

M. HOLLYS A LORD LLANDUDNO

Cher Llandudno, mille remerciements. Vous m'avez enlevé de l'esprit un lourd fardeau. La vénérable douairière prédit toujours une conflagration de l'univers lorsqu'on frotte une allumette, même si on la frotte du mauvais bout. Renzo est un gentleman, j'en suis convaincu ; il y a tant de vieux sang noble chez la plupart des Italiens, alors même qu'ils ne sont pas sûrs de leur origine première ! Je suis tout à fait d'accord avec vous pour ce qui est de rendre la main à Esmée. — Pardonnez-moi cette rature ; j'ai à faire un rapport sur la quantité de chanvre et autres plantes du même genre que produit le pays. C'est un travail de consulat plutôt qu'autre chose. Personne n'a besoin de le savoir au *Foreign Office*, personne ne le lira ; il restera enfoui dans un carton pendant cinquante ans, puis sera mis au pilon sans avoir été jamais lu. Mais le devoir est le devoir, même quand le thermomètre est à 45 degrés à l'ombre. C'est le vingt-cinquième jour d'août qui trouve votre malheureux ami à Rome. La ville éternelle n'existe plus. Tout disparaît. Elle tombe en poussière sous les roues des tramways et devant les entrepreneurs et les stucateurs du temps présent. Rien n'est plus sacré dans notre siècle.

LÉON RENZO A DON ECCELINO FERRARIS

Cher et bien-aimé père, vos craintes amicales pour mon repos sont désormais superflues. Lady Charterys est partie. On dit qu'elle ne reviendra pas avant le printemps prochain. Il y a une quinzaine environ, est arrivé ici un lord dont je ne me rappelle pas le nom, et même, si je m'en souvenais, je renoncerais, et pour cause, à l'écrire. C'est un de ses subrogés tuteurs ;

seulement, maintenant qu'elle est majeure, l'autorité de ce tuteur ne peut s'exercer que sur les biens de sa pupille. En Angleterre, la propriété occupe toujours la première place. Elle est si bien défendue, si bien gardée, si bien conservée en un mot, pour ceux qui sont encore à naître, que personne ne semble en jouir complètement. Je ne prétends pas pourtant que cette restriction des droits du propriétaire ne contribue pas pour beaucoup à la grandeur nationale. Je suis convaincu que lady Charterys est aux regrets d'avoir quitté Milton. Elle paraissait prendre grand intérêt aux études que je lui avais fait commencer; elle comprend maintenant ce que c'est qu'une bonne méthode de chant. Les professeurs qu'elle a eus désiraient trop vivement, je suppose, se rendre agréables à une jeune lady riche de cinq millions de rente, pour risquer d'insister sur la nécessité de la justesse et de l'équilibre dans l'emploi de ses dons naturels. Elle a évidemment regretté de partir. Elle me l'a dit très franchement; elle ne pouvait se dispenser plus longtemps de remplir ses engagements. Ces malheureux personnages sont les victimes de leur parole; le lord au nom si extraordinaire n'a pas vu d'un bon œil, j'imagine, l'intimité de lady Charterys avec moi. C'est un homme d'un commerce agréable et facile; il a le regard pénétrant et beaucoup de finesse, sous une apparence de brusquerie et d'indifférence, ce qui est l'une des caractéristiques de l'Anglais. C'est pour eux comme un manteau sous lequel ils dissimulent tout ce que bon leur semble.

Je ne sais si c'est à force de persuasion ou de mo-

querie qu'il a décidé sa pupille à avancer d'un mois
les visites qu'elle avait promis de faire. Toujours est-
il que, directement ou indirectement, il a fini par
obtenir ce qu'il voulait. Elle est partie depuis huit
jours avec sa grand'mère. Que cette vaste demeure
est silencieuse et vide ! Rien ne peut dépasser la pré-
voyante bonté de mon hôtesse dans tous les ordres
qu'elle a laissés relativement à mon bien-être. Je puis
monter ou conduire tous les chevaux à mon choix.
Elle a ordonné à ses gens de m'obéir en toute chose, ce
qui, j'imagine, leur déplaît beaucoup. Ils me prennent,
j'en ai bien peur, pour une sorte d'espion. Mon ami
le jardinier fait seul exception à la règle. Il me tient
en grande considération, parce que j'aime les fleurs et
que je m'entends un peu à les cultiver, comme tous
les artistes en général. Je suis donc seul ici, sauf cette
légion de serviteurs qui ne fait, il me semble, autre
chose que manger, bâiller, s'habiller. Je commence
néanmoins à m'accoutumer à ce genre d'existence, et si
les jours pluvieux étaient moins nombreux, je n'aurais
à me plaindre de rien. Les pins, les cèdres, les chênes
et les longues avenues de tilleuls prêtent à ces lieux
quelque chose d'imposant et de solennel. Quand il ne
fait plus assez clair pour me permettre de peindre, je
vais dans le parc ; quelques chevreuils semblent me
reconnaître. Une chevrette même, loin de fuir à mon
approche, s'avance vers moi. On la dit très vieille, ce
qui ne l'empêche pas d'être un charmant animal. Elle
porte encore un collier d'argent, sur lequel le comte,
dont elle était la favorite, avait fait graver le nom de
Nerina, qui était, si vous vous souvenez, le nom de

ma mère. Il m'a semblé par là que je retrouvais un
ami sur la terre étrangère. D'après ce que j'ai ouï
dire, ce comte s'appelait Alured ; il avait souvent
voyagé en Italie, attiré là sans doute par ses goûts
cosmopolites, comme on dit. Ce n'était rien moins
qu'un brave homme, si j'en crois la chronique et certaines histoires que m'a racontées mon ami le jardinier en chef. Ce dernier possède une très jolie maison
dans le village, et un cheval. Avec le revenu dont il
jouit, un noble vénitien ou florentin se trouverait riche.
Ce bavardage n'aura pour vous d'autre intérêt que celui de vous faire vivre de ma vie. Oui, je vous l'avoue,
la présence de lady Charterys me manque ; comment pourrait-il en être autrement ? Malgré mon isolement, je ne saurais pourtant dire que je m'ennuie,
je ne m'ennuie jamais quand je suis libre de suivre
ma fantaisie et d'aller prendre l'air toutes les fois que
le cœur m'en dit. Il est vrai qu'ici l'air n'y invite pas
souvent ! Je crains, je le confesse en toute humilité,
de me faire une douce habitude de cette vie de luxe.
Jusqu'à présent je n'avais jamais eu qu'un plancher
sans tapis ; des murs nus, si je ne les barbouillais
moi-même de dessins ; un mobilier des plus pauvres ;
une nourriture plus que frugale : soupe, pain, fruits et
un petit flacon de vin du cru ; tandis que maintenant,
tant les mauvaises habitudes sont faciles à prendre, il
me semble tout naturel d'avoir toujours un bain préparé, mes vêtements brossés et pliés, tous mes besoins
prévus, un couvert mis trois fois par jour pour moi
seul ; une table chargée de porcelaine de Chine, d'ar-
genterie du temps de la reine Anne, de toute sorte de

choses recherchées, de vins français... sans parler de
laquais poudrés, de stature gigantesque, qui tournent
autour de moi, sans faire plus de bruit que des souris. Ce train de vie me semble maintenant tout naturel, et je suis honteux de me dire que j'en sentirai la
privation quand il me faudra reprendre le collier de
misère. Je me flattais, il y a peu de temps encore,
d'être un philosophe, un poète qui se contentait de la
nourriture de l'esprit et méprisait la bonne chère.
Hélas! je vois bien que, comme la plupart des préten-
dus sages, mon dédain ne venait que de mon inexpé-
rience. Il est incontestable qu'avec notre climat il est
plus aisé de vivre avec une poignée de prunes et une
croûte de pain. Un plancher sans tapis paraît moins
triste quand les rayons du soleil le parent et qu'une
traîne de vigne vierge jonche le sol. Il n'est pas bon
toutefois de s'attacher aux délices de Capoue quand
on sait que le lendemain ne nous offre en perspective
que le travail, l'incertitude et la faim. Non, croyez-moi,
ce ne sont pas, comme vous le supposez, des regrets
donnés à une femme qui m'inspirent la crainte de
quitter ces lieux; c'est une considération beaucoup
moins noble, beaucoup plus basse qui pèse de tout
son poids sur moi. Je ne suis ni aussi stoïque ni aussi
spiritualiste que je le pensais, mais je suis, comme
toujours, votre reconnaissant et dévoué, etc.

LADY CHARTERYS A LÉON RENZO, MILTON ERNEST

Acornby.

Comment va la peinture? Écrivez-moi et donnez-moi de vos nouvelles.

LÉON RENZO A DON ECCELINO FERRARIS

Il faut que je vous confie, mon cher père, une chose que j'ai sur le cœur, et qui me pèse plus que je ne puis vous dire. Lorsque vous saurez de quoi il s'agit, vous trouverez peut-être qu'il n'y a rien là pour justifier mon état moral. Sachez d'abord qu'en partant lady Charterys m'a confié les clefs de la bibliothèque, en m'autorisant à me servir de tous les ouvrages sur l'art, de toutes les anciennes gravures qui s'y trouvent. A en croire les on-dit, la famille en général ne se piquait guère de culture intellectuelle, sauf le dernier comte Alured, celui dont a hérité la mère de lady Charterys. C'était un amateur, un dilettante, un virtuose (expressions qui ne sont pas tout à fait synonymes), et c'est à lui que l'on doit toutes les collections d'ouvrages et d'œuvres d'art que renferme Milton Ernest. J'ai longtemps hésité à accepter l'offre que me faisait lady Charterys, mais elle y a mis une telle insistance et paraissait tant tenir à me donner cette preuve de confiance, que je ne pouvais sans mauvaise grâce persister dans mon refus, quoique

j'eusse beaucoup préféré éviter une si grande responsabilité. Je soupçonne l'imposant majordome, M. Landon, de m'en vouloir mort et passion du rôle qui m'in-
combe ici. Ayant donc fini par capituler, j'ai trouvé
là matière à un travail très intéressant et très long,
qui m'occupe pendant les jours de pluie, si nombreux
en ce pays. Les dessins, pour la plupart signés de
grands maîtres, sont enfouis sans ordre de date ou
d'école, miniatures et médailles gisent également pêle-
mêle dans les tiroirs. Toute une collection de gravures
avant la lettre, italiennes en grande partie, n'a pas
été mieux traitée que de simples gravures découpées
dans des journaux illustrés. J'emporte toujours avec
moi la clef de la bibliothèque. Ce procédé exaspère
littéralement contre moi l'important Landon. Il me
regarde comme son ennemi personnel. Au sein de ce
chaos, dont presque tous les éléments ont une réelle
valeur artistique, il y a des esquisses, très remarquables, faites par le dernier comte Alured, mort il y
a une trentaine d'années.

S'il n'avait été un homme de haute naissance, il
fût sans nul doute devenu un peintre célèbre. Parmi
ces esquisses, qui sont en général des études d'après
nature, il en est une, représentant une jeune Romaine,
dont les traits ont une analogie frappante avec ceux
de ma mère; pas un seul mot n'est écrit au bas de ce
dessin. Puis, dans un autre portefeuille, j'ai trouvé
encore trois études d'après le même modèle; l'une
d'elles, en pied, représente une jeune fille portant
une cruche sur la tête. Vous direz que c'est peut-être
une simple coïncidence, un hasard de ressemblance,

le type national et rien de plus, et vous aurez sans
doute raison. Voudriez-vous, vous le meilleur et le
plus cher de mes amis, m'écrire tout ce que vous
savez, tout ce que vous vous rappelez de ma mère ? La
nationalité de mon père a-t-elle jamais été connue ?
Soyez assez bon pour me répondre promptement et
longuement.

DON ECCELINO FERRARIS A LÉON RENZO

Je réponds courrier par courrier, mon cher fils, à
votre lettre que j'ai reçue ce matin ; mais je n'ai rien
de plus à vous dire que ce que vous savez déjà. Votre
mère était bien connue des gens de nos montagnes ;
elle était fille d'Évariste Renzo, le bouvier. Un étranger, qu'on prenait dans le pays pour un artiste, est
venu passer ici quelques semaines ; Nerina Renzo est
partie avec lui ; son absence a duré environ un an.
Pendant ce temps, Renzo a été tué par un taureau
auquel il lançait le lasso. A son retour, Nerina n'a
dit à personne d'où elle venait. Son père lui avait
laissé une petite aisance. Quelques mois plus tard,
elle mettait au monde un fils, vous-même, que j'ai
baptisé et enregistré sous les noms de Léon Renzo.

Je vous ai donné le nom de Léon, le saint sous le
vocable duquel est placée ma petite église, et celui de
Renzo, que portait votre grand-père. A sept ans, vous
perdiez votre mère, âgée de vingt-sept ans. Jamais,
dans le confessionnal ou autre part, elle n'a fait aucune allusion soit au genre de vie qu'elle a mené pendant son absence, soit au pays où elle est allée, soit

au rang de l'homme qui était votre père. C'était une
créature charmante à tous égards et qui, certes, ne
manquait pas de bon sens; mais depuis le jour de
votre naissance je n'ai jamais cru qu'elle fût restée
dans la jouissance de toutes ses facultés mentales.
Quelque grand chagrin sans doute, et aussi la secousse
causée par la nouvelle de la mort de votre grand-père,
qu'elle apprit brusquement, avec tous ses horribles
détails, d'un berger qu'elle rencontra, avaient, je crois,
ébranlé sa raison. Toujours est-il que je n'ai jamais
pu lui arracher un mot sur votre origine. J'en ai con-
clu qu'elle avait dû être abandonnée à l'improviste par
son amant, qui peut-être même ignorait qu'elle était
enceinte. Il n'est pas impossible qu'il eût été noble; les
rares gens qui l'ont vu ici en parlent comme d'un *vero
signore;* ils disent, il est vrai, la même chose de tous
ceux qui ont l'argent à la main. Voilà tout ce que je
puis vous apprendre, mon fils bien-aimé, vous qui
avez vraiment été pour moi un fils selon l'esprit. Si
j'en savais davantage, je n'hésiterais pas à vous l'é-
crire; malheureusement votre mère ne m'a jamais
fait de confidences; peut-être aimait-elle trop son sé-
ducteur pour en parler, et en cela elle avait tort;
du reste, ainsi que je le disais plus haut, son esprit
m'a toujours paru troublé depuis son retour parmi
nous. Elle vous adorait et, si elle eût vécu jusqu'au
jour où vous auriez pu la comprendre, et surtout si
elle avait prévu qu'une maladie de cœur la menaçait
d'une mort prématurée, elle vous aurait probablement
révélé la vérité. Il est étrange, je le reconnais, que
vous ayez trouvé un portrait ressemblant à votre

mère, dans une maison anglaise, si loin d'ici. Laissez-
moi néanmoins vous dire, mon bien cher Léon, que
l'on ne saurait se fier complètement aux souvenirs de
l'enfance, même pour les traits maternels. Puis le
type classique de son visage et du vôtre n'est pas rare
dans notre pays, surtout dans les lieux retirés, où le
sang s'est conservé pur et sans altération depuis les
jours d'Énée.

LADY CHARTERYS A M. HOLLYS, ROME

Acornby.

Le duc de K*** est arrivé ici; aussi serai-je demain
chez les Vansittarts. Qu'attend-il donc de l'ennui qu'il
m'impose? Tâchez, je vous prie, de lui faire comprendre que ses assiduités m'assomment. J'ai invité
nombreuse société à Milton pour la chasse aux faisans.
Venez...

M. HOLLYS A LA MÊME

En guise de faisans, je ne verrai que des cailles.
Prétendez-vous dire que vous êtes décidée à retourner
chez vous le mois prochain? Il me semblait que vous
vous étiez promis de ne jamais y être en automne à
cause de l'humidité.

LADY CHARTERYS A M. HOLLYS

Redleaf.

Milton est humide quand l'automne est humide ; celui-ci est sec. Je serai sous peu de jours de retour chez moi.

M. HOLLYS A LA MÊME

« Femme, ton nom est fragilité. »

LADY CHARTERYS AU MÊME

Lifford.

La citation manque d'originalité ; à quoi bon payer une carte postale pour dire cela ? Pourquoi n'inviterais-je pas mes propres amis, dans ma propre maison, à tuer mes propres faisans ? Voilà, je l'avoue, ce qui dépasse ma propre intelligence. Daignez vous expliquer.

M. HOLLYS A LA MÊME

Dans ma partie, nous ne nous expliquons jamais ; des détours mystérieux, voilà tout ce qui nous est permis. Je vous ai donné un avis à mots couverts : je n'ai rien à y ajouter,

LADY CHARTERYS A M. HOLLYS

Les avis à mots couverts et les insinuations sont cousins germains; ni les uns ni les autres ne sont bien francs du collier. Je ne suis jamais disposée à me donner la peine de les démasquer. Si vous avez le désir de venir à Milton, vous y serez le bienvenu ; sinon, restez chez vous à manger des cailles roulées dans des feuilles de vigne; mais épargnez-moi les scies morales, les axiomes surannés et les conseils intempestifs qui n'osent se montrer à visage découvert.

M. HOLLYS A LA MÊME

Êtes-vous donc aussi maligne que peu reconnaissante? Sans moi, la salle de bal n'aurait pas été peinte à fresque par un artiste, mais décorée par un entrepreneur, et vous n'auriez jamais découvert cet automne sec ! D'après le dernier bulletin météorologique, la quantité de pluie tombée en Angleterre pendant le mois de septembre est de 2,52 pouces.

LÉON RENZO A DON ECCELINO FERRARIS

Lady Charterys est revenue, traînant à sa remorque toute une légion de personnages gais et illustres. Elle est charmante pour moi, mais il me semble que des millions de lieues nous séparent depuis que la pensée que je suis peut-être le bâtard de son oncle me harcèle.

J'en rougis de honte. Les princes sont attendus prochainement. Pour la circonstance, les fresques vont
être recouvertes de satin rose pâle, et mes travaux
sont nécessairement suspendus. Elle m'a prié de faire
son portrait et de l'envoyer à la prochaine exposition ;
impossible de refuser. Nous avons séance tous les matins dans la bibliothèque, qu'elle a mise provisoire-
ment à ma disposition comme atelier ; elle n'a pas
voulu en reprendre la clef. Depuis que j'ai le soupçon
et presque la certitude que le comte Alured, dont elle
était l'héritière, a été l'amant infidèle de ma mère, je
suis à la torture. Une fois, en tête-à-tête avec lady
Charterys, je me suis hasardé à lui parler du comte
son parent : mais elle ne sait, paraît-il, presque rien
de son histoire ; elle n'était pas née quand il est mort
subitement d'une chute de cheval. On lui a toujours
laissé entendre, m'a-t-elle dit, qu'il était excentrique,
volontaire, capricieux, ajoutant avec un singulier petit
rire que le caprice était dans leur sang à tous. Lady
Cairnwrath est aussi revenue ; elle croit, hélas ! de son
devoir d'être presque toujours dans la bibliothèque
pendant que sa petite-fille pose. On me considère
comme une bête sauvage, ne cherchant qu'à dévorer
l'agneau à la toison d'or. Le portrait aura grand air ;
je me suis inspiré des maîtres vénitiens. Elle porte une
toilette merveilleuse de brocart or et rouge, à la main
elle tient un large éventail noir et or, et regarde par-
dessus son épaule en souriant légèrement. Son grand
chien Berwick est à côté d'elle ; le ton gris du poil de
ce bel animal tempère l'éclat du costume ; mais le visage ! c'est la gloire et le rayonnement de l'œuvre. Elle

est beaucoup plus belle que je ne le croyais d'abord.
L'expression de sa physionomie s'est sensiblement
modifiée ; elle est plus douce et plus profonde tout à la
fois. Cette semaine, les séances sont interrompues par
l'arrivée des princes anglais. La maison est sens dessus dessous en leur honneur. On met tout en l'air
pour leur plaire. Le prince, avec sept autres fusils, a
tué 1500 faisans en un jour ! Un si gros chiffre est
considéré comme un exploit. Quant à moi, je continue
à me féliciter de n'avoir jamais rien tué de ma vie. Il
ne manque pas, ce me semble, de meilleures manières
de prouver son adresse, si on tient à la montrer.

Grande soirée hier dans la salle de bal, d'où je suis
expulsé pour le moment par les tapissiers. Aussi je n'y
mets plus les pieds. J'ai même demandé à lady Charterys de m'absenter pendant ce temps, mais elle a
repoussé très loin cette ouverture. Hier, dans l'après-
midi, elle a tenu à montrer son portrait à ses illustres
hôtes et elle m'a envoyé chercher pour me présenter
à eux. Ils m'ont accablé de compliments, qui, j'en ai
conscience, n'étaient pas exagérés, car j'ai foi en ma
valeur comme peintre. On m'a dit après cela que la
princesse avait l'intention de me faire faire son portrait ; j'ai répondu que je n'étais pas portraitiste. Lady
Charterys m'a reproché très gentiment d'être bourru
et fier quand il ne faudrait pas l'être. « S'ils témoi-
gnent du plaisir à vous voir, a-t-elle ajouté, pourquoi
vous en offenser, même s'ils sont princes ? » Ses observations étaient fondées et j'ai peut-être été un ingrat.
De notre temps, ce sont là les gens qui représentent
la déesse Fortune. Les princes ne sont restés ici que

trois jours, emportant, dit-on, le meilleur souvenir de
leur séjour à Milton. Ils m'ont fait appeler une seconde fois avant leur départ et m'ont comblé de compliments et de gracieusetés. Presque tous les autres invités sont également partis; aujourd'hui et demain,
elle posera encore. Je crois que mon ennemie, lady
Cairnwrath, n'a pas vu d'un bon œil la façon polie dont
les princes m'ont traité; mais qu'importe? Dans peu
de temps, je resterai seul ici; le long hiver passera,
et le printemps trouvera probablement portrait et
fresques achevés; puis alors, moi aussi, je partirai;
elle ne me reverra plus et m'oubliera sans doute! Il
est une chose à laquelle je suis bien résolu : c'est à
ne jamais accepter de payement pour mes travaux; je
lui devrai peut-être un jour la renommée et je lui en
serai toujours reconnaissant. Je n'ambitionne cependant aucune espèce de gloire. Je me contenterais
d'une petite aisance qui me rendît indépendant et
me permît de poursuivre mes rêves chéris. Je dois
vous sembler horriblement fastidieux, mais c'est
un soulagement pour moi de m'épancher avec vous,
car il n'y a personne ici avec qui je puisse le faire.
Avec lady Charterys, je n'ose! avec les autres, je ne
saurais! Puis n'avez-vous pas été mon confesseur dès
l'heure de mon premier péché?

LORD LLANDUDNO A M. HOLLYS

Milton Ernest.

Mon cher Hollys, précaution inutile! Elle voulait
revenir, et elle est revenue! Nombreuse compagnie

l'a suivie; puis, pour couronner l'édifice, les princes
ayant *ex abrupto* annoncé leur arrivée pour la fin du
mois, je n'avais plus rien à faire, et tous mes efforts
pour décider Esmée à aller en visite chez ses amis ont
été peine perdue. Maintenant elle fait faire son portrait; quelles que soient ses inclinations, elle y aura
du moins gagné de très belles œuvres d'art. Ce garçon
est étonnamment distingué; il me rappelle quelqu'un,
mais je ne peux dire qui. Esmée cherche évidemment
à le mettre en lumière autant que possible. Elle a
parlé de lui aux princes en de tels termes, qu'elle a
fini par réussir à le leur présenter. Après tout, cette
stratégie habile avait peut-être tout simplement pour
but de taquiner sa grand'mère.

On ne peut savoir ce dont une femme comme Esmée
est capable quand elle a l'esprit monté. Elle connaît
son monde, et ne fait rien sans intention. Ce n'en est
pas moins une vraie girouette. Il est clair comme le
jour que l'Italien en est fou; la dernière fois que je
suis venu ici, c'était elle qui mettait les pouces, maintenant c'est lui. Je suppose que c'est simple caprice
de la part d'Esmée; quant à lui, il ne pourra qu'en
pâtir.

Dans tout cela, je ne vois pas moyen d'intervenir.
Esmée n'est plus une enfant; si vous aviez envoyé
l'âne diplômé, rien de tout cela ne fût arrivé. Elle
prétend qu'elle ira à Cannes le mois prochain et elle
a donné l'ordre de préparer *le Glaucus*. Elle ne peut
guère, en vérité, prendre le peintre à son bord. Lady
Cairnwrath se plaît à nous rendre tous deux respon-
sables du scandale qui existe déjà; vous, hélas! j'en

conviens! Mais moi, je n'y comprends rien! Néanmoins, au cas où nous aurions à nous occuper un jour de cet homme, tâchez, si vous pouvez, de savoir quelque chose de plus sur son compte.

M. HOLLYS A LORD LLANDUDNO

Cher ami, je n'ai rien de plus à vous apprendre. Il n'a jamais caché son origine, c'est le fils naturel d'une femme de Florinella; son grand-père était un *buttero* (c'est-à-dire, n'en déplaise à votre ignorance, un pâtre chargé de la garde des animaux indomptés). Le curé de Florinella a aussi son histoire : c'est un homme issu de famille noble et qui n'est entré dans les ordres qu'après la mort tragique d'une maîtresse adorée; son filleul n'a aucun lien de parenté avec lui. Toute la population de Florinella est d'accord sur ce point. Ce prêtre, qui l'aime d'une affection toute paternelle, s'est chargé de l'éducation première de l'enfant; il l'a mis à l'université de Rome, où le jeune homme a fait de très brillantes études. Il s'est ensuite consacré à la peinture, vivant dans la pauvreté à Munich et à Paris. Après cela, il est revenu en Italie, partageant sa vie entre son atelier (un grenier) et la petite maison du curé, à Florinella. C'est dans l'église de ce village qu'il a peint les fameuses fresques qui m'ont valu de faire sa malencontreuse connaissance. Voilà tout ce que je peux dire. Il a maintenant trente-deux ans; vous voyez que mon récit est parfaitement vraisemblable ; toutefois, avec la société telle qu'elle est constituée, Esmée ne peut pas plus songer à l'é-

pouser que s'il était un voleur ou un bourreau. Nous
sommes tous, je crois, des imbéciles; mais *telle est
la vie*. Si vous ne savez que faire, vous qui êtes sur
les lieux, que dois-je donc dire moi qui suis à une distance de quelques centaines de lieues? Ce que je redoute par-dessus tout, c'est une rupture entre sa grand'
mère et Esmée, qui adoptera ensuite comme chaperon quelque singulière créature, telle que son amie
Mrs. Alsager, afin d'avoir la bride sur le cou et toute
liberté de se compromettre de la manière la plus
épouvantable. Je n'ai plus d'espoir qu'en Renzo lui-
même; il m'a tout l'air d'un homme d'honneur, qui
saura se retirer, s'il lui semble nécessaire de prendre
ce parti.

LORD LLANDUDNO A M. HOLLYS, ROME

Milton Ernest.

Je n'ai jamais cru en Joseph; la conduite de Joseph
est une impossibilité matérielle devant une jeune
femme s'offrant à lui en tout bien tout honneur! Ne
craignez rien, elle n'en est pas encore là, elle n'y sera
probablement jamais. Elle se borne pour le moment
à lui faire faire son portrait, et je parierais volontiers
qu'il surpassera celui de la maîtresse du Titien. Lady
Cairnwrath assiste à toutes les séances. Elle pourrait
poser pour le Devoir debout sur un rocher en face du
danger, ou quelque allégorie de ce genre. Mrs. Alsager
sera du voyage. C'est là pour moi le gros point noir.
Vic est venu me voir; il a l'air tout battu de l'oiseau

et il se plaint bien haut de l'avoir été. Comment un si beau coup matrimonial a-t-il pu rater? Nous n'aurions eu, vous et moi, qu'à apposer nos signatures sur le plus merveilleux contrat qui fût oncques, sans parler de la manière dont les terres se seraient enclavées! C'est se moquer de la Providence, mais c'est bien ce qu'Esmée a fait vingt fois au moins, depuis qu'elle n'est plus une enfant!

M. HOLLYS A LORD LLANDUDNO

Voulez-vous dire que l'affaire soit sérieuse avec R...?

LORD LLANDUDNO AU MÊME

Rome.

C'est bien possible; elle m'a dérouté une première fois, mais aujourd'hui je commence à croire que lady Cairnwrath n'avait pas si tort. Après tout, Esmée n'a peut-être qu'un caprice qui aboutira seulement à faire faire son portrait. Pourquoi nous en mêler? J'ai tenté de lui en toucher quelque chose ce matin, mais elle m'a regardé en face, me disant avec un petit sourire dédaigneux: « Un portrait vaut mieux qu'une photographie, que les photographes vendent, qu'ils soient ou non autorisés à le faire. » Elle n'avait pas l'air de songer qu'elle aurait tout aussi bien pu demander à Baudry ou à Carolus Duran de faire son portrait, et qu'elle l'a déjà fait faire maintes et maintes fois! Je crois décidément que Renzo a une grande influence sur elle. Elle a cessé de s'onduler les cheveux, ou de les porter en franges; elle a adopté des façons de robes très simples, ayant pour tout ornement des boucles de ceinture, or et strass vieux style. Est-ce là une mode esthétique? ai-je demandé un jour à Hermione; sur quoi elle m'a répondu : « Esthétique? Comment pouvez-vous être aussi aveugle? Ce n'est pas esthétique, c'est Renzo! Elle a envoyé quelques-uns de ses croquis à Worth comme modèles. Esmée se moque bien de l'esthétique; c'est seulement affaire de plaire à son hôte. Ne le saviez-vous donc pas? » Hélas! si, je le savais! Ce que je sais aussi, c'est qu'il faudrait bien que cet homme s'en allât. Néanmoins, je ne vois pas pourquoi il abandonnerait la place, simplement pour nous obliger tous. Il l'aime d'ailleurs d'un amour honnête. Lui seul ne s'avoue pas encore sa passion; cependant le fait n'en existe pas moins, et puisque Esmée est pour lui d'une amabilité, d'une prévenance enchanteresses, pourquoi renoncerait-il de gaieté de cœur à ce qu'il trouve ici?

M. HOLLYS A LORD LLANDUDNO, MILTON ERNEST

Vous savez comme moi qu'en semblable occurrence un homme pauvre, mais honnête, — et je crois qu'il l'est, — n'hésite pas à se retirer. Je conviens toutefois que la tentation est terrible, s'il voit qu'il exerce réellement quelque pouvoir sur elle. Tout cela me semble si étrange, que je me crois sous l'empire d'un cauchemar. Que veut-elle faire? Elle ne peut songer à l'épouser? Il est sans le sou, et n'a même pas de nom!

LORD LLANDUDNO A M. HOLLYS

Je n'ose, bien entendu, lui rien dire de sa conduite; mais je la crois très capable de faire ce que
vous savez, quand ce ne serait que pour vexer lady
Cairnwrath et nous tenir tête à tous. Elle est sa
propre maîtresse. C'est un cas où l'on ne saurait
faire appel à l'intervention des tribunaux. Je commence, je vous l'avoue, à perdre patience et, de
guerre lasse, je pars pour la chasse à l'ours en Styrie
avec Holenlohe. Du moment qu'on lui laissera ses
coudées franches, je suis convaincu qu'elle sera la
première à s'apercevoir de sa folie. Le besoin de la
contradiction, inné chez elle, est, croyez-le bien, un
des mobiles de sa conduite. N'allez pas vous imaginer
cependant qu'il y ait rien de décidé encore. Ils sont
toujours à cet éternel portrait, qui sera incontestablement une très belle œuvre. Les étoffes vieil or et
pourpre sont traitées avec une véritable *maestria*.
Vous avez dû certainement agir en connaissance de
cause, en faisant venir ici cet homme. Hermione et
Jack sont fiancés; le mariage est fixé après la Noël.
Tout le monde en est ravi. « Voilà qui suffirait pour
me dégoûter, me dit Esmée dernièrement. — Je le
crois sans peine, » lui ai-je répliqué. Quand elle est
embarquée, elle aime la mer houleuse et les vents
violents; si elle s'amourache sérieusement du Romain,
ce sera par pur esprit de contradiction.

LÉON RENZO A DON ECCELINO FERRARIS

Très cher ami, vous aviez raison; le soupçon qui
m'est entré dans l'esprit relativement au comte Alured empoisonne le plaisir et la paix que je goûte ici.
C'est peut-être simple affaire d'imagination, mais cette
pensée n'en projette pas moins toujours une ombre
sur mon chemin. En la présence de lady Charterys,
j'en souffre cent fois plus encore. S'il m'était loisible
d'en parler avec elle, je lui demanderais de faire des
recherches dans les papiers que le comte peut avoir
laissés. Jamais je n'aurai le courage de faire allusion
à pareille chose. Puis, après tout, il vaut peut-être
mieux que je n'en sache pas davantage. La simple fantaisie d'un lord anglais pour une pauvre fille italienne
n'a pas dû laisser de traces dans le souvenir d'un tel
homme, même s'il l'a aimée, comme le ferait supposer
le nom gravé sur le collier d'argent de la chevrette.
Les grands personnages écrasent tant de ces pauvres
papillons pendant un jour d'été!

Le portrait avance, on le compare à un Cabanel, ce
qui m'agace. Cabanel est un grand peintre, mais je
me flatte de ne lui rien emprunter, pas plus à lui qu'à
d'autres. Je peins ce que je vois, comme je le sens, et
si je m'inspirais d'un maître, je remonterais plus loin:
j'irais tout droit à Venise au XVIᵉ siècle. Lady Charterys est toujours bonne et charmante pour moi, trop
bonne même, car son monde en est visiblement scandalisé. Dès que son portrait sera achevé, elle partira

pour le Midi sur son yacht, et alors je me trouverai
seul, en face d'un long hiver anglais, triste et froid;
Dieu veuille qu'il fasse seulement assez clair pour me
permettre de peindre! Je ne puis supporter la pensée
que je m'éternise ici par amour du confort. Si le
temps me favorise, j'espère avoir fini vers Pâques.
Elle ne reviendra sans doute pas d'ici là, car, après
son séjour à Cannes, elle compte'aller à Londres, mais
non à Milton. Ce matin, elle m'a demandé à brûle-
pourpoint si je n'aimerais pas à retourner à Rome
cet hiver. Elle a ajouté que je ne devais nullement me
croire obligé de poursuivre sans relâche mes travaux,
si ma santé et mes habitudes réclament un climat moins
rigoureux. Là-dessus elle s'arrêta et me regarda; je
ne voyais pas où elle en voulait venir, mais je sentis
le rouge me monter au visage, en pensant que je
n'avais pas d'argent pour retourner à Rome. J'ai dépensé tout ce que je possédais pour effectuer mon
voyage ici, y compris l'achat de mes couleurs. J'aimerais mieux mourir que de le lui dire. Quand j'entends
tout ce monde parler d'aller çà et là, de partir dans
telle ou telle direction, comme tant d'autres heureux
oiseaux, je comprends qu'être pauvre, c'est être un
oiseau sans ailes, comme cet affreux aptéryx qui est à
la fois la risée des naturalistes et une mauvaise plaisanterie de la nature. Le lord au singulier nom, dont
je vous ai déjà parlé, a profité tout à l'heure d'un moment où nous étions seuls, pour venir causer avec moi.
Quoiqu'il ne parle pas très bien le français, je pouvais néanmoins le comprendre. Il a commencé par dé-
biter des choses peu bienveillantes sur le compte de

lady Charterys, puis il a terminé son petit discours en me faisant entendre que c'était *une coquette et une fine mouche*. Je lui ai répondu que cela ne me regardait pas, et qu'il ne pouvait me convenir à moi, qui reçois d'elle tant de bienfaits, d'écouter le mal qu'il lui plaisait d'en dire. Il s'est levé alors, s'écriant vivement : « Eh bien ! je m'en lave les mains. » Après quoi, il a ajouté qu'il était sur le point de partir pour la Styrie. Il eût voulu, je suppose, me faire prendre quelque engagement, mais je n'en voyais pas la moindre nécessité. Ils sont là deux qui semblent attacher à mon humble personne beaucoup plus d'importance que je n'en crois mériter. Est-elle coquette ? je ne le pense pas, et si elle l'est, qu'importe ? Je ne suis qu'un artiste appelé à peindre son portrait et sa salle de bal, mais je puis être moins encore à ses yeux que le balayeur qui enlève les feuilles de sa terrasse.

Ce matin même, elle est entrée dans la salle de bal, au moment où je me mettais au travail ; elle est matinale depuis une quinzaine ; je l'ai vue et même rencontrée plusieurs fois dans les jardins, peu de temps après le lever du soleil. « Pourquoi donc tant travailler ? dit-elle, en regardant ce que je faisais. Avez-vous si grande hâte d'en finir ? En avez-vous déjà assez de l'Angleterre et de Milton Ernest ? » Je répondis que je me ferais un cas de conscience de ne pas achever mon travail dans un délai raisonnable. « Et quand ce sera fini, dit-elle de ce ton un peu brusque, mais qui n'est pas dépourvu de charme, vous nous quitterez sans nous accorder aucun regret ? » Je me sentis pâlir et je répondis que, lorsque tout serait achevé, si

elle était satisfaite de mon travail, je n'aurais aucun
regret, aucun! je n'aurais que de la reconnaissance.
« De la reconnaissance! — répéta-t-elle d'un ton piqué. Qu'elle était belle en ce moment, vêtue d'une
robe de cachemire blanc ornée de fourrure noire, et
tenant dans sa main un énorme bouquet de roses du
roi! — C'est nous qui vous devons de la reconnaissance, reprit-elle avec chaleur; vous avez embelli ma
maison d'œuvres charmantes, puis vous m'avez appris
à sentir, à penser, vous m'avez donné conscience du
néant et de l'égoïsme de ma vie. » Je ne disais rien :
que pouvais-je lui dire? « Je vous trouve, reprit-elle
bientôt, trop fier et trop modeste à la fois. Comptez-
vous rester ici tout seul pendant ce long et froid hiver? Vous serez fort à plaindre; vous n'avez pas idée
du froid et de la tristesse de nos hivers. » Je répliquai
que je ne les croyais pas plus tristes ni plus froids que
mon grenier à Paris, même à Rome quand souffle la
tramontane; puis j'ajoutai que je ne serais pas malheureux parce que son souvenir... et son portrait me
resteraient! Peut-être n'aurais-je pas dû tenir ce langage, mais elle ne parut pas s'en offenser; elle sourit
et me donna une de ses roses en me priant de déjeuner avec elle. J'hésitai d'abord, mais elle insista avec
tant de grâce que je ne pus refuser. La petite lady
Hermione était aussi de ce repas matinal; notez que
personne n'était levé dans la maison. On causa, on rit,
on fut heureux! L'odeur de l'herbe mouillée et des
roses entrait par les fenêtres, que nous avions laissées
entr'ouvertes, car nous sommes dans l'été de la Saint-
Martin. Ah! oui, certes, c'est déjà beaucoup d'avoir le

souvenir de pareilles heures, même si tout ce qui vous attend dans l'avenir ne devait être que misère et obscurité !

Tout à coup une pensée m'envahit et me rend presque fou. Elle... pourrait... m'aimer... elle m'aime ! Que dois-je faire ? Donnez-moi un conseil ; dites-moi ce que vous pensez...

DON ECCELINO FERRARIS A LÉON RENZO

Je ne saurais vous donner de conseil à la distance qui nous sépare, ayant depuis si longtemps rompu avec le monde ; mais votre caractère est noble, votre orgueil est grand, d'autant plus grand peut-être que quelques-uns vous contestent le droit d'en avoir. Agissez d'après les inspirations de l'un et de l'autre. Que cette jeune femme se sente attirée vers vous, je le crois sans peine ; qu'elle vous soit plus chère que vous ne le pensez, il y a longtemps que je m'en doute ; mais cette passion, je vous l'avoue, me paraît ne devoir être pour vous qu'une source de chagrin. S'il faut vous soustraire à cette influence fatale, dites-le-moi ; vous savez que ma bourse, si peu garnie qu'elle soit, vous est toujours ouverte, et ici du moins vous trouverez, comme je l'ai trouvée moi-même, la paix de la conscience, alors même que les regrets et les charmes du souvenir vous hanteraient jusque sur ces hauteurs.

LÉON RENZO A DON ECCELINO FERRARIS

Votre bonté pour moi dépasse tout ce qu'on peut imaginer. Si elle quitte Milton, je resterai et j'achèverai mes fresques; si elle reste, vous avez raison, je dois partir. Mais c'en est fait pour toujours; n'importe où je dirigerai mes pas, la paix du cœur m'est à jamais ravie.

LADY CHARTERYS A M. THOMAS

Conduisez le *Glaucus* à Marseille, et là attendez que je vous télégraphie mes ordres.

LÉON RENZO A DON ECCELINO FERRARIS

Elle est partie! je suppose qu'elle aura subi quelque pression, ou peut-être a-t-elle voulu échapper à une position qui devenait embarrassante. Je ne sais; je crois qu'elle m'aime, mais j'entends toujours la voix du vieux lord me disant : *C'est une coquette et une fine mouche!* Non, j'ai tort; c'est mal à moi de demander plus que ce qu'elle m'a donné : amabilité, grâce, égards de toute sorte! beaucoup plus que je n'étais en droit d'espérer. La veille de son départ, elle est venue me dire adieu, pendant que je travaillais à son portrait, qui est presque achevé. Un dernier coup de pinceau reste seulement à donner aux draperies et au chien : « S'il fait très froid, me dit-elle, vous ferez bien mieux d'aller à Rome, à moins que vous ne vouliez venir à Cannes et faire un autre portrait de moi au milieu des palmiers. » Elle parlait sur un ton très doux et très bas. Ce n'est qu'en prenant beaucoup sur moi que j'ai pu la regarder avec calme et lui dire simplement : « Non ! » Elle a compris, je suppose, que ce n'était pas manque de courtoisie, car elle n'a rien répliqué et m'a tendu la main. Ses beaux yeux étaient remplis de larmes ; les miens n'étaient pas secs. Vous aviez raison, mon cher et excellent ami, de me dire qu'il y aurait là pour nous souffrance, grande souffrance ! mais la sienne passera promptement, riche, heureuse, adorée, distraite par mille choses imprévues, comme elle l'est et le sera toujours ! Mais moi,... ce qu'elle éprouve à mon égard n'est sans doute que de l'intérêt ou de la compassion, plutôt que la divine pitié de Desdémone. Peut-être aussi lui ai-je inspiré quelque respect, parce que je n'ai jamais flatté sa vanité. Mais non, il n'est pas possible qu'elle m'aime sérieusement. Au cas où j'aurais la faiblesse d'accepter le bonheur qu'elle m'offrirait, elle me mépriserait pour toujours ! — Je fais ma première expérience d'un jour d'hiver anglais. Le froid est terrible ; il pleut, il neige, il grêle ; il m'est impossible de peindre ; je continue mon travail dans la bibliothèque. Il me reste encore à mettre de l'ordre dans beaucoup de tiroirs et de dessins, de manuscrits, de gravures. Cette pièce est fort belle, et le grand feu qui flambe dans les deux cheminées, aux extrémités, l'éclaire d'une couleur d'or ; je me trouverais ici tout à fait heureux si... si...

J'ai prié mon ami Vico, de Rome, de vendre toutes
les toiles qui sont dans mon atelier et, s'il ne peut
même en trouver que 20 francs pièce, de m'en envoyer le prix. Je pourrai fuir alors, si elle avait la
fantaisie, comme cela lui arrive quelquefois, de revenir en prévenant un jour ou deux seulement à l'a-
vance. Elle m'a écrit une charmante petite lettre ce
matin. Ah! qu'il m'en a coûté de lui répondre quelques lignes froides et formalistes! Mais elle m'aurait
méprisé si j'eusse agi autrement. Elle est à Cannes depuis quinze jours. Elle me décrit sa villa avec ses bois
d'orangers, ses jardins, ses murs de marbre de couleur, le petit port lui-même, où l'eau est si peu profonde que son yacht peut à peine y mouiller. Elle
m'engage à aller la voir et à faire son portrait. Elle ne
paraît tenir aucun compte de mon premier refus.
Croyez-vous donc qu'elle soit assez cruelle pour se
jouer ainsi de moi? Non, je suis un ingrat, un fou. C'est
sans doute pure bonté de sa part. Ah! elle n'a jamais
songé que j'y verrais ce que j'y vois.

M. HOLLYS A LORD LLANDUDNO

Villa Gloriette, Cannes.

Cher ami, je suis accouru ici pour deux jours, afin
de voir l'objet de notre mutuelle anxiété. Vic, sur mes
conseils, est aussi des nôtres. Il a fait venir son vieux
bachot dans la baie de Villefranche. Esmée n'a pas
l'air de bonne humeur. Elle m'adresse rarement la
parole. Je lui ai demandé des nouvelles de Renzo, et

elle m'a répondu très sèchement qu'il était en Angleterre et travaillait aux fresques. Je n'ai jamais eu le
courage d'en dire plus. Elle a une façon de vous regarder qui vous ferme la bouche. J'ai plaidé très mal
la cause de Vic, paraît-il, car elle m'a répliqué d'un
ton ennuyé que c'était pitié d'amener des enfants dans
le voisinage de ce terrible Monte-Carlo, ajoutant qu'elle
y était allée elle-même, sans pouvoir rien comprendre
au charme que d'autres y trouvent ; le charme toutefois
n'existant pas moins, il eût été beaucoup plus sage, dit-
elle, de renvoyer Vic chez lui. J'ai objecté qu'un duc
anglais âgé de vingt-quatre ans, officier des gardes, ne
devait pas être traité comme un enfant en lisières ; là-
dessus elle a pris un air plus maussade encore et m'a demandé le nom d'un horrible cactus qui ressemble à une
raquette de lawn-tennis toute hérissée de poils. Je l'ignorais ; je ne vois pas pourquoi un tel spécimen de la nature aurait un nom quelconque. Je suis furieux, car,
ayant beaucoup d'affection pour Esmée, il ne me plaît
pas qu'elle me traite comme quelqu'un qu'elle rencon-
trerait pour la première fois à une table de jeu, ou à
une gare de chemin de fer ; je n'aime pas non plus
Mrs. Alsager, qui est ici avec elle et ne lui fait aucun
bien. Lorsque j'ai essayé de tirer de cette dernière
quelque chose au sujet de Renzo, elle s'est bornée à
rire et à dire qu'elle croyait qu'il viendrait à Cannes.
Lady Cairnwrath garde le lit par suite d'un refroidis-
sement ; elle m'envoie des cartes griffonnées au crayon
deux ou trois fois par jour, petites effusions aussi gla-
ciales que désagréables. Elle se dit évidemment que,
si j'avais fait mon devoir, j'aurais dû contraindre Es-

mée à épouser Vic. Le soleil lui donne la fièvre, le
mistral des rhumatismes; les rosiers en fleurs sous ses
fenêtres sentent le typhus, et le réséda exhale le cho-
léra. Si Renzo vient ici, elle m'a déclaré qu'elle se fera
conduire ailleurs en chaise à porteurs pour mourir en
paix. A tout prendre, nonobstant un baromètre rassu-
rant, un thermomètre qui monte et un soleil toujours
souriant, il y a de l'orage dans l'air. Je me demande ce
que nous pourrions bien faire? Si Esmée a mis dans sa
tête de l'épouser, rien ne l'arrêtera; je n'ai d'espoir
que dans le peintre lui-même. Je ne crois pas qu'il
vienne à Cannes; je le considère comme un trop grand
artiste pour être un drôle. Je retourne à Rome ce soir,
Dieu merci! Je me fais l'effet d'un sot quand je regarde Esmée en face, sans oser lui adresser une question; mais pas plus que moi, personne ne l'ose.

P.-S. — Vic a perdu 100 000 francs hier; il va partir par le premier train. Lelah Dé est à l'Hôtel de
Paris; je crains bien qu'elle ne l'accapare.

LÉON RENZO A DON ECCELINO FERRARIS

Vous étiez plus clairvoyant que moi, mon vieil ami :
j'ai lu dans un journal anglais que le jeune duc est
aussi à Cannes. Finira-t-elle par faire ce que tous ses
amis désirent? Il faut tant de courage, tant de constance à une femme pour résister à la pression des
siens. Elle est courageuse, oui; mais constante? j'en
doute ! Je lui fais tort peut-être; je l'a très mal jugée
la première fois que je l'ai vue

Les jours froids et sombres se traînent lentement. Je suis content quand la nuit vient, alors que les lampes sont allumées et que Berwick et moi sommes seuls dans cette bibliothèque, où je suis comme chez moi. Le garde général m'a demandé hier si je ne chasserais pas; aucune parole ne peut rendre le mépris que j'ai semblé lui inspirer quand j'ai répondu que rien au monde ne serait capable de me décider à tuer un oiseau ou tout autre animal. On me considère évidemment comme un fou inoffensif, mais que chacun commence à prendre en très grande affection.

Je travaille assidûment aux fresques quand le soleil le permet; je monte à cheval de temps en temps, je lis beaucoup; j'ai à ma disposition des milliers d'ouvrages latins, français et quelques livres italiens. Son portrait est placé sur un grand chevalet, à l'extrémité nord de la bibliothèque; le chien et moi le regardons avec tristesse,... chacun à notre façon; je suis sûr qu'il la reconnaît.

C'était hier Christmas; les gens ont distribué en son nom beaucoup d'aumônes aux pauvres, mais il m'a semblé que personne n'avait l'air bien satisfait; ils sentent peut-être qu'elle ne leur porte aucun intérêt vrai et qu'elle ne pourrait reconnaître A de B parmi eux. Quel dommage! elle qui saurait si facilement se faire aimer! A la fin de mon repas solitaire, on m'a apporté le pouding national : grosse boule incandescente et indigeste. Je l'ai trouvé détestable; en revanche, Berwick l'a fort apprécié. Aujourd'hui, violente tempête; tout est recouvert d'une couche blanche : les ifs ont l'air plus imposant encore sous la neige. Je suis sorti et j'ai assisté au repas des fauves. Nerina a mangé des navets dans ma main. Le froid est intense, je plains les paysans. Les domestiques leur distribuent beaucoup de charbon et de vêtements.

Elle m'a écrit une autre petite lettre où elle me raconte qu'elle est au milieu des géraniums en fleurs, appuyée sur un mur de marbre qui domine la mer bleue, le thermomètre marquant vingt-cinq degrés au soleil. Elle me demande si je n'envie pas tout cela quelquefois. J'envie les fleurs qui sont près d'elle, oui,... mais je lui ai répondu très simplement. La vérité est aussi que je commence à aimer ces bourrasques, ce paysage tout blanc, ces bois sombres, ces pièces aux panneaux de chêne et aux vitraux peints avec leur âtre plein de feu. Peut-être ce milieu me plaît-il d'autant plus que, dans peu de temps, je le quitterai pour toujours, que...

. . . .

Je viens de faire une découverte qui m'a tellement bouleversé, que je vois à peine le papier sur lequel je vous écris. Il résulterait des documents qui me tombent sous la main, que je suis le fils légitime du comte Alured! Il me semble du moins qu'il n'y a pas moyen d'en douter. Voilà comment les choses se sont produites. Excusez mes incohérences.

En mettant de l'ordre dans les tiroirs et dans les eaux-fortes, j'avais reçu de lady Charterys l'autorisation d'ouvrir tous les meubles, cabinets, casiers; elle avait également mis à ma disposition un catalogue très ancien et très incomplet; dans un des coins de la bibliothèque se trouve un secrétaire Louis XVI d'un travail exquis. Il renferme des quantités de vieilles lettres, cartes et esquisses. Je ne comptais pas y toucher, bien qu'elle m'eût expressément autorisé à tout feuilleter, à tout lire et à tout examiner ; en cherchant à fermer le tiroir dudit secrétaire, j'ai, paraît-il, fait jouer quelque ressort secret, car aussitôt l'un des battants tourna sur lui-même et apparut un tiroir contenant un paquet de lettres, une boucle de cheveux noirs et un papier plié. Je soulevai le papier pour refermer le petit meuble et, ce faisant, j'ai vu que c'était un acte constatant que *leur* mariage a été célébré dans l'église de Sainte-Hélène de Rome. Je le copie ci-dessous ; vous verrez qu'il est impossible d'en mettre en doute l'authenticité. Je vous écrirai de nouveau demain ; je suis abasourdi ; tout tourne autour de moi comme si j'avais le vertige. Ne suis-je pas le jouet d'un rêve ? du délire ?... Ah ! si ma mère était encore de ce monde !

Ma lettre n'est pas partie hier soir ; voici encore quelques nouveaux détails ; je vous ai envoyé la copie des lettres qui étaient attachées avec les cheveux de ma mère. Ses lettres,... *cara anima!* en italien, d'une mauvaise écriture, passionnées, qui, bien qu'en disant fort peu, n'en disaient pas moins tout ! Son passé m'apparaît dans ces pauvres lettres ; il l'a épousée, mais en secret, et, honteux d'elle qu'il était, l'a tenue à l'écart, tout en continuant, lui, à jouir du monde et de ses plaisirs. De cette vie est résulté, pour elle, colère et jalousie, pour lui, indifférence et mécontentement. Quelque Iago s'est alors, sans doute, trouvé là pour suggérer à ma pauvre mère que son mariage n'avait été qu'un simulacre; folle de douleur à cette pensée, elle s'enfuit, et, le jour même où elle arrivait sous le toit paternel, son père périssait victime d'un accident. Je n'ai trouvé que des lettres d'elle. Rien n'indique ce qu'a dit, fait ou pensé lord Charterys; il est probable que c'était un homme au cœur dur, qui, heureux de recouvrer sa liberté, n'eut garde de se préoccuper de sa femme et n'entendit jamais parler de moi. Il ne se pardonnait pas, j'en suis sûr, d'avoir fait la folie d'épouser une pauvre paysanne des monts Sabins; on ne peut d'ailleurs faire que des conjectures : c'est un mystère, mais l'acte de mariage est clair; la date en remonte à trente-quatre ans : je suis fils légitime,... et son cousin !

Deux jours se sont écoulés depuis ma dernière lettre; je suis un peu plus calme; la détente a succédé à l'étourdissement du premier moment. Plus d'ombre sur ma vie; je suis dorénavant l'égal de tous. Je ne sais si ces documents seront suffisants aux yeux de la loi; ils le sont aux miens ! Ma pauvre mère ! combien son histoire est claire d'après ses lettres ! Sa passion, ses peines, sa jalousie, ses doutes, sa faiblesse et son ignorance, tout m'est sacré. Lui, loin d'être touché, il n'a été qu'irrité. Certains hommes ne sont-ils pas des insensés, contre lesquels les femmes se brisent le cœur, comme de frêles embarcations sur des rochers ! Il a dû la faire souffrir cruellement; je ne puis le lui pardonner; mais à qui je pense plus qu'à lui, plus qu'à ma mère, c'est à Esmée !

Je puis l'appeler ainsi maintenant. Si je prends sa
place, elle me haïra; après avoir été comblé par elle
de tant de preuves de bonté, de confiance, voudrais-
je la déposséder de son royaume en disant la vérité?
C'est moi qui suis lord Charterys! Elle me détestera...
Je reviens de me promener dans les bois; il fait très
froid et le vent souffle avec violence. Cet air vif a
apaisé ma fièvre; je me sens comme coupable du
crime de lèse-hospitalité; c'est de l'enfantillage, peut-
être; mais je ne puis me raisonner. Si elle ne m'avait
confié les clefs de sa bibliothèque, je n'aurais jamais
soupçonné mes droits. Mon ami Vico m'a écrit aujourd'hui; il paraît qu'il n'a pu trouver un seul amateur pour mes études, mais il a vendu trente louis un
petit marbre que je possédais, attribué à Mino de
Fiesole. Il m'a envoyé cette somme; je pars pour
Londres; je vais demander à notre agent consulaire
le nom d'un avocat à consulter sur cette affaire. Je
lui tairai les noms, en sorte qu'il n'y aura rien à
craindre. J'ai causé du comte Alured avec l'intendant,
qui l'a connu; il me l'a dépeint comme un homme
léger, volontaire, capricieux. Il est mort d'une chute
de cheval sur la grand'route. Peut-être eût-il réparé
ses torts envers ma mère si Dieu lui avait prêté vie.
Je voudrais pouvoir me le persuader.

. . . .

J'ai consulté à Londres un homme de loi; je lui ai
montré la copie des actes, en gardant, bien entendu,
les noms devers moi; après examen des pièces, il m'a
déclaré que, suivant lui, le mariage était parfaite-

ment légal, vu qu'à cette époque, en Italie, il n'y avait
de mariage légal que le mariage religieux, et que
d'ailleurs le comte était catholique comme tous ses
ancêtres l'avaient été. Ces pièces constituent donc le
titre indéniable d'héritier au fils né de ce mariage, à
la condition toutefois que la naissance de cet enfant
corresponde exactement à la date que j'ai indiquée,
ce qui n'est pas difficile à établir. Il ne m'a pas dissi-
mulé que cette affaire donnerait certainement matière à un très long litige, que la partie adverse pro-
testerait, les mariages en Italie, avant l'indépendance,
étant souvent secrets et par cela même sujets à suspi-
cion légitime. L'affaire serait soumise à la Chambre
des lords et traînerait en longueur ; quant à lui, il ne
mettait pas en doute le résultat final, si les faits et les
actes étaient conformes à mon dire. Après l'avoir
remercié, j'ai pris congé de lui et je suis revenu ici.
A mon arrivée, quand la grande porte s'est ouverte,
j'ai senti que je rentrais chez moi. Quelle sensation
étrange j'éprouve à me savoir le propriétaire, le
maître ici ! Moi, un comte anglais ! moi !.. Je m'in-
stallai près du feu ; la tête de Berwick appuyée sur
mes genoux. D'autres pensées alors m'envahirent.
L'homme de loi m'avait dit qu'il y aurait pour la
partie adverse matière à procès ; cette phrase glaciale
m'avait traversé le cœur comme une lame de poignard.
Se pourrait-il que le sort nous réservât de devenir
ennemis ! Il n'y a honte ni pour l'un ni pour l'autre
dans les faits qui seraient livrés au public, et néanmoins il serait honteux pour nous d'être ennemis !
L'homme de loi avait encore ajouté qu'il se pourrait

que le propriétaire actuel du titre et de la fortune
cédât sans procès, s'il était convenu de la justice de
la cause. Oui, elle se désistera tout de suite, ma fière
et belle cousine ; elle quittera ma maison et me laissera tout seul, maître ici, sans jamais consentir à me
revoir. Qu'aurai-je gagné à cela, sans parler de la
question de bassesse et de trahison ? — car sans sa
bienveillance, sans la confiance qu'elle m'a témoi-
gnée, je serais toujours resté dans la plus profonde
ignorance du passé. Je n'aurais jamais supposé que
ma pauvre mère se fût enfuie du domicile conjugal,
en proie à la folie de la jalousie, et que j'étais un
enfant légitime. N'est-ce pas trahison aussi bien qu'in-
délicatesse d'user de ce que j'ai appris pour déposs-
séder lady Charterys de sa fortune ? Voilà un véritable sujet de tourment pour moi. Je n'imagine pas
comment je puis être mis en possession de ce qui
m'appartient de par la loi, sans lui causer préjudice ou peine. Puis il est un autre côté de la question qu'il ne faut pas omettre ; quand elle saura,
comme je l'ai déjà dit, que je suis le fils légitime du
comte Alured, elle n'attendra pas la décision des
juges, elle ne daignera pas soulever des chicanes, elle
m'abandonnera tout et me vouera une haine éternelle.
Oui, si elle est assez généreuse pour ne pas me haïr
comme spoliateur, jamais elle ne pardonnera à celui
qui, profitant d'une permission qu'elle lui a généreu-
sement octroyée, de l'hospitalité qu'elle lui a offerte,
en aurait abusé pour s'emparer sournoisement de sa
position ; position dont la loi et le monde l'auraient
laissée jouir toute sa vie. Même au cas où elle croi-

rait à l'authenticité des actes en question (ce qui pourrait ne pas être), elle n'aurait que mépris pour celui
qui s'en serait fait des armes contre elle. Tout ceci
est pour moi une véritable torture; je l'aime si passionnément que je tiens pour rien d'être reconnu comte
de Charterys par toute l'Angleterre, si j'y perds un
de ses sourires. Bien que j'aie maintenant le droit de
porter la tête haute et que l'orgueil me soit désormais
chose permise, je suis plus malheureux qu'avant d'a-
voir ouvert ce mystérieux secrétaire; je ne vois pas
comment je puis être mis en possession de mon titre
et conserver sa faveur. Si je lui montre ces documents,
elle me considérera immédiatement comme son ennemi; je lui ferai peut-être même l'effet d'un traître.
Je préfère rester Léon Renzo, qu'elle respecte et que
peut-être... elle aime... Quel conseil me donnerez-
vous, mon cher et respectable ami ?

DON ECCELINO FERRARIS A LÉON RENZO

Il m'est bien difficile de vous donner un conseil
dans la conjoncture présente; tout votre avenir dépend
de votre décision. Je vois ce qui vous torture : vous
aimez votre cousine bien plus que vous ne tenez à son
nom, à la fortune, à la puissance. Vous hésitez à vous
l'aliéner en essayant d'établir vos droits, et je le comprends; si ce parti n'a pas pour résultat d'en faire
votre ennemie, il sera du moins un obstacle invincible
pour une femme ayant le cœur haut placé, à ce qu'elle
vous avoue son amour. Elle ne saurait se soumettre à

faire un aveu qui contiendrait de pareils sous-entendus
à vos yeux et à ceux du monde. D'un autre côté, votre
cousine n'est peut-être pas digne de tant de dévouement, d'un pareil sacrifice. Rappelez-vous que, lorsque
vous l'avez vue pour la première fois, elle vous a fait
l'effet d'une femme hautaine, capricieuse, frivole,
d'une femme du monde dans toute l'acception du mot.
Êtes-vous bien sûr que cette impression n'était pas la
plus juste ?

La fascination qu'elle exerce sur vous peut avoir
troublé votre jugement. S'il en était ainsi, vous auriez
perdu une belle position, une vie heureuse et digne, la
possession d'un grand nom, pour une femme légère
et incapable d'apprécier un tel sacrifice, qu'elle en
ait conscience ou non ! Tout ce que vous aurez souffert, tout ce que vous aurez perdu, vous sera compté
pour rien. Il n'entre pas dans mon esprit de chercher
à vous influencer. Je vous demande simplement de
réfléchir mûrement et de ne rien faire par entraînement. Rien ne presse ; on sait que vous devez rester
ici jusqu'à l'achèvement complet de vos travaux. Pourquoi ne pas attendre qu'elle revienne, avant de prendre
une décision ? La générosité que vous méditez est
presque surhumaine ; mais je vous en crois capable et
je ne le regretterais pas si vous étiez sûr que celle qui
vous l'inspire est à la hauteur de votre sacrifice, si...
Vous devez avoir reçu, à l'heure qu'il est, ma lettre
précédente en réponse à la nouvelle étourdissante que
vous m'avez apprise. Pourquoi votre pauvre mère n'a-
t-elle pas eu le courage de me faire des confidences,
mon cher Léon ! Quand je pense à tout ce que vous

avez souffert, à votre génie méconnu, mon cœur saigne pour vous ! Je prie le ciel que ce retour de fortune ne vienne pas trop tard.

LÉON RENZO A DON ECCELINO FERRARIS

Jours sombres et toujours si longs ! Je suis dans un état étrange d'anxiété et de surexcitation. Votre bonne lettre, toute calmante qu'elle est, n'est pas faite pour me rasséréner : vous me faites si bien comprendre que, quoi que je fasse, j'aurai fatalement lieu de m'en repentir ! Si je renferme ce secret dans mon cœur, comment pourrai-je faire que la distance qui nous sépare encore n'existe plus, moi qu'on regarde ici comme un aventurier, comme une sorte de mendiant digne de tous les mépris ?

Je ne vois aucun moyen de combler l'abîme qui est aujourd'hui entre elle et moi ! Vous dites que rien ne presse ; j'ai serré ces papiers dans un petit coffret en fer et, à moins que je ne le veuille, personne n'en aura jamais plus connaissance. Y a-t-il tant de don quichottisme à garder ce secret toute ma vie sans réclamer mes droits ? Vous ne savez donc pas que je ferais tout au monde pour la voir me sourire ? Et jamais je n'aurai la faveur de ce sourire si elle sait la vérité. Je me prends à m'étonner moi-même d'aller et venir partout ici, comme si je voulais m'assurer que tout m'appartient, m'appartient réellement, quand jamais je n'ai eu à moi, jusqu'à présent, que ma boîte de couleurs, un grenier pour logis avec une statuette ou un bronze par-ci par-là !

Je passe toutes mes soirées près du feu, les bras
croisés, Berwick couché à mes pieds. Plus j'y réfléchis,
plus il me semble que je ne saurais rien prendre de
tout cela, puisque le prendre, c'est le lui faire perdre.
En retour de toutes ses attentions, de son amabilité, de
ses bontés pour moi, oserais-je donc la déposséder ? Je
travaille aux fresques tant que le jour me le permet ;
j'espère au moins que ce travail me fera honneur.
Dernièrement je ne pus m'empêcher de rire de pitié
en entendant le majordome se permettre d'en jaser
d'une façon peu convenable. Cela me semblait si gro-
tesque! Ah! s'il m'avait seulement soupçonné d'être
ce que je suis, comme il aurait courbé l'échine et
léché la poussière de mes bottes ! Quand je songe que
j'ai le droit de balayer toute cette valetaille ! Mais ce
n'est pas le pouvoir ni la reprise de mes droits qui
me tentent, c'est le loisir, le repos, la possibilité de
passer toute ma vie à la poursuite de l'idéal, de m'entourer de tout ce qui est beau, élevé... Or, sans elle,
fût-ce avec tout cela, ma vie serait seulement une
maison sans musique, une ruche sans abeilles. Que
faire? Je reste absorbé dans mes réflexions heure
après heure, nuit après nuit, et sans jamais pouvoir
prendre de parti. Je contemple son portrait, et la
pensée seule que je pourrais enlever à cette belle
créature le luxe qui l'entoure, me paraît être un
crime. Elle ne m'a plus écrit. Si elle allait épouser le
jeune duc !... Non, je ne le pense pas. L'hiver est
long, long, long. Nous sommes au 26 janvier ; à Rome,
quand mars approche, comme la terre rit! comme
les fleurs poussent ! comme le sang bout dans les

veines ! Ici il n'y a que neige et vent, brouillard et
verglas. Les pauvres fauves grelottent tristement sous
les arbres sans feuilles, au milieu des fougères noires
et gelées.

Le maître d'hôtel m'apporte à l'instant un télé-
gramme qu'il vient de recevoir de lady Charterys. Il est
daté de Paris et ne contient que ces mots : « Nous arri-
vons demain. » Demain, comme ça, sans crier gare !
Il prétend que milady n'agit jamais autrement. Mon
Dieu, que lui dirai-je ? Quel accueil lui faire ? Est-ce
la joie ou la peine qui m'étouffe ? Si je voyais seulement le parti que je dois prendre sagement, raison-
nablement ! Quand on songe que tout ceci n'est pas à
elle, mais à moi ! qu'elle est, en réalité, mon hôtesse !
Voilà quatre mois qu'elle est partie ; elle ne m'a pas
écrit depuis un certain temps ; peut-être que je ne suis
plus pour elle qu'un pauvre artiste sans nom qui peint
ses fresques ! S'il en est ainsi,.. eh bien ! je ne récla-
merai jamais mes droits ; cela ressemblerait trop à
une vengeance. Si, au contraire, elle paraît me voir
d'un autre œil... alors je partirai ; j'enverrai son portrait à l'exposition, et peut-être réussirai-je à con-
quérir ainsi assez de renommée pour qu'il ne me soit
plus défendu de lui dire : « Je vous aime. » Non, nonr
je ne lui enlèverai pas son petit royaume ; j'en ai un
plus vaste : l'art ; elle a eu confiance en moi,... elle
n'aura pas à s'en repentir.

. . . .

Ce demain, c'est aujourd'hui ! Je n'ai pu clore l'œil
de la nuit ; il est maintenant midi ; elle peut arriver à

chaque instant; je griffonne ces quelques mots au
crayon dans la salle de bal; il neige, mais le soleil
brille; on a envoyé son traîneau avec ses chevaux
russes, Berwick est parti de lui-même avec le traîneau, lui qui ne voulait jamais me quitter; on dirait
qu'il a compris. Comment aborder Esmée? que dire?
ma position envers elle me semble si fausse! C'est
absurde, mais je ne puis combattre ce sentiment.
J'entends un bruit de grelots, de voix, de portes qu'on
ouvre, qu'on ferme; de chiens qui aboient, puis plus
rien. Elle est arrivée!

Il est quatre heures, il fait presque nuit; c'est à
peine si je vois ce que je vous crayonne à la lumière
du feu; les fresques ne sont guère qu'à moitié, mais le
temps a si souvent contrarié mon travail! Ses amis
ne manqueront pas de lui insinuer que j'ai fait exprès
de ne pas me hâter; je présume que je ne la verrai
que demain. Le domestique qui est spécialement at-
taché à mon service est venu mettre du bois dans le
feu. Il m'a dit que lady Cairnwrath était revenue
avec milady, personne autre, mais qu'on attendait
nombreuse compagnie dans une huitaine de jours.
A ce moment, je serai parti; les fresques seront ter-
minées plus tard par d'autres mains.

On vient de me remettre un pli : c'est un mot d'elle,
pour me dire qu'elle m'envoie ses compliments et
m'attendra dans la bibliothèque. C'est là qu'elle pren-
dra le thé. Irai-je tout de suite? Je ne puis refuser;
elle n'a rien oublié; je tremble à la pensée de la voir,
bien que je le souhaite depuis si longtemps! Il me
semble qu'elle va lire tous mes secrets dans mes yeux.

Je l'aime à la folie, et pourtant je ne puis lui parler!
Faites des vœux pour moi, mon cher et excellent
père. Ma prochaine lettre sera datée de Rome.

. . . .

Cette lettre n'a pas été mise à la poste, je la rouvre
pour vous dire qu'il n'existe pas sous la voûte des
cieux un mortel aussi heureux que moi. Même maintenant, que je suis assis dans ma chambre éclairée
par les faibles lueurs du matin, je ne puis croire à
mon propre paradis; je doute encore qu'après avoir si
longtemps combattu dans la vie, mon bon ange m'ait
enfin pris en pitié. Dès que le domestique m'eut
remis le message de lady Charterys, je partis pour
me rendre près d'elle; je titubais comme un homme
ivre. J'allais donc la voir dans la bibliothèque! Il me
semblait que les murs parleraient! que le petit
meuble trouverait une voix! Je croyais rêver, moi,
debout devant elle, dans cette pièce qui m'était de-
venue si familière! Heureusement qu'il faisait demi-
jour; un rayon de lumière pénétrait par les fenêtres
à l'ouest; les brillantes clartés d'un grand feu se
reflétaient sur le plateau d'argent, sur le samovar,
sur la peau d'ours du foyer, sur elle, que j'avais devant les yeux! Sa pâleur était grande; elle semblait
fatiguée; elle portait un costume de *five o'clock tea*,
une robe de magnifique satin, ornée de vieux point
qui lui seyait à merveille comme tout ce qu'elle porte
d'ailleurs; elle me tendit la main et je la pris en
m'inclinant très bas. Je ne soufflai pas un mot; j'étais
incapable de parler, elle resta plus silencieuse aussi

que de coutume, puis se mit à murmurer très vite
toutes sortes de petites phrases : la fièvre régnait à
Cannes; sa grand'mère était tombée malade; elle
s'était beaucoup ennuyée : c'est Londres transporté
sur les bords de la Méditerranée; elle détestait le
mélange d'un soleil implacable et d'un vent glacial,
elle préférait une promenade à cheval sur les routes
détrempées du Berkshire. Je me souviens de toutes
ses phrases maintenant, sans les avoir pourtant bien
entendues au moment où elle parlait.

Je la regardais ivre d'amour, torturé par la pensée
qu'il me fallait la quitter, me séparer d'elle sans mot
dire! Je ne voyais d'autre parti à prendre; je ne des-
serrais pas les dents. Alors elle se rapprocha de moi
dans le clair obscur de la lumière du feu et du jour
qui baissait; tous deux l'un à côté de l'autre près de
la cheminée. Je ne pouvais parler. Je baisai la main
qu'elle me tendit, me disant à part moi : « Ah! si elle
savait ce qu'il en est! Si elle savait !... » Elle lut
sans doute alors quelque chose d'étrange sur ma
physionomie, car ses yeux prirent une expression
singulière en me regardant, puis elle me demanda
avec sa brusquerie d'autrefois : « Alors vous n'avez
rien à me dire? Êtes-vous fâché que je sois revenue?
Où en sont les fresques? Vous êtes-vous beaucoup
ennuyé? »

J'étais incapable d'articuler une parole, se fût-il
agi de sauver sa vie ou la mienne. Je ne pouvais que
la regarder, et bientôt ses joues se couvrirent d'une
teinte aussi vive que celle du camélia qu'elle portait
à son corsage. « Pourquoi n'êtes-vous pas venu à

Cannes? dit-elle sans fixer sur moi les yeux. J'aurais
tant voulu que vous y vinssiez! Vous n'avez donc pas
su comprendre? » Je ne répondis rien. Mon cœur
battait à tout rompre, mais je ne prononçai pas un
mot. Prenant alors ma main dans la sienne, elle me
demanda pourquoi j'étais si fier, puis elle murmura
tout bas : « Si vous m'aimez un peu, pourquoi ne
pas me le dire? Que m'importent les autres, vous
seul êtes tout pour moi. Nous pourrions être si heureux, si vous étiez moins fier! » Je tombai alors à ses
pieds, que je baisai follement. Beaucoup plus tard
dans la soirée, je lui ai tout raconté, je lui ai montré
tous les papiers, qu'elle n'a même pas daigné regarder. Ce qui est à elle est à moi : ce qui est à moi
est à elle. Le monde peut dire ce qu'il voudra; s'il
la croit la plus généreuse de toutes les femmes, cette
fois, du moins, il ne se sera pas trompé.

LADY CHARTERYS A DON ECCELINO FERRARIS

Je vous aime déjà! Venez nous voir à Pâques; il
projette d'acheter un palais abandonné qui domine
Florinella et de le faire restaurer. Nous pourrons
donc ainsi aller vous voir souvent; il prétend que
ce palais est l'œuvre de Bramante et qu'il vous a
entendu fréquemment exprimer le regret de le voir
tomber en ruines.

Un grand scandale nous a été miraculeusement
épargné. Lord Charterys (car ce gentleman est incontestablement lord Charterys, et je trouve entre lui et
le pauvre Alured une ressemblance frappante) se conduit d'une façon irréprochable ; il n'entend pas que
la chose soit rendue publique, disant qu'il lui est
parfaitement égal que le monde le prenne ou non
pour le créancier de sa femme. Peu importe d'ailleurs, puisque, d'une façon ou de l'autre, le fils aîné
portera le titre et héritera de la fortune. Je suis
très aise que rien de tout cela n'ait transpiré. Il
m'est fort agréable aussi de penser que l'obscurité
du nom sous lequel il était connu ne m'ait jamais
empêchée de le considérer comme un homme de
très nobles façons. Vous devez vous souvenir que je
disais toujours qu'il avait grand air. Il sera certainement difficile de faire comprendre comment nous
avons pu consentir à une union d'apparence si dis-
proportionnée, si invraisemblable ; mais lorsqu'on
apprendra que nous lui avons accordé notre appro-
bation, personne ne s'avisera d'émettre un blâme.
Chacun sait que je n'aurais jamais souscrit à rien
d'excentrique ou d'inconvenant. Au demeurant, je ne
vois pas pourquoi on ne ferait pas savoir indirectement ce qui en est. Si vous le jugez à propos, vous
pouvez parfaitement prendre à part au club, dans
l'embrasure d'une fenêtre, un ou deux de vos amis
et leur en faire la confidence. Il n'en faudra pas

davantage pour que la cour et la ville soient bien vite informées.

En résumé, cela vaut peut-être mieux que de nous laisser supposer capables d'une mésalliance. Esmée a été pour moi un grand sujet d'inquiétude et de préoccupation depuis quelques années ; je me félicite de passer ma responsabilité à lord Charterys. Elle l'aime éperdument et, de plus, est très docile. Je n'aurais jamais cru qu'elle eût pu ainsi changer du jour au lendemain, sous la simple influence d'un sentiment.

LÉON RENZO A DON ECCELINO FERRARIS

Arrivez-nous à Pâques. Abandonnez une fois au moins votre sanctuaire, pour venir nous donner la bénédiction nuptiale.

M. HOLLYS A LADY CHARTERYS

Je suis littéralement renversé, abasourdi ! Je ne vous en félicite pas moins tous les deux. Quand les fresques seront-elles achevées ? Vous m'avez pardonné, je l'espère ?

LADY CHARTERYS A M. HOLLYS

Oui, je vous pardonne et même les sottises que vous m'avez écrites. Je l'appellerai toujours Renzo. Nous comptons rester ici tout l'été et... il achèvera les fresques !

AU PALAIS PITTI

HISTOIRE VÉRITABLE

PERSONNAGES

SIR OSCAR BERESFORD, gentilhomme anglais.
DOROTHÉE CLAREMONT, une artiste.
UN GARDIEN.

*La scène est à Florence, salle des Arazzi, au palais Pitti.
Matinée d'avril, midi.*

SIR OSCAR BERESFORD. — N'oubliez pas de me rendre la liberté à une heure.

LE GARDIEN. — Al tocco. Al tocco. Non dubite, signore.

SIR OSCAR BERESFORD. — Pourquoi diantre fermez-vous ?

LE GARDIEN, *haussant les épaules.* — M... a... h !

SIR OSCAR. — Oui, on sait bien que vous ne faites qu'obéir à des ordres, mais c'est une consigne absurde et révoltante pour ceux qui en sont victimes.

LE GARDIEN. — M... a... h !

SIR OSCAR. — Supposez qu'on soit souffrant, qu'on

ait une attaque ? Cela n'a pas le sens commun de vous enfermer ainsi, et à clef, par-dessus le marché ! Vous n'ignorez pas pourtant qu'on ne saurait obtenir une permission d'entrer ici si on n'offrait toute garantie d'honnêteté.

LE GARDIEN *hausse les épaules, sourit, lève les bras.* — M... a... h !

SIR OSCAR BERESFORD. — Allons ! puisqu'il le faut, il le faut ! Merci ; vous n'avez qu'à vous retirer.

(*Le gardien se retire et ferme la porte en donnant un tour de clef. Le bruit de ses pas disparaît peu à peu. Sir Oscar Beresford va ouvrir une fenêtre.*)

DOROTHÉE CLAREMONT, *peignant assise et se retournant.* — Prenez garde, vous allez vous faire renvoyer.

SIR OSCAR BERESFORD. — Pourquoi ?

DOROTHÉE CLAREMONT. — Mais pourquoi nous enferme-t-on ? Personne n'en sait rien. A moins que ce ne soit parce que l'Italie a maintenant la passion de la routine et de la bureaucratie ; elle en met partout et semble y voir le symbole de la liberté.

SIR OSCAR BERESFORD. — Il fait déjà si chaud ; dans l'après-midi, ce sera intolérable.

DOROTHÉE CLAREMONT. — On voit bien que vous êtes étranger. Autrement vous ne supposeriez pas que des raisons aussi naturelles puissent être d'aucun poids ici.

SIR OSCAR BERESFORD. — Bah ! voulez-vous dire sérieusement que les fenêtres ne sont jamais ouvertes ?

DOROTHÉE CLAREMONT. — Jamais ! du moins par des mains aussi profanes que les nôtres. A vrai dire,

les Italiens ne sentent, en aucun temps, la nécessité de
les ouvrir. En hiver, elles laissent entrer le vent, en
été, le soleil. Quelque chose d'aussi léger que l'air ne
pèse rien dans leur esprit.

Sir Oscar Beresford. — Vous m'étonnez !

Dorothée Claremont. — Voudriez-vous avoir l'obli-
geance de vous éloigner un peu ; vous êtes devant
mon jour.

Sir Oscar Beresford. — Mille excuses ! Vous copiez cette tapisserie ?

Dorothée Claremont. — Oui ; ce canapé et ces
fauteuils ; c'est une commande.

Sir Oscar Beresford, *à part.* — Une commande !
elle a l'air d'une princesse qui, par caprice, a revêtu
une blouse de toile. (*Haut.*) Comme cette imitation de
la tapisserie par la peinture est en vogue maintenant !
Quel travail fastidieux ce doit être, du moins à mon
avis ; pour mon compte, je déteste copier.

Dorothée Claremont, *d'un air froid.* — On voit
bien que rien ne vous y oblige.

Sir Oscar Beresford. — Oui..... c'est-à-dire non ;
tenez voilà : J'ai le projet d'avoir chez moi une suite
de pièces semblables à celles-ci, dans mon château
du Dorsetshire, et comme je barbouille un peu, je
me suis décidé à lever moi-même les plans ; ne trouvez-vous pas qu'il est toujours préférable de faire les
choses soi-même quand on le peut ?

Dorothée Claremont, *sèchement.* — Incontestablement.

Sir Oscar Beresford, *d'un air réfléchi.* — Quel
ton glacial elle prend tout à coup ! Je parie qu'elle

s'en veut de m'avoir parlé avec tant de familiarité.
Quelle ravissante personne ! Ses cheveux bouclés, aux
reflets soyeux, sont charmants. Avec quel zèle elle copie ce canapé ! c'est peut-être son gagne-pain. Pauvre
petite ! Je vais passer dans la salle à côté et prendre
mes mesures ; quand je reviendrai, il faut espérer que
la belle enfant aura dégelé. Je me demande ce que
ses parents doivent être pour la laisser venir seule ici?
A coup sûr elle est Anglaise. Il n'y a qu'une Anglaise
pour oser ainsi rester sans chaperon, alors même
qu'elle a une tête de Vénus sur ses épaules. N'est-il
pas révoltant qu'une aussi jolie personne soit dans
l'obligation de faire de la peinture pour vivre, tandis
que moi, qui pourrais si bien travailler, si j'y étais forcé
par les circonstances, j'ai des terres et de l'argent à
n'en savoir que faire ! Il faut avouer que le vieux Destin est un personnage stupide ! Il bourre de grain ses
poulets gras et laisse mourir de faim ses poulets mai-
gres. (*Sir Oscar va dans la salle à côté; il y reste
dix minutes, puis revient.*) Cette pièce est la plus
belle de toutes, n'est-il pas vrai ?

DOROTHÉE CLAREMONT. — Pas du tout ! il y en a de
beaucoup plus remarquables ; la salle dei Stucci, par
exemple.

SIR OSCAR BERESFORD. — Sans doute ; mais elle ne
fait pas mon affaire. Elle est superbe ; seulement
cette blancheur de neige ne s'harmoniserait aucunement avec l'aspect sombre d'un château anglais ; ces
sculptures, ces tapisseries de nuances foncées, cet or
solennel me conviendraient au contraire en perfection. Connaissez-vous..... un peu l'Angleterre ? Je ne

crois pas me tromper en vous prenant pour une compatriote?

DOROTHÉE CLAREMONT, *d'un ton froid*. — Oui ; je
suis Ànglaise.

SIR OSCAR BERESFORD. — Mais vous habitez l'Italie?

DOROTHÉE CLAREMONT. — J'habite l'Italie.

SIR OSCAR BERESFORD. — Il est clair qu'elle me
prend pour un fameux impertinent ; est-il donc interdit de parler dans ces antiques galeries? L'art est à
coup sûr une sauvegarde puissante ; comme elle s'est
vite effarouchée ; aurais-je dit quelque chose d'inconvenant? Certes, non. Allons! mettons-nous à dessiner ; sans cela, elle ne me croira pas de la confrérie.
(*Pendant vingt minutes il prend des mesures, fait
des calculs et lève son plan, tout en jetant de temps
en temps, à la dérobée, un regard à la jeune artiste.*)
Est-elle absorbée par sa toile et ses couleurs! jamais
elle ne lève la tête! Qu'elle est bien faite! que sa
chevelure bouclée est jeune et jolie! debout, elle
doit être grande! Comment réussir à la faire causer?
Combien sont charitables envers le prochain ceux
qui l'emprisonnent en lui octroyant une si charmante
fiche de consolation. (*Haut.*) Pardon... mais il me
semble que le soleil donne sur votre travail ; je vais
pousser un peu le contrevent. (*Il va le fermer d'un
côté; Dorothée reste sans parler.*) N'est-ce pas mieux
ainsi? la chaleur devient étouffante ; dire que ces imbé-
ciles-là gardent les fenêtres fermées! (*Elle ne dit mot:
Sir Oscar fait quelques pas et se tient debout derrière
elle.*) Ces tapisseries des Gobelins sont-elles belles!
quel joli paysage sur ce canapé... un vrai tableau!

DOROTHÉE CLAREMONT. — Oh! ce n'est pas de très bon goût sur un canapé.

SIR OSCAR BERESFORD. — Vous êtes hypercritique! Vous avez cependant raison au point de vue de l'esthétique; en effet, on ne comprend pas qu'on s'appuie sur une mer, sur un ciel ou sur une charrette!

DOROTHÉE CLAREMONT. — Je vous recommande les peintures de Dolce et de fort beaux meubles dans les pièces à côté.

SIR OSCAR BERESFORD. — Je vous dérange peut-être en dessinant ici? Voulez-vous que je m'en aille?

DOROTHÉE CLAREMONT, *d'un ton significatif.* —Ah! si vous dessinez, vous avez autant de droit que moi à être dans cette salle.

SIR OSCAR BERESFORD, *vivement.* —Mais je dessine! Seulement si vous vouliez bien me permettre de dire quelques mots de temps en temps... je travaille toujours infiniment mieux quand je parle.

DOROTHÉE CLAREMONT. — Eh bien! moi, c'est le contraire.

SIR OSCAR BERESFORD, *piqué, prend un siège et dessine silencieusement à part.* —Quelle charmante enfant! comme elle vous remet à votre place; elle ne s'imagine pas qui je suis; il n'est pas bien, sans doute, de faire le croquis d'une femme, alors qu'elle ne sait même pas votre nom; mais comment l'en instruirai-je? Ce à quoi je tiens surtout, c'est à ne pas la perdre de vue; elle est trop jolie pour que je me prive d'un tel plaisir. (*Après être resté quelques instants à la contempler, il se met à dessiner; mais c'est le profil de la jeune personne au lieu des décorations de la*

*pièce. De son côté, Dorothée Claremont s'absorbe de
plus en plus dans son travail.*)

Sir Oscar Beresford, *à part.* — Voilà qui est
fini ! Quand je l'aurai coloriée, quelle jolie tête ce
sera ! Elle est à cent lieues de se douter de ce que j'ai
fait ; quel profil délicat ! Elle doit avoir de la race. En
général, les femmes me gâtent ; pourquoi celle-ci est-
elle si raide ? N'y a-t-il pas, au reste, de quoi irriter le
caractère d'être exposé comme on l'est dans ces galeries aux tracasseries et aux regards indiscrets des
sots munis de guides ? Allons ! je vais la laisser en repos, jusqu'à ce que le moment de me retirer soit venu.
Il est une heure ; le gardien ne va pas tarder à m'ouvrir. (*Haut.*) Permettez-moi de vous demander... ai-je
bien compris..... avez-vous réellement voulu dire que
vous copiiez ces tapisseries pour.....

Dorothée Claremont. — Pour un marchand qui
me les a commandées.

Sir Oscar Beresford. — Oserais-je alors solliciter
de vous une très grande faveur ? celle de me copier
toute cette salle. Comme je vous le disais tout à l'heure,
mon ambition est d'avoir chez moi une suite d'appartements décorés et meublés comme ceux-ci. J'ai déjà
pour tentures des tapisseries que j'ai achetées en Belgique... si vous consentiez à avoir l'extrême bonté...

Dorothée Claremont. — Il ne s'agit pas de bonté ;
je travaille pour tous ceux qui me font des commandes.

Sir Oscar Beresford, *déconcerté.* — Sans doute ;
ce ne serait pas moins une très grande faveur pour
moi si vous me permettiez d'être classé parmi vos...

Dorothée Claremont, *vivement.* — Patrons ;

quand cette commande sera livrée, je serai très enchantée de recommencer pour vous ce travail; c'est mon métier.

SIR OSCAR BERESFORD. — Ah!... n'appelez pas cela un métier, de grâce!

DOROTHÉE CLAREMONT. — Je ne saurais l'appeler de l'art, cependant!

SIR OSCAR BERESFORD. — C'en est un, à la façon dont vous l'exécutez. Quel heureux hasard pour moi! Aurai-je la chance de vous retrouver ici demain?

DOROTHÉE CLAREMONT. — J'y suis toujours; mais je ne vois pas la nécessité pour vous de revenir si vous me faites maintenant votre commande et si vous m'indiquez où envoyer mon travail?

SIR OSCAR BERESFORD. — Voici ma carte; je suis à l'hôtel de l'Arno : mais les peintures devront être expédiées chez moi, à Rivaux. Une aile du château ayant été brûlée l'année dernière, il la faut reconstruire. Je projette de faire une reproduction de cette partie du palais Pitti.

DOROTHÉE CLAREMONT, *examinant la carte de Sir Oscar Beresford.* — Puisque vous êtes assez riche pour vous passer cette coûteuse fantaisie, vous ne sauriez vous contenter d'imitations de tapisseries sur vos canapés et sur vos fauteuils, quand vous en avez d'authentiques sur vos murs. On prétend qu'à l'école d'art de Kensington on exécute d'admirables œuvres de ce genre. C'est là que vous devriez vous adresser.

SIR OSCAR BERESFORD. — Merci, non! Ce sont celles que vous faites qui sont l'objet de mon ambition.

DOROTHÉE CLAREMONT. — Comme il vous plaira!

Si vous voulez écrire vos ordres, je me mettrai en
demeure de les exécuter dès que je serai libre.

SIR OSCAR BERESFORD, *à part.* — Il est évident
qu'elle veut se débarrasser de moi. (*Haut.*) Où devrai-
je adresser ma commande ?

DOROTHÉE CLAREMONT. — Il suffit que vous la lais-
siez sur cette table.

SIR OSCAR BERESFORD. — Je reviendrai demain et
je vous remettrai ma petite note. Je me demande si le
gardien n'aura pas oublié d'ouvrir cette porte.

DOROTHÉE CLAREMONT. — Ce n'est pas probable,
bien qu'il m'ait oubliée une fois jusqu'au coucher du
soleil.

SIR OSCAR BERESFORD, *à voix basse.* — Je voudrais
bien pouvoir l'être également, à condition que vous
le seriez aussi. Quel petit bloc de glace ! Elle sait
maintenant à qui elle a à faire, mais cela ne modifie
en rien sa manière d'être. (*Il regarde à sa montre.*)
Miséricorde ! il est deux heures et demie ! (*Haut.*)
Serait-ce indiscret de vous demander jusqu'à quelle
heure vous comptez rester à travailler ?

DOROTHÉE CLAREMONT. — Jusqu'à quatre heures.

SIR OSCAR BERESFORD. — Sans rien prendre ?

DOROTHÉE CLAREMONT. — J'ai pris du thé avant
de sortir.

SIR OSCAR BERESFORD. — Et moi aussi, Dieu merci !
cela n'empêche pas que, lorsque l'heure du déjeuner
arrive, mon estomac a des tiraillements...

DOROTHÉE CLAREMONT. — Hélas ! l'humanité est si
mal organisée !

SIR OSCAR BERESFORD. — Nous perdrions néanmoins une source réelle de satisfaction si ce besoin nous avait été épargné.

DOROTHÉE CLAREMONT. — Vous trouvez ! Pour moi, ce n'est qu'une perte de temps, pas autre chose.

SIR OSCAR BERESFORD. — Pas plus pour vous que pour la locomotive, le train ne peut marcher sans faire de charbon ; mais à votre âge on croit pouvoir vivre de l'air du temps.

DOROTHÉE CLAREMONT, *à part.* — Que lui importe mon âge ? Il n'a pas déjà l'air si vieux !

SIR OSCAR BERESFORD. — Voudriez-vous me faire l'honneur de me donner votre adresse, au cas où je ne pourrais revenir demain ?

DOROTHÉE CLAREMONT. — Certainement. Miss Claremont, au Colombaia, via di Petrarca.

SIR OSCAR BERESFORD, *écrivant.* — Mille grâces. Le Colombier ! quel joli nom ! Y a-t-il dedans d'autres colombes ?

DOROTHÉE CLAREMONT. — Je vis avec ma mère ; c'est une pauvre maison, et pauvres aussi sont celles qui l'habitent.

SIR OSCAR BERESFORD *est tenté de dire, mais il ne l'ose, qu'avec un aussi joli visage on est toujours assez riche.* — Votre mère doit s'inquiéter lorsque vous restez si longtemps dehors ?

DOROTHÉE CLAREMONT. — Oh non ! elle sait que je suis très vaillante !

SIR OSCAR BERESFORD, *réfléchissant.* — Est-ce innocence ? est-ce comédie ?.. que je sois pendu si je suis capable de le dire ! Elle n'est pas, cependant, sans savoir qu'elle est belle. (*Haut.*) Il fait une chaleur suffocante ! ne trouvez-vous pas ? Je vais ouvrir la fenêtre, advienne que pourra !

DOROTHÉE CLAREMONT. — Le gardien a tout l'air de nous avoir oubliés.

SIR OSCAR BERESFORD, *d'un ton galant*. — Très heureusement pour moi.

DOROTHÉE CLAREMONT. — Comment ! sans avoir déjeuné ! J'ai deux petits pains, mais je crains bien que ce ne soit pour vous qu'une bien maigre consolation....

SIR OSCAR BERESFORD. — Loin de moi la pensée de me plaindre ! On déjeune trois cent soixante-cinq fois par an ; tandis qu'on n'a pas tous les jours le bonheur d'être...

DOROTHÉE CLAREMONT. — Sous clef. Eh bien ! vous aurez tout le temps nécessaire pour achever vos dessins.

SIR OSCAR BERESFORD. — Qui vous a donc enseigné à railler ainsi le pauvre monde ?

DOROTHÉE CLAREMONT. — Les gens que je ne connais pas et qui supposent, parce que je fais des copies dans les musées, qu'on peut m'adresser la parole à brûle-pourpoint et que je suis ici pour les amuser.

SIR OSCAR BERESFORD, *rougissant*. — Oh ! par exemple, ceci est d'un sévère ! Je vous jure, ma chère demoiselle, que je n'ai pas eu la moindre intention de vous offenser ; personne ne voudrait être impertinent envers vous, et moi moins que tout autre.

DOROTHÉE CLAREMONT. — J'en serais plus convaincue si vous vouliez bien me permettre de continuer mon travail sans m'adresser la parole.

SIR OSCAR BERESFORD. — Je m'incline, en vous faisant mes excuses. (*Il retourne dans la salle à côté et se met à dessiner.*) Quelle terrible petite chatte ! Peut-être a-t-elle raison, après tout. Il n'est pas de bon goût d'importuner ainsi ceux qui sont rivés à leurs chevalets ; à force d'être tarabusté, ennuyé, dérangé, il est tout naturel qu'on finisse par montrer ses griffes. Le gardien m'a décidément oublié ; si la petite condescendait à causer, peu m'importerait le reste ; mais faire des études d'architecture tout seul, presque à jeun, ce n'est rien moins que réconfortant. J'aurais dû graisser d'avance la patte de cet homme. Je suis dans l'un des pays où le *backchich* n'a jamais tort. Comme elle travaille ! j'en suis confus ! Dire que je n'ai rien fait que ce qui m'a convenu depuis que j'existe, et que cette délicieuse enfant est condamnée au travail, alors qu'elle ne devrait songer qu'au lawn-tennis, qu'aux fêtes champêtres, qu'aux bals ! Si je pouvais seulement lui adresser la parole ! mais, après les lardons dont elle m'a traversé de part en part, ce serait d'une inconvenance achevée. (*Il hésite, s'assied, recommence à dessiner. Une heure se passe ; quatre heures sonnent. Tirant sa montre :*) Oui ; quatre heures ! vraiment quatre heures ! Nous n'allons plus tarder à sortir d'ici ; c'est le moment de hasarder sans inconvénient quelques mots ; pendant ce temps Dorothée serre ses couleurs. (*Haut.*) Je suppose que l'on va nous ouvrir, n'est-ce pas ? Quelle chaleur torride ! N'êtes-vous pas fatiguée ? N'avez-vous jamais la migraine ?

Dorothée Claremont, *se levant.* — Cette atmosphère lourde me donne souvent mal à la tête ;

enfin, le gardien sera ici dans un moment. Tout le monde quitte les galeries à quatre heures.

SIR OSCAR BERESFORD, — Après s'être administré de l'ail et du vin bleu à haute dose, le misérable se sera endormi sur quelque banc! Il est sûr qu'il va venir, comme vous le disiez tout à l'heure; mais, en attendant, vous feriez bien de grignoter un de vos petits pains.

DOROTHÉE CLAREMONT. — Je n'ai pas faim; mais en revanche je meurs de soif! il fait si chaud !

SIR OSCAR BERESFORD. — Je vais ouvrir la fenêtre; dussé-je, en le faisant, m'exposer, comme vous le dites, aux tortures de l'inquisition.

DOROTHÉE CLAREMONT. — La règle est que personne n'y touche.

SIR OSCAR BERESFORD. — Suivez-vous toujours la règle?

DOROTHÉE CLAREMONT. — Si on ne la suit pas, à quoi sert d'en faire?

SIR OSCAR BERESFORD. — Oh! à rien suivant moi, et c'est pourquoi je me fais un point d'honneur de l'enfreindre.

DOROTHÉE CLAREMONT. — Peut-être est-ce le privilège des hommes?

SIR OSCAR BERESFORD. — Mais vous n'êtes pas du tout de votre temps! Aujourd'hui les femmes se livrent à tous les plaisirs, à toutes les excentricités; elles sautent à pieds joints par-dessus toutes les clôtures, toutes les barrières...

DOROTHÉE CLAREMONT. — Je ne comprends pas...

SIR OSCAR BERESFORD. — Ce que je veux dire, c'est

LES FRESQUES.   8 .

qu'elles perdent toutes les grâces de la femme; ce que je veux dire, c'est qu'elles n'aiment plus que tir aux pigeons, que chevaux de courses, que carambolages au billard, que jeux de hasard, et même tricher, si faire se peut... Maintenant vous comprenez?

Dorothée Claremont. — Oh! non vraiment!

Sir Oscar Beresford. — Précisons alors : eh bien! c'est qu'elles ne suivent plus la ligne droite qu'à leur corps défendant.

Dorothée Claremont. — Votre expérience a dû, on le voit, vous coûter cher!

Sir Oscar Beresford. — Elle est en tout cas beaucoup plus longue que la vôtre. Vous m'accorderez bien cela. Excusez-moi de m'être permis d'exhaler mes impressions en termes aussi durs... admettons que je n'aie rien dit et que, si les femmes sortent quelquefois de la ligne droite, c'est parce que les hommes les en ont détournées. Le gardien décidément nous oublie. Comment le faire entendre?

Dorothée Claremont. — C'est impossible. Il n'y a qu'à prendre patience.

Sir Oscar Beresford. — Qualité admirable dont je suis totalement dépourvu!

Dorothée Claremont. — Spécialement quand vous n'avez pas déjeuné.

Sir Oscar Beresford. — Oh! qu'importe! quand on est en chasse, on en voit bien d'autres! Venez-vous ci tous les matins?

Dorothée Claremont. — Tantôt ici, tantôt ailleurs, pourvu qu'il s'y trouve des fresques et des tapisseries à copier; vous paraissez toujours oublier que c'est

mon métier; je ne suis qu'une humble copiste; j'exécute des commandes; voilà tout.

SIR OSCAR BERESFORD. — Quoi! vous ne faites
jamais rien d'original?

DOROTHÉE CLAREMONT. — Non! Le cheval de ma-
nège n'est pas libre de courir par monts et par vaux;
je ne me permets même pas de rêver une composi-
tion quelconque; je ne la vendrais pas.

SIR OSCAR BERESFORD. — Il est triste de vous
entendre parler ainsi, vous qui aimeriez, j'en suis
convaincu, à esquisser des oiseaux, des fleurs, des
arbres d'après nature; ce doit être fastidieux de copier tous ces personnages, plus ou moins fanés par le
temps. Je regrette presque maintenant de vous avoir
demandé de me peindre ces fauteuils.

DOROTHÉE CLAREMONT. — N'en ayez nul regret, je
vous prie; je me félicite au contraire d'avoir ce travail assuré.

SIR OSCAR BERESFORD. — Votre nom est bien Claremont, n'est-il pas vrai?

DOROTHÉE CLAREMONT, *froidement*. — Oui.

SIR OSCAR BERESFORD. — Eh bien! je me demande
si vous n'auriez pas un lien de parenté quelconque
avec un homme pour qui j'avais autrefois de grands
sentiments d'affection; c'était mon maître à Eton; un
lettré de premier ordre, un gentleman accompli.
J'ignore ce qu'il est devenu; je suis honteux d'avouer
que je l'ai complètement perdu de vue quand je suis
entré dans la garde. Le contact du monde vous rend
si égoiste! Il s'appelait Tom Claremont.

DOROTHÉE CLAREMONT. — Ce doit être mon père!

SIR OSCAR BERESFORD, *s'animant.* — Parlez-vous sérieusement? En effet, maintenant je trouve que vous lui ressemblez; est-il encore de ce monde?

DOROTHÉE CLAREMONT. — Hélas non; il est mort depuis quelques années; venu en Italie pour cause de santé, il s'y est marié; je sais qu'il avait été professeur à Eton.

SIR OSCAR BERESFORD, *ému.* — Je vous conjure maintenant de m'épargner vos railleries, car je vous assure que j'ai eu pour votre père le plus tendre attachement. Ce que je possède de bon sens et de sentiment des convenances, c'est à lui que je le dois, sans parler du grec et du latin. Ah! vous êtes la fille d'un bien digne et bien excellent homme! Il méritait un meilleur sort que celui de mourir à l'étranger et de laisser les siens sans fortune.

DOROTHÉE CLAREMONT. — N'ayant jamais eu, je crois, d'autre ressource que son savoir, il me recommandait sans cesse de ne compter que sur moi-même, me disant que la pauvreté n'est pas grand'chose, mais que l'indépendance est le suc de la vie.

SIR OSCAR BERESFORD. — Oh oui! Sa fierté était grande; s'il en eût eu moins, il fût devenu de bonne heure un des dignitaires de l'enseignement, et même un évêque; mais il ne pouvait se décider à se gorger de cette vile pâtée qui fait qu'un homme monte et grimpe sur le dos des autres, comme une plante parasite. Je n'étais qu'un enfant, à cette époque, un enfant des plus indisciplinés, mais il m'inspirait dès lors un très sérieux attachement. Vous avez l'air d'en douter?

DOROTHÉE CLAREMONT, *hésitant*. — Oui, car vous ne vous êtes jamais inquiété de savoir ce qu'il était devenu.

SIR OSCAR BERESFORD. — Je vous demande pardon ; seulement vous n'avez pas l'idée, je crois, de ce qu'est la vie de tout jeune homme riche et de haute naissance à ses débuts dans le monde. Chacun bat de l'aile autour de lui ; sa vie n'est qu'un galop ventre à terre ; c'est l'enfant gâté de la société : il ne s'appartient plus ; il voit dans chaque femme un ange, et dans tout homme un ami ; il est comme un poulain dans un champ de trèfle, qui à force de s'y oublier risque, tout en étant le favori, de ne pas arriver bon premier. Pour moi, je me suis lancé tête baissée d'Eton dans le tourbillon mondain ; je me suis bien amusé, j'ai fait force folies, j'ai dépensé énormément d'argent ; mon expérience m'a coûté cher, très cher. Mais à quoi bon vous raconter tout cela, qui ne peut être d'aucun intérêt pour vous ! c'est tout simplement en vue de vous expliquer comment il se fait que j'ignore ce qu'était devenu Tom Claremont ; en général, on ne s'inquiète guère de ses professeurs. Ce n'est pas faute, je vous assure, de penser à lui ; à coup sûr, il me cotait plus que je ne valais, et lorsque je suis entré dans la garde, il a éprouvé une vraie déception. Je sentis plus tard une sorte d'embarras à le revoir, bien que je n'eusse en réalité rien à me reprocher de grave, sinon d'être *dans le mouvement* comme les autres et de ne songer qu'à mes plaisirs. Les circonstances ont fini par nous éloigner si bel et bien, que je ne l'ai jamais plus rencontré ; c'est par vous que j'apprends qu'il est mort et que vous êtes sa fille.

Dorothée Claremont, *les larmes aux yeux.* — Nous l'avons perdu il y a quelques années à Camaldoli pendant l'été.

Sir Oscar Beresford. — Quelle perte! L'un de mes meilleurs *bénéfices* étant devenu vacant, je lui avais écrit pour le lui offrir. C'était au moment de ma majorité; il refusa tout net. Il avait scrupule à enseigner ce qui n'était pas dans ses convictions; Tom Claremont n'était pas de l'église orthodoxe, il était quelque chose de mieux. J'aurais dû aller lui proposer en personne cette position; jamais je ne me le pardonnerai.

Dorothée Claremont. — Il ne l'aurait pas acceptée; il désapprouvait complètement l'organisation de l'Église anglicane.

Que de fois ne l'ai-je pas entendu répéter qu'un bénéficiaire était pire qu'un moine bien gras, car le moine, au moins, ne donne pas de dîners à plusieurs services et n'a pas grand état de maison.

Sir Oscar Beresford. — C'est à croire que je l'entends parler. Oui, votre père était un de ces rares hommes qui conforment leur vie à leurs principes; n'est-ce pas comme l'a écrit le vieux Hildebrand : *Dilexi justitiam et odivi iniquitatem propterea morior in exilio.*

Dorothée Claremont. — Aussi, comme je suis fière de lui !

Sir Oscar Beresford. — Et à bon droit... Avoir le courage de ses opinions et les soutenir à tout prix, c'est ce qu'un homme peut faire de plus grand. Ce n'est pas mon fait; mais je n'en admire pas moins ceux qui ont ce courage.

DOROTHÉE CLAREMONT. — N'avez-vous pas d'opinions? Serait-ce que vous manquez de courage?

SIR OSCAR BERESFORD. — Peut-être l'un et l'autre; je ne sais; je n'ai jamais passé par le creuset d'aucune épreuve; je n'ai jamais fait que ce que j'ai voulu; quand on est un paresseux colonel des gardes auquel on ne soupçonne pas d'opinions...

DOROTHÉE CLAREMONT, *avec intérêt.* — Des gardes! Êtes-vous allé en Égypte?

SIR OSCAR BERESFORD. — Mais, oui! à Kassassin, au Caire et tout ce qui s'en suit... Cette campagne a fini trop tôt; voici le malheur de l'affaire: si Arabi avait seulement détruit le canal, nous aurions eu beaucoup, beaucoup plus de plaisir! nous y serions encore! mais alors... (*baissant la voix*) je n'aurais pas eu la bonne fortune de rencontrer la charmante fille de Tom Claremont.

DOROTHÉE CLAREMONT, *brusquement.* — Trêve de compliments, je vous prie; souvenez-vous qu'en ce moment je ne suis pas libre de ne pas les entendre.

SIR OSCAR BERESFORD. — Je vous fais mes excuses pour la centième fois. Ce n'était pas un compliment. Est-ce votre père qui vous a appris à dessiner?

DOROTHÉE CLAREMONT. — Non; mais il me recommandait d'étudier dans les musées; il souhaitait que je fusse en état de gagner ma vie; il savait que le modique revenu qu'il nous laisserait, trois mille francs de rente environ, ne pourrait nous suffire.

SIR OSCAR BERESFORD, *d'un air interdit.* — Trois mille francs! Ce qu'on paye un gros cheval de chasse!

DOROTHÉE CLAREMONT. — Vraiment?

SIR OSCAR BERESFORD. — Oui, un cheval capable d'emporter le plus lourd cavalier à travers champs fraîchement labourés. J'oublie toujours que vous devez ignorer le côté pratique de la langue anglaise. Claremont n'a dû vous nourrir que de Shakespeare, de Ford et de Marlowe?

DOROTHÉE CLAREMONT. — Pourquoi parlez-vous l'anglais vulgaire?

SIR OSCAR BERESFORD. — Je ne sais. On s'habitue peu à peu à une sorte de jargon, dont l'usage s'étend entre gens qui fréquentent le même monde, comme la tache d'huile; il en est de même en France. La langue qu'on parle sur les boulevards ou dans les cercles serait aussi inintelligible à Mme de Sévigné, à Voltaire et à Marmontel que du hollandais! La mode a toujours eu ses patois; c'est une de ses lois.

DOROTHÉE. — J'en ignore, la mode et moi n'ayant jamais eu de rapport ensemble.

SIR OSCAR, à part. — Et cependant quelle séduisante créature vous feriez si l'on vous conduisait chez Worth; si l'on vous passait autour du cou un collier à cinq rangs de perles; si l'on vous mettait à la main un éventail avec une monture ornée de brillants et des gants montant jusqu'au coude. Ah! il ne faudrait pas cinq minutes pour vous faire à toute cette magnificence! Vous avez en vous l'éternel féminin, tout en vous consacrant si courageusement à vos pinceaux et à ces vilaines toiles! Quel bonheur ce serait de vous initier à la vie, de vous faire jouir de tous vos dons, de vous faire briller à vos propres yeux... et ce bonheur m'est interdit, parce que vous êtes la fille de

Tom Claremont! Ah! celui qui froisserait l'âme de
son enfant mériterait d'être pendu, même sans passer
par une cour martiale. (*Haut.*) Permettez-moi de vous
faire une simple question... Vous parliez de votre
mère? Votre père aurait-il épousé une Italienne?

DOROTHÉE. —Non, une Allemande. Comtesse Hede-
wige von Brancler; elle a rencontré mon père à Rome;
les parents de ma mère se sont refusés à la voir depuis son mariage; ils nous ont complètement aban-
donnés. Elle a perdu la vue.

SIR OSCAR. — Juste Ciel! qu'avez-vous fait, ma
pauvre enfant, pour que le sort s'acharne ainsi contre
vous?

DOROTHÉE. — Ah! il pourrait être plus terrible encore; j'ai mes consolations; ma mère ne souffre pas;
elle n'est pas malheureuse; elle est douée d'un caractère extrêmement doux, d'une belle voix, et chante de
la façon la plus agréable; si sa famille consentait à
nous voir, tous ses vœux seraient comblés; mais ils ont
le cœur si dur! ils estiment que ma mère s'est mésalliée
parce que mon père ne possédait ni fortune ni noblesse;
mais vous qui l'avez connu, vous savez qu'il eût été
digne de la main d'une reine, d'une impératrice!

SIR OSCAR. —A coup sûr. (*A part.*) Voilà d'où viennent vos boucles blondes et votre petit air dédaigneux!
Au fond, vous êtes une aristocrate allemande, bien
que vous ayez les yeux bruns et le bon sens de Tom
Claremont. Ah! que vous êtes attachante! avec quelle
bonne foi vous m'acceptez pour l'ami de votre père,
alors qu'il vous serait si facile de croire que tous mes
dires ne sont qu'un tissu de faussetés.

Dorothée, *avec agitation*. — N'est-il pas étrange
que ce gardien n'arrive pas? Il m'a laissée ici une fois
jusqu'à six heures ; mais j'étais toute seule ce jour-là;
tandis qu'il sait bien que vous êtes dans la galerie.

Sir Oscar. — J'aurais dû lui rafraîchir la mémoire avec une pièce de cinq francs. Cependant, si
vous n'êtes pas pressée, à coup sûr, moi je ne le suis
pas! Sans l'inexactitude de cet homme, je n'aurais
jamais su que vous êtes la fille de Tom Claremont.
Puis-je espérer que vous m'accorderez maintenant
l'autorisation de me présenter chez vous?

Dorothée, *hésitant*. — Oui... peut-être... je ne
sais... je demanderai à ma mère; elle aime si peu
faire de nouvelles connaissances, recevoir des visites!

Sir Oscar, *à part*. — Elle redoute le milan pour
sa colombe, et cela se comprend; elle ne peut voir ce
qui se passe, la pauvre femme; loin de moi, cependant, la pensée de vouloir faire aucun tort à cette
enfant; l'ombre de Tom Claremont se dresserait toujours devant mes yeux.

Dorothée, *l'air nerveux*. — Quelle heure est-il?
ma montre s'est peut-être arrêtée.

Sir Oscar. — A la mienne il est six heures et demie,
mais je crois qu'elle avance. Voilà déjà quelque temps
que je n'ai entendu sonner l'horloge de la ville.
Parlez-moi donc encore de votre père: a-t-il beaucoup
souffert? où est-il mort? à Camaldoli? où est-ce?

Dorothée. — Dans la montagne; c'est un ancien
monastère transformé en hôtel; une forêt de pins l'en-
cercle de toutes parts. Les médecins avaient conseillé
Davos Platz; mais nous ne pouvions aller aussi loin;

Pauvre père! si patient, si bon! il me semble que c'était hier! Ah! quel malheur; ne m'en parlez plus, je vous prie...

Sir Oscar, — S'il avait seulement accepté mon bénéfice! le bénéfice de Rivaux! là où j'habite; je vous aurais vue croître sous mes yeux; vous auriez participé à tous les divertissements de la jeunesse anglaise: tir de l'arc; lawn-tennis, poneys, canots! Rivaux vous plairait, j'en ai la conviction : c'est un vieux château du temps des Stuart, caché dans les bois; on peut y faire 30 kilomètres à cheval sur le turf. Autrefois je trouvais Rivaux horriblement monotone; j'y ai pris goût maintenant; après l'éclat aveuglant du soleil d'Égypte, cette verdure, cette fraîcheur, cette ombre m'ont ravi!

Dorothée. — Si j'avais un chez moi si agréable, je ne le quitterais jamais.

Sir Oscar. — Je crois, en effet, qu'il serait préférable de vivre comme au temps jadis sur ses terres; au dernier siècle, on comptait les gens allant à la cour, à Londres, à Paris; et les châteaux, aussi bien en France qu'en Angleterre, se trouvaient à merveille des mœurs plus stables d'alors. La noblesse et les propriétaires vivaient toute l'année dans leurs comtés ou dans leurs provinces. Maintenant nous avons changé tout cela; aux très petites gens même, il faut leur saison intra-muros; ils n'aiment à habiter la campagne qu'à Pâques, lorsqu'ils y ont des amis, ou en automne dans la saison des chasses. Ils font le jeu des socialistes; il est très regrettable que tant de belles résidences et de grands parcs soient tous monopolisés par des gens qui restent à peine chez eux six semaines par an.

DOROTHÉE. — Pourquoi êtes-vous à Florence au mois d'avril?

SIR OSCAR. — Parce que je suis atteint de la maladie du temps; les Français l'appellent *pérégrinomanie*.... puis, vous savez.... un célibataire...; si j'étais marié, je vivrais au moins les deux tiers de l'année à Rivaux; comme je ne le suis pas, libre à moi de rester ici longtemps.

DOROTHÉE. — Mais vous êtes pourtant officier?

SIR OSCAR. — Oui; j'appartiens au premier régiment des life-guards; ce n'est pas un esclavage, comme sans doute vous l'imaginez. Je suis allé en Égypte.... j'irais n'importe où, si l'on m'y envoyait.... mais c'est ce qu'on ne fait pas. Quelquefois je me dis que votre père avait raison; je n'aurais pas dû entrer dans les gardes; j'aurai dû étudier, travailler, piocher...; tandis que j'ai gaspillé mes meilleures années à Londres, qui ne vous rend pas propre à grand'chose...

DOROTHÉE. — Vous n'avez plus vos parents? ni mère? ni sœurs?

SIR OSCAR. — Ma mère est morte il y a de longues années; j'ai deux sœurs.... deux très grandes dames.... elles ne s'inquiètent pas plus de moi que moi d'elles. Elles sont toutes deux beaucoup plus *pschutt*, beaucoup plus tapageuses qu'il ne me plaît.

DOROTHÉE. — Voilà une langue qui n'est pas du tout celle de Shakespeare! Qu'entendez-vous par là?

SIR OSCAR. — Inutile de vous l'apprendre. Sachez seulement que mes deux sœurs se sont mariées quand j'étais encore à Eton, et qu'il n'y a pas la moindre

sympathie entre nous. J'ai des quantités incommensu-
rables de parents.... cinq cents peut-être! Je les vois
aussi peu que possible; ils ont toujours quelque re-
quête à m'adresser : tantôt c'est pour solliciter les
votes de mes fermiers; tantôt cent guinées pour une
œuvre pie, toujours de nouvelles demandes.... si
c'était seulement de venir dîner à Harlingham.

DOROTHÉE. — Vous êtes le miel et vous attirez les
mouches!

SIR OSCAR. — Oh! je vous assure que je ne suis pas
tout miel. Je puis être très amer, surtout quand je
m'aperçois que *l'on veut me carotter*....

DOROTHÉE, *surprise*. — Que cela signifie-t-il?

SIR OSCAR. — Dans notre argot, on entend par là
exploiter le prochain, le tricher....

DOROTHÉE. — Pourquoi ne pas le dire?

SIR OSCAR. — Je vous accorde que cette langue
verte est une détestable habitude.... comme celle de
fumer des cigarettes; j'espère que vous ne fumez pas....
fumez-vous?

DOROTHÉE. — Moi fumer!

SIR OSCAR. — Quel air scandalisé! j'étais bien persuadé que vous ne fumiez pas. Si vous saviez combien
il nous répugne de voir des femmes fumer.... s'abîmer
les lèvres, se corrompre l'haleine!

DOROTHÉE. — J'ignorais que les femmes fumassent.
Dans quel pays?

SIR OSCAR. —Dans ce pays que, heureusement pour
vous, vous n'avez jamais traversé : la société! Si vous
aviez fumé, cependant, j'ai quelques cigarettes sur moi,
et cela aurait eu le bon côté de tromper votre appétit.

Dorothée. — Dieu merci! je n'ai pas faim.... moi,
j'ai mangé mes petits pains; mais c'est à vous, colonel,
que votre dîner doit manquer terriblement. Colonel....
Sir Oscar.... je ne sais trop comment l'on vous
appelle?

Sir Oscar. — Mes hommes, colonel; le monde,
sir Oscar; libre à vous de m'appeler comme bon vous
semblera, pourvu que ce ne soit ni *indiscret* ni *impertinent*. Vous m'avez trouvé tel, n'est-il pas vrai?

Dorothée. — Oui, un peu. Quand on travaille
comme je le fais, on est tellement à la merci de ceux
qui viennent ici.... Ma mère redoute toujours pour moi
les allants et venants; je ne puis naturellement me dispenser de répondre, quand on m'adresse des questions
sur mon travail; quelquefois on est poli, aimable,
d'autres fois, non.

Sir Oscar. — Comme moi, par exemple? mais je
ne serai plus dans cette dernière catégorie, je vous le
jure. Votre mère a mille fois raison. Vous êtes trop....
jeune pour parler aux gens qui passent dans ces lieux
ouverts au public.

Dorothée, *gaiement*. — Mais quand on travaille
pour le public?

Sir Oscar. — Je ne puis me décider à le croire; il
m'est trop pénible de penser que vous y êtes condamnée, tandis que moi je....

Dorothée. — Il n'y a là rien de mal; c'est ainsi
que parlent les communistes; mais un Anglais de
votre monde....

Sir Oscar. — Peut être honteux de lui-même, n'est-
il pas vrai? Je veux dire que le fait de voir une per-

sonne de votre âge et de votre extérieur s'enfermer
tout le jour à travailler pour sa mère, démontre, clair
comme deux et deux font quatre, aux paresseux et aux
égoïstes que rien n'est plus méprisable qu'eux sous
le soleil....

DOROTHÉE. — Je ne vois pas cela ; je ne suis pas du
tout radicale. Il me paraît que ce sont ces inégalités
qui rendent la vie pittoresque.... Si tout était de même
niveau, il n'y aurait ni montagnes à gravir, ni vallées
pour se reposer ; il m'est doux de penser qu'il existe
des gens assez riches, assez heureux pour ne songer
qu'à jouir de l'existence.... Si j'habitais le voisinage
de Rivaux, j'en aimerais d'autant plus les beautés que
je les connaîtrais davantage ; mais je ne l'envierais
pas à cause de cela. Entendre les oiseaux chanter,
voir les primevères s'entr'ouvrir....

SIR OSCAR, *avec admiration.* — Quel philosophe
vous faites ! Comme je retrouve dans ce désintéresse-
ment, dans ce manque absolu d'envie, l'esprit de
Tom Claremont. Il est venu une fois chez moi pendant
la vie de mon père, et il me souvient qu'il parlait de
Rivaux dans les mêmes termes que vous venez de le
faire. Il disait toujours que voir c'est avoir. Vous êtes
son seul enfant ?

DOROTHÉE. — Oui ; il m'a enseigné tout ce que je
sais ; que ne lui ressemblai-je davantage !

SIR OSCAR. — Vous lui ressemblez beaucoup, je vous
assure ; le meilleur don que vous ayez reçu de lui est
ce doux esprit de contentement et de justice qui vous
distingue : c'est une qualité non moins précieuse dans
la vie publique que privée. Sans nul doute ce n'est

aussi rare que parce que seules les natures très élevées en sont capables.

DOROTHÉE. — Comme vous avez bien compris mon père !

SIR OSCAR. — Encore mieux peut-être par mes souvenirs que lorsque j'étais son élève ; un élève trop ardent, hélas ! à poursuivre le plaisir, pour penser à rien autre ! Si j'avais suivi son exemple et ses conseils, j'aurais été à coup sûr un homme tout différent et beaucoup plus utile à ses semblables.

DOROTHÉE. — Mais vous oubliez votre campagne d'Égypte !

SIR OSCAR. — Tout le monde aurait fait ce que j'ai fait : j'ai eu trois chevaux tués sous moi et j'ai donné la chasse à quelques pauvres bêtes de fellahs.... j'ai dessiné quelques croquis ; mais ce n'est pas fameux ! Ces couchers de soleil merveilleux, ces clairs de lune d'un blanc si net, ne sauraient être reproduits même par le pinceau d'un Turner !

DOROTHÉE, *avec effroi.* — Avez-vous réellement tué un Égyptien ?

SIR OSCAR. — Positivement ; trois ou quatre, autant qu'il m'en souvient. On était là pour cela ! j'aurais bien préféré me battre contre des Allemands ou des Russes... Là notre tâche ressemblait trop à celle du faucheur...

DOROTHÉE. — Je crois comme vous que cette expédition était nécessaire ; mais ce n'en est pas moins effroyable de voir quelqu'un près de vous, dessinant, et de se dire que ce quelqu'un-là tuait ses semblables il y a quelques mois.... Vous ne sauriez vous imaginer l'impression que j'en ressens..... c'est indescriptible....

Sɪʀ Oscar, *souriant*. — Desdémone, elle aussi, avait de ces terreurs ! mais il ne lui déplaisait pas qu'il en fût ainsi. Les femmes aiment cela !

Dorothée. — Moi, je n'y tiens pas, au contraire.

Sɪʀ Oscar. — Oh ! si fait ! En disant ces derniers mots, votre accent n'avait plus la même sincérité.

Dorothée, *rougissant*. — Peut-être... je ne sais... oui, d'une certaine façon.... Il est si étrange de songer que l'année dernière vous coupiez des têtes, et de se dire qu'en ce moment vous ne voudriez pas me faire une piqûre d'épingle ! C'est terrible à penser tout de même !

Sɪʀ Oscar. — C'était également terrible pour Desdémone.

Dorothée. — Desdémone !

Sɪʀ Oscar. — Oui, vous vous rappelez qu'elle l'aimait, et pour les périls qu'il avait bravés, et aussi pour les ravages qu'il avait causés.

Dorothée. — Je ne saisis pas.... je voulais dire.... Mais qu'il est étrange que ce vieux gardien n'arrive pas ! Le crépuscule s'étend peu à peu ; le jour baisse, baisse ! il va bientôt faire tout à fait nuit.

Sɪʀ Oscar. — A coup sûr, on finira par venir ; il faut bien qu'on ferme. Croiriez-vous que je commence à prendre confiance dans le destin !

Dorothée. — Vraiment ! parce que le gardien a oublié ses clefs ?

Sɪʀ Oscar. — Oui ; pour cela et pour autre chose. Que c'est étrange ! Je ne suis venu en Italie qu'à contre cœur ! J'avais reçu beaucoup de monde chez moi à

Pâques ; je comptais partir pour Paris au mois de mai :
j'aime Paris immensément ; mes chevaux y courent.
Tout à coup un vieil ami à moi me télégraphie qu'il
se meurt à Rome ; il voulait me voir, me confier la
tutelle de son fils, me parler d'autre chose encore...
Quel tuteur, allez-vous dire ! malgré cela, il y tenait.
Le pauvre cher homme était atteint de la fièvre ty-
phoïde ; son fils, seul, était près de lui ; je me rendis à
son appel. Eh bien ! il a triomphé de la maladie et retourne en Angleterre la semaine prochaine ! Je suis
convaincu qu'il serait mort si j'étais resté à Londres
(ce centre de perversité). Me trouvant en Italie, j'en
profitai pour m'arrêter quelques jours à Florence
(en route pour l'Angleterre), afin de visiter les musées,
les églises, les objets d'art, les tableaux ; puis l'idée
m'est venue de faire reproduire chez moi cette partie
du palais où nous sommes.... Voilà pourquoi et comment.... Comprenez-vous pourquoi je commence maintenant à avoir foi dans le destin?

DOROTHÉE. — Non... je ne vois pas... Vous dites
que votre ami serait mort si vous étiez resté en Angleterre... le sort n'y est donc pour rien : c'est tout simplement une combinaison contradictoire de circonstances....

SIR OSCAR. — Pas du tout ! écoutez bien ceci : je
suis parti croyant que mon ami allait mourir ; il n'est
pas mort.... mais, si j'étais resté chez moi, il serait
mort inévitablement, et j'aurais eu la conscience bour-
relée de remords jusqu'à la fin de mes jours. Je crois
à la destinée, bien que vous vous refusiez à reconnaître là son doigt inexorable !

DOROTHÉE. — Encore un coup ! je n'y vois qu'un concours tout naturel de circonstances !

SIR OSCAR. — Comment se fait-il que ce même concours de circonstances ne change rien à l'existence d'un homme, tandis qu'à l'égard d'un autre il a comme résultat de le mettre en rapport avec quelqu'un qui modifie complètement pour lui la face des choses?

DOROTHÉE, *embarrassée.* — Oui, un gardien, par exemple, qui prive l'un de déjeuner, et retarde pour l'autre l'heure du dîner ! Il faut bien espérer que ce fait ne se reproduit pas souvent. Vous devez être mort de faim, Sir Oscar.

SIR OSCAR. — Je le suis, en effet; mais, bah ! il en était souvent de même en Égypte; ce n'était pas le cuisinier qui faisait défaut, mais la nourriture. Notre sort me rappelle celui de ces pauvres malheureux que les Chinois font mourir en les suspendant dans une cage de fer en face de l'étal d'un boucher..... Il y a comme une odeur affriolante de cuisine dans l'air, n'est-il pas vrai?

DOROTHÉE. — Je m'en aperçois à peine. Entendez-vous les rossignols?

SIR OSCAR. — Ah ! vous voyez la différence des âges ! Le soleil couchant n'éveille en votre souvenir que des idées poétiques, et ne me rappelle, à moi, que l'heure du dîner !

DOROTHÉE. — Allons ! vous n'êtes pas sans entendre les rossignols? écoutez....

SIR OSCAR. — Charmant. Où sont-ils?

DOROTHÉE. — A Boboli; vos jardins, à Rivaux, avec

leurs sombres houx et leurs marbres revêtus de
mousse, sont-ils aussi beaux que ceux d'ici?

Sir Oscar. — C'est tout autre chose. Les jardins
italiens sont faits pour le clair de lune, pour Roméo
et Juliette, et peut-être aussi pour un poignard qui
brille dans l'herbe au pied des lis! Les nôtres pour les
après-midi ensoleillées, le lawn-tennis, le thé servi dans
d'élégantes tasses de porcelaine anglaise, les petites
filles Kate Greenaway et des cigares à bouche que veux-
tu! Je vois d'ici un coin de jardin hollandais à Rivaux
qui vous plairait, j'en suis sûr, avec sa profusion de
fleurs aux parfums enivrants... Là, assise à l'ombre de
quelque bel arbre, vous liriez à loisir vos poètes fa-
voris. Avez-vous le projet d'aller en Angleterre cette
année?

Dorothée.— Cette année! Nous n'allons jamais nulle
part; je ne connais pas l'Angleterre, je suis née ici.

Sir Oscar. — Florence a toujours été une ville
privilégiée. Je serais bien heureux si vous et votre
mère veniez à Rivaux. Vous ne seriez d'ailleurs pas
les premières à me faire cet honneur.

Dorothée, *riant légèrement.* — Me voyez-vous
avec ma robe grise au milieu d'un cercle élégant!
Savez-vous que je n'ai jamais été de ma vie ni à aucune fête, ni à aucun théâtre... bien que nous soyons
dans le pays de Mimi.

Sir Oscar. — Ah! que j'aimerais à être le premier
à vous faire descendre les Champs-Élysées, retour du
Bois, ou à vous conduire le samedi à Hurlingham, ou au
Ranelagh et ensuite à l'Opéra. Je me demande si le
monde vous semblerait étourdissant de plaisir, ou

simplement absurde! Quelquefois tout cela ne me paraît qu'une immense farce!

DOROTHÉE. — Entendez-vous? (*On entend les ros-signols chanter dans les jardins de l'autre côté de la cour.*)

SIR OSCAR. — La dernière fois que j'ai entendu le chant du rossignol, c'est à Marlowe. Nous y étions venus en bateau; puis nous avons dîné; ah! quel dîner! comme on prenait plaisir à me taquiner à propos de l'Égypte! On me prédisait que mon cheval s'enfoncerait dans le sable jusque par-dessus la tête, comme celui du maître de Ravenswood; quelles folies nous disions! lorsque nous restions un moment silencieux, le ramage des oiseaux frappait nos oreilles; la petite Nessie Hamilton prétendait que le gosier de Nilsson n'en approchait pas! (*Il s'arrête brusquement.*) (*A part.*) Quel sot je fais! lui parler de Nessie Hamilton, à elle! Elle ne s'en est pas choquée. Elle ne peut certes se faire l'idée de nos folies et des sottises que nous disions ce soir-là pendant que le rossignol s'évertuait à roucouler sous nos fenêtres. Qu'elle est jolie! son modeste costume gris est ravissant! elle a l'air de s'être déguisée en moinillon. Ces pièces sombres avec toutes leurs tapisseries, égayées par cette jolie tête bouclée; ces oiseaux qui gazouillent leurs douces chansons, valent décidément mieux que Marlowe! On dirait un tableau tiré d'un vieux drame de Maisinger ou de Ford; comme elle a l'air recueilli en écoutant le rossignol... on dirait une enfant qui prie! je voudrais qu'elle pensât à moi dans ses prières. Parfois on se laisse aller à croire que cela peut rendre service dans l'autre monde, s'il en est un!

(*La grosse cloche de Santa Maria del Fiore sonne l'angélus.*)

DOROTHÉE *se lève très agitée.* — C'est le *venti tre* et on ne vient pas. Que faire? hélas que ma mère ne va-t-elle pas se figurer? Ne pourrait-on pas appeler?

SIR OSCAR. — Quoi! les rossignols ne vous consolent donc pas?

DOROTHÉE. — Oh! n'en plaisantez pas, je vous en conjure. Songez seulement aux angoisses de ma mère. Je ne rentre jamais plus tard que cinq heures; elle n'a personne près d'elle que notre stupide Teresina. Impossible de supposer que je suis au palais Pitti; car, ce matin, j'avais dit que je partais pour le couvent espagnol; je ne suis venue ici que parce que l'église était fermée. Si vous essayiez de vous faire entendre? Appelez, criez comme si vous donniez aux gardes l'ordre de charger...

SIR OSCAR. — Je vais tâcher, je crie très fort à l'occasion: particulièrement sur les champs de bataille; mais c'est bien autre chose encore quand mon yacht embarque de grosses lames et que le timonier est un imbécile.

(*Il se penche à la fenêtre et hèle. L'écho seul répond.*)

DOROTHÉE, *avec désespoir.* — Personne n'entend! c'est affreux!

SIR OSCAR. — Je crois qu'il n'y a rien à faire; je renverserais des murailles, mais ces maudites fenêtres à la française (des fenêtres françaises dans un palais italien !) sont trop étroites pour me permettre de passer au travers ! Je ressemble malheureusement, comme vous voyez, au gros officier des gardes des caricatures du *Punch !* Si je savais seulement que faire ! ce que je crains surtout, c'est de vous ennuyer !

DOROTHÉE. — Oh non ! vous êtes si bon et moi si égoïste ! j'oublie toujours que vous n'avez pas dîné !

SIR OSCAR. — N'importe ! Ce n'est pas la première fois et je n'en suis pas mort. Ce qui me fâche le plus, c'est l'ennui qui en résulte pour vous et votre mère ; sans doute tout finira bien ; nous ne sommes pas menacés du sort d'Ugolin ; tôt ou tard il viendra quelqu'un. Mais d'ici là vous finirez par me prendre en grippe.

DOROTHÉE, *naïvement.* — Moi ! non, vraiment. Votre amabilité m'a fait oublier le temps !

SIR OSCAR, *à part.* — Dit-elle cela assez gentiment ! Non, vrai, je ne lui inspire pas le moindre soupçon. Palsambleu ! quel profit Nessie Hamilton ou quelqu'une de ses pareilles aurait tiré de la situation ! quelles prétendues craintes, quelles modesties immodestes, quelles attitudes provocantes n'auraient-elles pas affectées ! Mais elle ! c'est sa mère qui l'occupe, et par surcroît elle a encore la bonté de me plaindre ! (*Il parcourt les trois appartements qui sont ouverts, puis revient sur ses pas.*) (*Haut.*) J'ai essayé, mais en vain, d'avoir raison de chacune des portes ; je ne vois aucun moyen de sortir... Que faire ? Vous connaissez les lieux ? donnez-moi vos ordres... je tenterai le possible et l'impossible !

DOROTHÉE. — Mais puisque personne ne vous en-

tend! C'est tout à fait inexplicable! le gardien doit
être endormi quelque part dans un état d'ébriété complet. Comme il fait déjà sombre!

SIR OSCAR. — Les rossignols chantent de plus
belle!.. leurs petites voix pénètrent là où la mienne
ne saurait atteindre. La douceur l'emporte sur le volume!.. Il fait sans doute plus clair dehors que dedans, toutes ces tapisseries sont si sombres! et dire
que vous n'avez rien mangé!

DOROTHÉE. — Oh! je n'y regarde pas de si près.
Vous plairait-il de fumer? Ne disiez-vous pas tout à
l'heure que vous aviez des cigares...

SIR OSCAR. — Que vous êtes bonne! je n'en ai nul
besoin; cela pourrait vous gêner.

DOROTHÉE. — Non pas; et puisque, d'après vous,
cela trompe l'appétit...

SIR OSCAR. — Eh bien! pour vous prouver que je
prends votre bonté au sérieux, je vais allumer mon
cigare dans la pièce à côté... (*Il s'éloigne, fume et
réfléchit.*) Parole d'honneur, si l'amour à première
vue existe, je suis amoureux! Après tout, que peut-on
rêver de mieux que la fille de Tom Claremont! C'était
un homme accompli, un lettré doublé d'un gentleman
dans toutes les acceptions! Ce que j'ai de bon en moi
vient de lui... J'étais un âne bâté avant d'avoir passé
par ses mains. Il a fait de moi un homme! Si par la
suite l'élève n'a pas été à la hauteur du maître, c'est
ma faute et non la sienne. Quelle beauté! Quelle
innocence, et pourtant comme elle sait se défendre
bravement! Quelle jolie voix elle a aussi! et quel
teint! une feuille de rose! On a beau s'adresser à

Piver, il ne peut rien vous donner qui ressemble à la
réalité ; que dirait-elle si elle savait que je songe à
elle sérieusement ! Bah ! elle se fâcherait... En effet,
n'est-ce pas prodigieusement ridicule pour un homme
qui, depuis l'âge de vingt ans, redoute d'être accaparé
par les femmes, de se laisser ainsi ensorceler en moins
d'une heure ! En résumé, on pourrait aisément faire
un plus mauvais choix ! D'ailleurs j'ai toujours rêvé
de trouver une femme, sans tenir compte des choses de
convention... Je suis dégoûté, c'est le mot, de nos
belles dames, elles se ressemblent toutes terriblement.
Aujourd'hui les jeunes filles épouseraient le diable
en personne, s'il était riche et disposé à leur donner
par contrat une portion de ses trésors. Je ne parle pas
d'elle, bien entendu ; je crois qu'elle préférerait
exercer son art jusqu'à la fin de ses jours, plutôt que
de consentir à faire un mariage d'argent. Comme je
serais fier de la présenter dans le monde ! Je suis sûr
qu'elle saura toujours se suffire à elle-même. Enfer-
mée avec sa mère aveugle, ou à peindre dans ces galeries, elle doit être comme l'oiseau en cage. Si elle
était ma femme, quelle fête de la conduire à Paris, de
donner carte blanche à Worth ! Quelle métamorphose
en moins d'un mois ! Comme il serait doux de l'entendre rire... Qui sait si tout cela lui plairait ? A vrai
dire, j'en doute. Ce qu'elle aimerait à coup sûr, ce sont
les beautés de la nature, la verdure et les roses de
Rivaux ; c'est du moins ce que j'imagine ; si je ne me
trompe, la campagne aura toujours ses préférences,
peut-être l'exercice du cheval lui plairait-il. Elle a la
tournure d'une personne qui devrait bien monter !

Grand Dieu ! être attachée à son chevalet par cette chaleur accablante pour exécuter des copies destinées à
des marchands ou à des Yankees, c'est atroce ! Andro-
mède sur son rocher était moins à plaindre que cette
malheureuse enfant ! et pourtant voyez comme elle
est calme, courageuse, reconnaissante même ! Ne
serait-il pas honteux à moi de lui faire la cour, les
circonstances étant données ! Elle ne saurait manquer
de s'en effrayer ! Le jour baisse, bientôt il va faire
noir comme dans un four ! Quelle situation pénible
pour elle ! Ce serait impardonnable de hasarder même
un mot qui pourrait la blesser. (*Il jette sa cigarette et
regarde autour de la salle.*) Que je voudrais trouver
un bout de bougie ! cela la tranquilliserait un peu ; que
ce tête-à-tête avec un étranger doit lui être odieux !
Si elle n'était pas aussi naïve, elle s'imaginerait que
j'ai corrompu le gardien. (*Il voit sur une console de
marbre un bout de bougie, il le prend et le porte à
Dorothée.*) Voici un atome de luminaire ; c'est une
vraie trouvaille que je viens de faire dans la salle
voisine. Je vais l'allumer et la mettre dans un de ces
candélabres. Cela vaut toujours mieux que rien. On
viendra peut-être quand on verra les fenêtres éclai-
rées. Là... un pauvre éclairage ! mais il suffira à chas-
ser les revenants ! Lorsqu'on emprisonne les gens, on
devrait laisser au moins une lampe quelque part et
des provisions de bouche dans les tiroirs. Ne vous
tourmentez pas, je vous en conjure, miss Claremont.
Je vais passer dans la pièce à côté ; vous, avec tous les
meubles, élevez une barricade entre nous...

Dorothée. — Pourquoi ? j'aurais encore plus peur

si j'étais seule... J'ai toujours été un peu effrayée de
l'obscurité; mon père me grondait souvent à ce sujet.
Il disait que c'était manquer de confiance envers la
nature et limiter la puissance de Dieu. Et c'est vrai,
du moment qu'on prend la peine de raisonner; mais on
ne peut pas toujours... du moins, moi, je ne le puis.

Sir Oscar. — Une jolie femme ne devrait jamais
raisonner. Pardonnez-moi, je vous prie... ça été tout
à fait involontaire; c'était une réponse si naturelle!
(*A part.*) Elle est adorable! il ne lui entre jamais dans
l'esprit que je puisse être un malotru. Oui, je le jure,
je serai *le lion de votre Una.* Je n'ai pas la prétention
d'avoir mené une vie bien régulière, mais jamais
duègne ne veillera sur vous avec un soin plus jaloux
que je ne le ferai! Seulement il y aura une amende
à payer si on nous laisse ici tous deux, et si demain
matin les commérages s'emparent de mon nom! On
vous condamnera sans pitié aux flammes éternelles.
Le monde ne croit pas à l'innocence! Ah! le vilain
monde que le nôtre! (*Haut.*) Entendez-vous les rossignols! Votre père ne vous a-t-il jamais récité *le Lu-
thiste et le Rossignol* par Ford? C'est, à mon avis,
le plus charmant poème de la langue anglaise.

Dorothée. — Oui, c'est très beau. Je le sais par
cœur.

Sir Oscar. — Quel déluge de notes! Quelle ému-
lation artistique!

Dorothée. — Chantent-ils aussi bien en Angleterre?

Sir Oscar. — Je ne pense pas.

Dorothée. — Peut-être que chez vous ils ne dis-
tinguent pas aussi clairement les notes, parce qu'il n'y

a pas de vers luisants pour leur fournir la lumière au pupitre ! (*Leurs regards se rencontrent, elle rougit et détourne les yeux.*) Parlez-moi de l'Égypte, cela m'aidera à passer le temps ; j'aime beaucoup les histoires, mon père m'en racontait tant !

SIR OSCAR. — Je n'ai pas le talent de votre père ! Puis, vous savez, j'ai débité tant d'argot que j'ai perdu la faculté de parler la langue que vous aimez. Je vais essayer de vous narrer ce que j'ai vu, mais je crains de le mal faire. Ce qui m'a le plus peiné, c'est la mort de Black Douglas, mon meilleur cheval ; il était né à Rivaux. Un Arabe l'a transpercé dans un fourré de roseaux, et la pauvre bête, après m'avoir traîné pendant cinq kilomètres le couteau dans le flanc, s'est abattue en entrant au camp... (*Les horloges sonnent huit heures et demie ; il fait nuit ; la bougie est prête à s'éteindre.*) Le malheureux n'en a pas eu pour plus de vingt minutes... Il y a peut-être encore là-bas d'autres bouts de bougie... Kassassin, dites-vous ? Là il ne s'est rien passé d'extraordinaire... C'était une mêlée ; nous chargions et rechargions d'estoc et de taille, mais sans savoir au juste ce que nous faisions. Il en est toujours ainsi avec nous autres Anglais ! nous allons au feu comme à Polo, et nous nous en tirons Dieu sait comme ! Ah ! que je voudrais donc qu'on nous rendît la liberté ! pour vous, bien entendu ! vous paraissez si fatiguée !

DOROTHÉE. — Si je pouvais seulement faire savoir à ma mère que je suis en sûreté ! Elle doit me croire victime de tous les accidents qu'on peut craindre sous le soleil. Elle ne songera jamais à m'envoyer chercher au palais Pitti, du moins j'en ai peur.

Sir Oscar. —Peut-être finira-t-elle par là. Moi qui ai toujours cru jusqu'ici qu'il n'y a rien que l'argent ne puisse faire ! ce qui se passe est bien la preuve du contraire. (*A part.*) Que j'aimerais à lui avouer les sentiments qu'elle m'inspire ! mais ce n'est pas quand elle est prisonnière que je puis me permettre cette déclaration ; ce ne serait pas bien à moi de l'embarrasser ainsi, alors même que c'est pour le bon motif. Il est probable maintenant que l'on ne nous ouvrira pas avant demain matin. C'est affreux pour elle ! Quelle histoire on va brocher dans les clubs si la chose s'ébruite. On ne manquera pas de se moquer de moi et de me surnommer Scipion, pour le reste de mes jours.

Dorothée, *d'un ton désespéré.* — Comment se fait-il qu'on m'oublie ainsi, moi qui suis ici continuellement.... Ce n'est plus comme dans les galeries que l'on fait évacuer à heure dite ; néanmoins il faut bien aussi que le palais soit fermé au coucher du soleil.

Sir Oscar. — Ils auront oublié la partie où nous sommes ; de grâce, ne vous inquiétez pas ; quitte à me rompre le cou, je n'hésiterais pas un instant si je pouvais sauter par la fenêtre ; il y a des occasions où l'on regrette de n'être pas un nain plutôt qu'un géant.

Dorothée. — Cela n'avancerait à rien...

Sir Oscar. — J'en courrais cependant bien volontiers la chance pour vous être agréable...

Dorothée, *souriant.* — Ou pour dîner ?

Sir Oscar. — Que vous êtes cruelle ! Ai-je paru m'en préoccuper ? Depuis la cigarette que vous m'avez autorisé à fumer, je me sens tout à fait dans mon

assiette. Ce dont je ne saurais me consoler, c'est que
vous n'ayez pas même un verre d'eau pour étancher
votre soif.

DOROTHÉE, *émue*. — Il m'afflige bien autrement
de songer aux inquiétudes de ma mère ; vous savez
que tout est plus pénible pour ceux qui sont aveugles...
ils sentent, hélas ! qu'ils ne peuvent rien...

SIR OSCAR, *agité*. — De grâce, ne pleurez pas ; je
n'ai jamais pu voir de sang-froid une femme pleurer...
Je suis si malheureux de ne pouvoir rien faire pour
vous ! Peut-être, cependant, serais-je capable d'en-
foncer la porte ! Si j'essayais ?

DOROTHÉE. — Vous ne pourriez réussir ! Ces portes
sont d'une épaisseur extraordinaire ; puis, on vous
mettrait pour ce fait en prison.

SIR OSCAR. — Bah ! je vais en courir la chance !
pourvu que cela ne vous effraye pas... je ne vois pas
d'autre espoir ... allons !

DOROTHÉE. — Non ... n'essayez pas. A quoi bon !
vous allez vous faire mal.

SIR OSCAR, *souriant*. — Il est probable, ma chère
enfant, que ce n'est pas moi qui en souffrirai le plus ;
pourtant il est vrai que les portes de l'ancien temps
sont si bien établies, si solides, qu'elles résisteraient
presque au canon ! Ah ! si c'était une porte de ma maison de Londres, nous la verrions sauter en éclats en
une seconde... Reculez-vous un peu, et laissez-moi
commencer pendant qu'il y a encore un peu de lumière. Vous n'avez pas d'objection à ce que je mette
habit bas ?

DOROTHÉE, *à part*. — Quelle bonté ! quelle force !

il me semble que je l'ai toujours connu ! S'il allait se blesser ! si la porte allait tomber sur lui !

SIR OSCAR, *la regardant*. — Ciel ! pourquoi blêmissez-vous ainsi ? pensez-vous que ces panneaux vont tomber sur moi comme les portes de Gaza ? N'ayez pas peur, je vous en conjure ! moi qui vous croyais si courageuse ! Je vous garantis qu'il n'y aura à en souffrir que les boiseries ; et avec de l'argent on s'en tirera. Ah ! voilà le moment décisif arrivé ! Si mes efforts sont vains, il n'en sera ni plus ni moins pour vous... dans le cas contraire, vous pourrez sortir dès que la porte sera enfoncée, et personne ne soupçonnera jamais que vous avez été emprisonnée ici avec moi. Comprenez-vous ? (*A part.*) Quelle innocence ? elle ne paraît pas s'inquiéter de ce qu'on pourrait dire ! Ah ! voilà de l'innocence la plus pure ! trop pure pour soupçonner le mal et pour connaître la crainte. J'ai toujours rêvé de trouver ce prodige, mais je croyais que c'était comme le trèfle à quatre feuilles. (*Haut.*) Éloignez-vous encore, je vous prie, tout en me tenant la bougie ... Voici ... Nous y sommes ! (*Il appuie l'épaule contre la porte, après dix minutes de grands efforts, et s'arrête un moment pour reprendre haleine.*)

DOROTHÉE. — Oh non !... pourquoi continuer ? vous allez vous faire mal ; vous devez déjà être contusionné, brisé ! puis, si vous arrivez à vos fins, qu'adviendra-t-il ? ils vous mettront dans le *Bagello* ! Vous savez que nous sommes ici dans le palais du roi !

SIR OSCAR, *riant*. — Ah ! ah ! ah !... Soyez tranquille, on ne me coupera pas la tête pour cela ; mais

on le fera peut-être au gardien... Ne croyez pas que je
vais capituler ainsi! Je ne suis pas revenu d'Égypte
sain et sauf pour reculer devant une porte en bois!
Oh non! mille fois non! (*Il fait de nouveaux efforts
et fait voler en éclats les panneaux de la porte.*) J'étais
sûr que je finirais par en avoir raison! Maintenant
vous êtes libre, libre comme l'oiseau! vous pouvez descendre l'escalier et me laisser seul ; ou bien préférez-
vous que je passe le premier pour appeler quelqu'un?

DOROTHÉE. — Quel Hercule vous faites! Que la force
est une grande chose!

SIR OSCAR, *souriant.* — Hercule a toujours eu beau
jeu auprès des dames. Cette malheureuse porte n'est
plus bonne qu'à faire des allumettes ; au surplus, je
connais le grand maître des cérémonies ; il arrangera
l'affaire. Mais d'où vient que vous êtes si pâle? Quel
en est le motif?

DOROTHÉE, *serrant ses pinceaux.* — Moi! je ne
sais! car je suis réellement émerveillée de vos hauts
faits... Vous avez eu raison de cette porte comme moi
d'un morceau de papier!

SIR OSCAR. — Pas tout à fait. Il m'en a bien coûté
un quart d'heure de forts coups d'épaules. Qu'est-ce
qui vous presse donc tant! Je... je désire... j'ai une
demande à vous adresser...

DOROTHÉE. — Je ne puis attendre une minute de
plus ; je vais rentrer chez moi en courant ; il doit être
bientôt neuf heures. Pensez à ma pauvre mère!

SIR OSCAR. — Je n'ai qu'un mot, qu'un simple mot
à vous dire avant que personne monte ici... On doit
avoir entendu d'en bas ce tapage infernal... Attendez

encore un instant, un seul, je vous en supplie... Vous
pourrez courir ensuite aussi vite que vous voudrez ! Il
faut que je vous le dise, dussé-je en mourir ! la moitié
d'un jour comme celui-ci compte plus dans une vie
qu'une demi-année ! N'êtes-vous pas de cet avis ? Je
n'ose me flatter de vous avoir inspiré un sentiment
quelconque... mais moi, voilà ce que j'éprouve pour
vous... Vous me plaisez plus qu'aucune femme au
monde... Voudriez-vous m'accorder votre main... Consentiriez-vous à venir habiter Rivaux avec moi si jamais
vous daigniez vous soucier de votre libérateur ? Par
Saint-Georges ! voici la bougie éteinte ! elle nous a été
utile en son temps ; ma bien chère enfant, ne craignez
rien ; prenez mon bras et nous descendrons l'escalier
quand vous m'aurez répondu...

DOROTHÉE, *nerveuse.* — Il fait tout nuit.

SIR OSCAR. — Complètement nuit ! Mais ne pouvez-
vous, comme les rossignols, vous faire entendre dans
l'obscurité ?

DOROTHÉE. — Il faut absolument que nous parlions
au gardien.

SIR OSCAR. — Soyez tranquille, je lui parlerai à
coup sûr ; mais, de grâce, je vous en supplie, répondez-
moi ; sans doute vous me connaissez peu... mais votre
mère saura tout... Ce que je vous demande en ce moment, c'est de me dire simplement si je ne vous inspire
pas d'antipathie ?

DOROTHÉE. — D'antipathie ?

SIR OSCAR. — Puis-je vous reconduire chez vous,
dites ?

DOROTHÉE, *tout bas.* — Oui, si vous le voulez bien.

APRÈS MIDI

COMÉDIE

PERSONNAGES

PHILIPPE DORMER, comte l'Estrange.
MARQUIS D'IPSWICH, fils du duc de Lowestoft.
LE PRINCE CARLO SANFRIANO.
ALFRED DORIAN.
DUC DE MONTELUPO.
CLAIRE, madame Glyon.
LAURE, princesse Sanfriano.
LADY COWES.
LA COMTESSE SAINT-ASAPH.
LA MARQUISE ZANZINI.

La scène est à Rome.

SCÈNE PREMIÈRE

Une longue allée bordée d'arbustes dans le parc
de la villa Ludovisi, à Rome

L'ESTRANGE, IPSWICH, LA PRINCESSE,
MADAME GLYON

L'ESTRANGE. — Ne pas comprendre la Junon du palais Ludovisi; quel philistin vous faites!

IPSWICH. — Eh bien! quoi! C'est une grosse tête de pierre. Si vous ne m'aviez rien dit, j'aurais cru que c'était quelque austère belle-mère de quelque feu Caïus ou Valérius.

L'Estrange *allume un cigare.* — Mathieu Arnold a bien raison! quels ignorants vous êtes, vous autres Anglais!

Ipswich. — On ne peut être une colonne de lumière comme vous, et adorer des poupées de marbre et des peintures brunes comme des noix de coco.

L'Estrange. — Une colonne peut-elle adorer? Parlez-moi le jargon de *Pall-Mall;* peut-être alors comprendrai-je.

Ipswich. — Soit; mais dites-moi ce que vous autres esthéticiens admirez dans ce gros buste?

L'Estrange. — A quoi bon vous le dire? c'est l'idéal le plus pur que nous possédions de la beauté féminine.

Ipswich. — Je préfère Jeanne Granier!

L'Estrange. — C'est le symbole de la chasteté, de la dignité, de la maternité, de la souveraineté, c'est divin! On devrait placer ce buste au centre de Saint-Pierre et lui consacrer cette église. Je suis devenu un adepte de Comte devant cette glorieuse incarnation de la femme. Si vous aviez de l'esprit et de l'âme, vous sentiriez cela; mais si vous n'êtes qu'une simple masse de chair habillée par Poole, vous ne pouvez y rien comprendre, et je vous l'explique.

Ipswich. — Une masse de hair! moi qui ai gagné trois fois le grand steeple-chase militaire!

L'Estrange *avec mépris.* — Un steeple-chase est votre but suprême et votre conception du divin!

Ipswich. — Oh! ce n'est pas déjà si méprisable! Vous-même, ne montez-vous pas souvent à cheval chez vous?

L'ESTRANGE. — L'équitation est autre chose que de sauter à cheval les haies, vêtu d'une casaque de soie comme un singe, au risque de provoquer les malédictions des bookmakers, quand il vous arrive de casser le cou de votre monture dans un fossé. Qui vient là-bas? Vous connaît-elle?

IPSWICH. — C'est la princesse Sanfriano. Une délicieuse petite chatte.

L'ESTRANGE. — A coup sûr, elle n'est pas Italienne.

IPSWICH. — Non, c'est une Canadienne; effroyablement jolie; cela ne va pas bien avec son mari; toutefois, elle n'a pas encore fait de faux pas. On n'imagine pas quelle fortune elle a, et c'était pour sa fortune que ce butor l'a épousée, cela va sans dire.

LA PRINCESSE *arrive près d'eux.* — Lord Ipswich, *faites*-vous Rome en ce moment, comme les petits amours de M. Cook?

IPSWICH. — Princesse, voulez-vous permettre à l'un de mes plus anciens amis d'avoir l'honneur?... (*Il les présente l'un à l'autre.*)

LA PRINCESSE *à l'Estrange.* — Y a-t-il longtemps que vous êtes à Rome? Je ne me rappelle pas vous y avoir jamais vu, et nous nous rencontrons tous cinquante fois par semaine quelque part.

L'ESTRANGE. — Je suis arrivé d'hier soir seulement et je fuis toujours la société à Rome.

LA PRINCESSE. — Miséricorde! Pourquoi?

IPSWICH. — Il ne voit ici que des profanes... des marchands dans le temple... telle est sa manière de vous juger.

LA PRINCESSE. — Je comprends. Eh bien, il commettra son premier sacrilège chez moi, demain. N'oubliez pas de me l'amener.

L'Estrange *balbutie.* — Trop bonne! charmé.

La Princesse *continuant.* — Et pour récompense, vous verrez ma belle et célèbre amie madame Glyon; comme elle ne sort jamais, vous ne pouvez la rencontrer nulle part ailleurs que chez moi.

L'Estrange *avec intérêt.* — Ce n'est pas l'artiste?

La Princesse. — Si, l'artiste. Sachez aussi qu'elle a autant de beauté que de talent : avez-vous vu quelque chose d'elle?

L'Estrange, *avec un léger frisson.* — Quelque chose! certainement, princesse; je ne manque jamais le Salon, et les grands paysages de madame Glyon sont, de toutes les œuvres modernes, celles où l'on trouve le plus d'inspiration et de vérité.

Ipswich. — Enfin, le voilà qui loue quelque chose de moderne. Rome va s'écrouler! Savez-vous, princesse, que depuis ce matin il m'assomme avec cette grosse tête; elle me fait l'effet de porter un tour comme ma maîtresse d'hôtel de *Duc street* et me rappelle l'aspect rébarbatif d'une dame d'Eton.

La Princesse. — La Junon Ludovisi? je ne l'admire pas beaucoup, mais madame Glyon en raffole.

L'Estrange. — Permettez-moi de retourner faire mes dévotions au sanctuaire de la déesse, car j'ai laissé un volume de Winckelmann dans la galerie. (*Il sort.*) .

La Princesse. — Est-ce ce fameux lord l'Estrange?

Ipswich. — Que voulez-vous dire?

La Princesse. — Je veux parler de celui qui a été si cruel avec sa femme.

Ipswich. — Cruel! allons donc, ma chère princesse, après avoir commis une effroyable erreur, il a essayé de la réparer, mais sans y réussir.

La Princesse. — Il l'a tuée.

(*Ipswich rit aux éclats.*)

La Princesse *d'un ton très sévère.* — Oh! nous savons très bien que les hommes ne nous tuent jamais par leur indifférence, leur mauvais caractère, ou par leurs outrages. Je dis qu'il l'a tuée, tuée aussi positivement que s'il eût piétiné sur elle avec des sabots, ou mis de l'arsenic dans son sherry. Ne s'était-il pas mis à lui reprocher par écrit la gaucherie avec laquelle elle tenait sa tasse de thé!

Ipswich. — Eh bien! pourquoi pas? il a épousé une petite paysanne.

La Princesse. — C'était la fille d'un jardinier; Tennyson a sanctifié cette infraction à la règle.

Ipswich. — Oui, il l'a vue binant des pommes de terre.

La Princesse. — Des ananas!

Ipswich. — Des pommes de terre! princesse, je vous demande pardon, on ne bine pas les ananas, et elle binait!

La Princesse. — Hé bien! lui a-t-elle fait sauter la cervelle avec sa houe? Lui a-t-elle demandé de l'épouser?

Ipswich. — Pur acte de don quichottisme, dont il s'est toujours repenti depuis.

La Princesse. — Serait-ce qu'il a retrouvé en

lui la grâce suffisante pour avoir un remords?

Ipswich. — Oh! un remords! cela est un peu fort.

La Princesse. — Il devrait en être accablé jusqu'à sa dernière heure; et la cour des lords, elle, aurait dû le traduire devant son tribunal, puis le faire pendre dans le Palais Yard.

Ipswich. — *Cara mia*, un peu de raison; qu'a-t-il donc fait? Vous n'êtes pas au courant, sans doute, de la véritable histoire. Il a épousé une paysanne française, âgée de quinze ans, belle comme un rêve, je le reconnais, mais ignorante... O ciel! je le vois bien, vous ne me croyez pas; pourtant si je vous disais que ce n'était pas aux mains, mais aux pieds qu'elle essayait des gants, et qu'elle a demandé aux domestiques de faire chauffer la première glace qu'on lui a servie !

La Princesse. — Ce n'est pas là un motif pour divorcer avec une femme.

Ipswich. — Divorcer? Qui a parlé de cela? Il a tout supporté avec une patience d'ange.

La Princesse. — Aussi longtemps qu'il a été amoureux, oui; puis, en six mois de temps, toutes les gaucheries et la naïveté qu'il avait trouvées divines sont devenues pour lui stupides, atroces, insupportables, je le sais, et elle a été sacrifiée à la fausse honte d'un jeune capricieux, qui ne connaissait des passions que ce qu'elles ont de plus fugitif et de plus méprisable.

Ipswich. — Pas du tout; il s'est bientôt aperçu, naturellement, qu'après ce mariage il lui fallait rester dans son trou, qu'il était impossible de songer à présenter sa femme dans le monde à Londres; en un mot, il s'est rappelé sa position dans la société.

La Princesse. — Le seul Dieu de l'Anglais.

Ipswich. — Et puis, il y avait encore sa mère, qui a failli en devenir folle.

La Princesse. — J'imagine bien ce qu'éprouve une matrone anglaise dans une pareille conjoncture. Pauvre Claire!

Ipswich. — Comment avez-vous su son nom?

La Princesse. — J'étais au couvent où il l'a envoyée, le monstre! j'étais beaucoup plus jeune qu'elle (nous autres femmes, nous ne manquons jamais à le dire), et sa beauté, son désespoir, son histoire m'ont frappée comme toute autre enfant l'aurait été.

Ipswich. — Et s'est-elle réellement suicidée?

La Princesse. — Il l'a positivement tuée, si vous tenez à savoir la vérité; on ne pouvait rien pour elle; le découragement et le chagrin la minaient; impossible de la faire reprendre à la vie, et quand elle s'est noyée, il était aussi coupable de cette mort que s'il l'eût tuée à bout portant.

Ipswich. — Mais comment, chère princesse, pouvait-il prévoir une chose pareille?

La Princesse. — S'il eût eu deux grains de bon sens dans l'esprit et du cœur gros comme une tête d'épingle, il l'aurait bien prévu; peut-on entourer une femme d'adorations pendant six mois, la rendre souveraine maîtresse de tout ce qu'on possède, puis un beau jour la renvoyer dans un couvent comme une écolière?

Ipswich *vivement*. — Je ne vois pas ce qu'il aurait

pu faire! Il va sans dire qu'il comptait la reprendre au bout d'un ou deux ans. Je me demande comment il eût affronté les foudres de Londres, s'il eût continué à vivre avec une paysanne de la Touraine qui ne savait pas l'A B C de la vie mondaine.

La Princesse *d'un ton emporté.* — Vous m'excuserez, lord Ipswich; mais je préfère le pire de tous les don Juan à ce froid et misérable esclave des convenances. Je préfère Méphistophélès lui-même! A première vue, j'avais bien jugé qu'il ne valait pas cher; il est aussi froid qu'un hiver canadien et aussi outrecuidant que...

Ipswich. — Très bien! vous savez qu'il y a onze ans de cela; on ne peut pas porter un crêpe à son chapeau toute sa vie.

La Princesse. — Lord Ipswich, je vous déteste; veuillez aller voir si ma voiture est avancée; j'aperçois mon amie au bout de l'avenue et j'ai à lui parler.

Ipswich. — Comment! elle habite chez vous? Vous ne me refuserez pas de rester ici et d'envoyer ce petit balayeur demander votre voiture.

La Princesse. — Ce gamin pourrait-il reconnaître ma voiture? Allez, allez vite! sans cela ne reparaissez jamais en ma présence.

Ipswich. — Terrible et injuste belle dame, je m'en vais. (*Il sort.*)

La Princesse. —Ah! quel bonheur d'être débarrassée de lui! De si loin que je la voie, je devine qu'elle a quelque chose à me dire, et c'est seulement le matin que nous pouvons causer. Eh bien! ma très chère, d'où vient cette pâleur?

(*Madame Glyon approche, l'air sérieux et un peu agité; elle s'assied sur un banc de pierre, à côté de la princesse, et reste un instant sans parler.*)

LA PRINCESSE *vivement et avec anxiété.* — Vous avez vu cet homme?

MADAME GLYON *fait un signe affirmatif, puis elle dit à voix basse :*

Saviez-vous qu'il était à Rome?

LA PRINCESSE. — Non, non! Miséricorde! comment! ne vous l'aurais-je pas dit? Mais quand l'avez-vous vu? Où? Il était ici il n'y a qu'un instant causant avec Ipswich.

MADAME GLYON. — Il entrait dans la galerie des sculptures quand j'en sortais.

LA PRINCESSE. — Et vous dites qu'il n'est rien arrivé de nouveau?

MADAME GLYON. — Qu'aurait-il pu advenir?

LA PRINCESSE. — Bien des choses, si j'eusse été à votre place!

MADAME GLYON *souriant.* — Nos natures sont différentes, chère amie. Il m'est arrivé souvent de l'apercevoir dans les rues de Paris et même une fois, au Salon, je l'ai vu devant un de mes tableaux; il n'y a là rien de nouveau, rien d'extraordinaire; seulement...

LA PRINCESSE *frappant le sol avec son parasol.* — Seulement... les coquins ont la puissance de torturer encore une honnête femme, même quand ils ont perdu tout droit à conserver une place dans son souvenir.

MADAME GLYON. — Il me semble qu'il n'a pas encore un seul cheveu gris, et moi, combien en ai-je?

LA PRINCESSE. — Je crois qu'il se teint.

MADAME GLYON *d'un ton indigné*. — C'est absurde ; il n'a jamais eu de prétention à la beauté ; et ce n'est pas un ci-devant de soixante ans. (*La voix lui manque ; elle éclate en sanglots.*)

LA PRINCESSE *avec sympathie, quoique d'un air contrarié*. — Oh ! ma chérie, je vois combien vous êtes agitée, et je ne comprends pas cependant qu'il en puisse être ainsi. Vous êtes certainement bien plus généreuse que moi. Je le haïrais, je le maudirais, je l'abhorrerais ! je lui arracherais les yeux, je lui ferais des scènes partout où je le rencontrerais, de sorte qu'il finirait par avoir peur de son ombre.

MADAME GLYON *avec effort*. — Comme les maîtresses abandonnées dans les romans stéréotypés du boulevard ? Je suis sûre que vous ne feriez rien de tout cela, Laure.

LA PRINCESSE. — Je le ferais ; ou, plus probablement encore, je l'aurais tué depuis longtemps.

MADAME GLYON. — Quel mélodrame ! vous êtes très violente aujourd'hui.

LA PRINCESSE. — La faute en est à cet imbécile d'Ipswich, qui a eu l'impudence de le défendre.

MADAME GLYON. — Lui avez-vous parlé de moi ?

LA PRINCESSE. — Nous avons parlé du mariage de l'Estrange et de sa conduite à l'égard de sa femme. Ipswich est son ami, il a fait valoir de mauvaises excuses ; il m'a exaspérée pour toute la journée. Je vous répète, chère Claire, que je n'ai pas votre céleste mansuétude.

MADAME GLYON. — Qui vous a dit que j'aie pardonné ? Oh ! ce n'est pas moi.

LA PRINCESSE. — Votre conduite. La patiente cen-
drillon n'était rien auprès de vous.

MADAME GLYON. — Vous n'avez pas, je crois, le don
de saisir les caractères, chère Laure ; vous êtes pour
moi la meilleure des amies, mais vous m'avez jugée
de confiance. Vous n'avez jamais compris mes sentiments, ni le mobile de ma conduite.

LA PRINCESSE. — Oh non ! vous êtes pour moi
comme la Junon du palais Ludovisi. Je contemple...,
je tâche d'admirer ; je reste muette ; mais je ne puis
comprendre ni apprécier le colossal.

MADAME GLYON *avec un sourire mélancolique.* —
Suis-je colossale ? suis-je aussi dépourvue de sentiment que la Junon elle-même ?

LA PRINCESSE. — Colossale..., vous êtes surnatu-
relle, tandis que si vous l'aviez poursuivi dans la galerie en lui déchirant ses habits sur le dos, vous auriez
été comme une personne naturelle et semblable à
d'autres.

MADAME GLYON, *gravement.* — Ne parlez pas
ainsi, Laure ; c'est tout à fait indigne de vous, et vous
n'y pensez pas sérieusement.

LA PRINCESSE. — Mais si.

MADAME GLYON. — En tout cas, épargnez-moi l'expression de vos sentiments, quand ils sont de cette nature. Maintenant je vous prierai de me rendre un service ; n'êtes-vous pas sur le pied de l'intimité avec
lord Ipswich ?... Demandez-lui donc si... si son ami
doit rester longtemps à Rome, parce que, si telle était
son intention, je retournerais à Paris et je reviendrais
chez vous plus tard.

La Princesse, *vivement*. — Je sais qu'il va partir très prochainement... pour l'Asie Mineure, je crois. (*A part.*) Je n'oserai jamais lui dire que je l'ai invité à venir chez moi demain soir. (*Haut.*) Mais si vous avez passé près de lui si souvent à Paris, cela ne saurait tant vous blesser de passer près de lui à Rome.

Madame Glyon. — Cela me blesse toujours.

La Princesse *embrasse la main de madame Glyon avec effusion*. — Oh! ma chère Claire, pardonnez-moi; seulement, n'étant qu'une créature ordinaire, je ne puis absolument pas vous comprendre; n'y a-t-il pas un proverbe qui dit : les fous courent là où tout autre aurait peur de marcher?

(*Ipswich revient.*)

Ipswich. — Mille pardons, princesse, si je suis resté aussi longtemps; mais, vrai, vos gens étaient à l'extrémité de la via Sainte-Basile.

La Princesse. — Merci, il faut que je m'en aille; j'ai la légation japonaise à déjeuner, et il est une heure maintenant.

Ipswich. — Permettez-moi de vous accompagner jusqu'à la porte. (*Il passe à côté de la princesse.*) Est-ce là votre grande artiste? Quelle belle personne!

La Princesse. — Ce n'est pas aimable de me le dire, car elle est tout l'opposé de moi; elle n'en est pas moins belle. Je ne puis vous présenter, car elle ne veut faire la connaissance d'aucun étranger; elle a les Anglais en horreur.

(*Ils quittent l'allée; madame Glyon les suit d'un peu loin.*)

SCÈNE II

Un salon, le palais Sanfriano, six heures, le thé est servi.

LA PRINCESSE, MADAME GLYON, LADY COWES,
LA MARQUISE ZANZINI
ET AUTRES PERSONNAGES SECONDAIRES

LADY COWES, *à voix basse à la marquise Zanzini.*
— Quelle charmante femme que la princesse ! seulement elle connaît toujours de drôles de gens !

LA MARQUISE ZANZINI. — De qui voulez-vous parler ? de la Glyon ? Oh ! c'est une artiste ; cela sauve tout ! vous savez.

LADY COWES. — Dans un atelier peut-être, mais pas dans un salon.

LA MARQUISE, *riant.* — Ah ! ces chers Anglais sont-ils toujours raides et collet monté ! Quant à moi, je m'occupe de ma propre maison ; mais peu m'importent les gens que je rencontre chez les autres.

LADY COWES. — La princesse la présente.

LA MARQUISE. — C'est de peu de conséquence ; la nouvelle arrivée fait la première visite ; vous ne lui rendez pas de carte, tout s'arrête là.

LADY COWES, *avec mauvaise humeur.* — Croyez-vous que la princesse pardonnerait jamais cela ?

La Marquise *bêtement*. — Peuh! qu'importe ce qui plaît ou déplaît à une petite *bastarda* d'Amérique.

Lady Cowes, *d'un ton froissé*. — Oh ! très chère marquise, la pauvre princesse n'est pas... n'est pas ce que vous dites. Elle n'avait pas de naissance peut-être ; toutefois ses parents n'en étaient pas moins, j'en suis sûre, des gens très respectables et même très riches. Quand mon fils est allé faire la pêche au Canada, il a dîné avec eux.

La Marquise *riant à se tordre*. — Ah! ah! et le dîner est le sacrement de la respectabilité, n'est-il pas vrai ? mais je n'entends pas dire ce que vous croyez. *Bastardo*, pour nous, signifie ce que vous appelez métis, né de rien ; comment dites-vous cela?

Lady Cowes, *toujours d'un air scandalisé*. — Oui... oui, je vois, c'est tout à fait cela ; vous parlez l'anglais si admirablement, marquise. Ah! j'aperçois cette chère lady Saint-Asaph.

(*Elle se lève et va à l'extrémité de la pièce.*)

La Marquise *à Ipswich*. — Venez ici et racontez-moi le steeple-chase ; on m'a dit que vous avez gagné, est-ce vrai?

Ipswich. — Oui, mais d'une certaine façon. Je montais un affreux carcan, *an awful screw*.

La Marquise. — Je ne comprends pas ; *screw*, en bon anglais, veut dire vis, un tourne-vis, un tire-bouchon, l'hélice d'un navire à vapeur. Comment faites-vous de cela un cheval, et comment pouvez-vous monter là-dessus, dites?

La Princesse, *passant près d'eux*. — Marquise, il va vous prendre pour une puriste.

La Marquise. — Ah! ma chère, puisque vous voilà, dites-moi, et votre amie la Glyon, qui est-elle?

La Princesse *rougissant légèrement.* — Vous voulez dire madame Glyon. Vous devez déjà en avoir entendu parler, je suppose.

La Marquise. — C'est en effet une de ces personnes dont on entend parler cinquante fois toutes les cinq minutes, sans qu'il y ait peut-être un mot de vrai dans ce que l'on en raconte. Voilà pourquoi je vous demande, ainsi que lady Cowes le faisait tout à l'heure, qui elle est, d'où elle vient, et qui était monsieur Glyon, ou peut-être qui est-il?

La Princesse. — Elle est veuve; pardon, mais on arrive.

(*Elle s'échappe pour voir ses nouveaux hôtes.*)

La Marquise. — La princesse ne se soucie pas de parler de madame Glyon, voilà qui est mal; je vais interroger Carlino.

Ipswich. — Qui est-il?

La Marquise. — Sanfriano... Carlino!

Sanfriano. — Marquise?

La Marquise. — Qui donc est la Glyon, l'amie de votre femme? Je parle anglais, parce que *questa gente* ne parlent pas italien.

Ipswich. — Je crains bien que nous ne puissions souvent suivre votre bon exemple.

La Marquise. — Il ne s'agit pas de compliments, mais de morale. Carlino, dites-moi qui est la Glyon?

Sanfriano. — Sur l'honneur, je n'en sais rien; elle était à Paris au même couvent que Laure; ce sont de grandes amies.

La Marquise. — Et M. Glyon?

Sanfriano. — Ah! je ne saurais vous dire; un drôle, je crois, qui l'a épousée quand elle était très jeune; vous savez, à coup sûr, que c'est une grande artiste?

La Marquise. — Vous n'en avez jamais demandé plus long à la princesse?

Sanfriano. — Je ne demande jamais rien à la princesse, je me tiens pour satisfait d'être payé de la même monnaie. Voilà la beauté californienne; regardez-la; n'est-elle pas ravissante? fraîche comme une marguerite, blanche comme un lis!

(*Il s'éloigne pour aller saluer la beauté californienne.*)

La Marquise. — Il y a dans tout cela quelque chose qui cloche; je ne lui enverrai pas d'invitation pour mon bal.

Lady Saint-Asaph. — Comment va la santé, marquise? et vos charmants petits enfants? C'était le plus bel ornement du bal d'enfants de l'ambassade; dites-moi (*elle baisse la voix*), vous qui savez tout, lady Cowes vient de me mettre martel en tête relativement à cette Française qui est ici et qui demeure chez la princesse. Elle dit qu'elle n'est... eh bien, qu'elle n'est pas du tout de celles qu'on aime à rencontrer dans le monde. Est-ce vrai?

La Marquise. — Certainement je ne lui enverrai pas d'invitation pour mon bal; Sanfriano n'en parle pas favorablement; son mari... a disparu. En un mot, personne au monde ne sait ce qu'elle a été.

Lady Saint-Asaph. — C'est inconcevable de la part

de la princesse ; je regrette d'avoir amené mes filles ici.

LA MARQUISE, *d'un ton bourru.* — Mais la Glyon ne les mangera pas; il lui suffit d'accaparer simplement tous les hommes autour d'elle.

LADY SAINT-ASAPH. — Elle est peut-être séparée?

LA MARQUISE. — C'est très probable, pourquoi pas?

LADY SAINT-ASAPH. — C'est horrible, scandaleux. Ne pourrait-on en parler à l'ambassadeur de France?

L'ESTRANGE *à la princesse.* — Chère princesse, serez-vous assez aimable pour m'accorder la faveur que vous m'avez refusée l'autre soir?

LA PRINCESSE *d'un air nerveux.* — Madame Glyon ne veut pas faire de nouvelles connaissances.

L'ESTRANGE. — Nous aurions tant de sujets communs de conversation! Puis, je suis un tel admirateur de son grand et pur génie.

LA PRINCESSE *d'un air triste.* — Oh! elle est ennuyée à périr des gens qui vantent son génie.

L'ESTRANGE. — Des louanges des ignorants peut-être; rien n'est plus fastidieux, mais...

IPSWICH. — Mais ce Ruskin des salons, ce prophète de Saint-James Street, cet esthéticien des esthéticiens, qui ne connaît rien de parfait en dehors de Leonard di Vinci, saurait lui dire des choses qui ne ressembleraient en rien à un compliment banal.

L'ESTRANGE, *froidement.* — Oui, sans me flatter, j'en ai la prétention.

(*A ce moment la dentelle de la manche de madame Glyon, assise à la table à thé, prend feu à la lampe de la bouilloire. L'Estrange devance tout le monde;*

*il étreint avec son mouchoir la dentelle qui brûle,
et il est lui-même légèrement brûlé à la paume de
la main. Madame Glyon ne dit mot, mais elle pâlit.
Autour d'eux, bruit de gens surexcités par la
frayeur.*)

L'Estrange, *souriant.* — Ce n'est rien ; j'ai seulement l'épiderme éraflé, rien de plus. Le hasard,
madame, m'a plus favorisé que la princesse. Je l'ai
suppliée en vain de vous être présenté ; ne permettrez-vous pas à cette théière de me servir d'introductrice ? Si vous n'y consentez pas, je serai réduit à
m'asperger la main avec du vitriol et je dirai que j'ai
perdu l'usage de mes doigts pour vous sauver la vie.

Madame Glyon *salue froidement.* — Je vous remercie de votre grande présence d'esprit ; je crains
que vous ne vous soyez brûlé.

L'Estrange. — Que ne le suis-je ! mais en tout cas,
autorisez-moi à profiter de la maladresse de la bouilloire pour me présenter moi-même et... aurez-vous au
moins la bonté de m'offrir une tasse de thé ?

Madame Glyon *lui verse du thé pendant qu'il
parle.* — Si vous le désirez.

(*Il s'assied à table.*)

Lady Cowes *à lady Saint-Asaph.* — N'est-il pas
curieux que ces femmes-là captivent ainsi toujours les
hommes ?

Lady Saint-Asaph. — Avouez qu'elles font assez de
frais pour cela.

La Marquise Zanzini. — Ah ! ah ! et que font vos
jeunes filles au jeu de paume ? Je ne désire pas connaître la Glyon, mais je suis sûre qu'on ne la verra

pas courir *en jersey*, avec des hommes tout en sueur et en manches de chemise.

LADY COWES *à Saint-Asaph*. — La princesse a l'air tout inquiet, parce que l'Estrange semble être déjà sous le charme de cette femme! Mais poùrquoi l'avoir chez elle? c'est parce que... (*tout bas*) parce que le prince l'oblige à être polie. Ne croyez-vous pas cela?

LADY SAINT-ASAPH *mystérieusement*. — Ce n'est guère probable. La duchesse Danta, vous savez, ne lui permettrait pas; elle le serre de si près!

LADY COWES. — Alors, à quoi cela tient-il? Elle était au même couvent que la princesse; n'aurait-elle pas eu connaissance de quelque coup de tête de jeune fille et, par suite, s'être vue obligée de s'en faire une amie!

LA MARQUISE ZANZINI. — Pourquoi ne pas supposer aussi que c'est tout simplement parce qu'elles ont de l'affection l'une pour l'autre?

LADY SAINT-ASAPH, *avec un sourire amer*. — Je ne crois pas que ce soit possible! Quand elles sont ensemble dans un salon, pourquoi écrase-t-elle la petite princesse, la surpasse-t-elle, l'efface-t-elle? Non, il doit y avoir entre elles une autre raison d'amitié. Espérons que la raison est bonne.

LA MARQUISE, *frissonnant*. — Et si elle était mauvaise, hein? Oh! n'ayez pas l'air si scandalisé; les bonnes raisons ne donnent le change à personne; moi, je ne les puis pas supporter.

LADY COWES. — Vous êtes terrible, marquise!

LA MARQUISE. — Oh! ce n'est pas moi cependant qui ai le spleen à perpétuité!

LADY COWES. — Cela se comprend; toujours le soleil, jamais de brouillard, .ni de vent d'est; dans de telles conditions comment avoir un mauvais caractère en Italie?

LA MARQUISE. — C'est vrai, à moins d'apporter avec soi dans le train son mauvais caractère, comme on apporte son parapluie, des éponges et, comment appelez-vous cela, vos baignoires portatives?

IPSWICH, *à part, riant.* — Vous êtes sans merci, marquise!

LA MARQUISE, *à part.* — Ah! cette milady Cowes me prend sur les nerfs; c'est parce qu'elle vise milord l'Estrange pour sa fille Louise. La Glyon... ce n'est rien et je ne la connais pas; mais elle est aussi belle qu'elle est froide pour les hommes. Voyez! elle laisse l'Estrange maintenant, pour aller causer avec ce vieux monsignore. Votre ami a l'air mélancolique; il n'aime pas à être planté là seul avec les tasses à thé.

IPSWICH, *d'un air surpris.* — Elle semble bien peu aimable avec lui.

LA MARQUISE, *avec un soupir ironique.* — Vous autres Anglais, vous êtes tellement choyés par vos femmes, que celles qui ne se jettent pas à votre tête vous paraissent froides; vos femmes sont fort en dehors; c'est toujours mauvais, cela gâte les hommes.

IPSWICH, *avec un soupir.* — Elles nous dorlotent et nous retiennent trop à la maison, c'est vrai; impossible de s'en débarrasser; il faut les traîner partout avec soi.

LA MARQUISE, *d'un ton bourru.* — Pauvres créatures! vous êtes le miel; elles, les mouches; tandis

qu'ici c'est nous qui sommes le miel. C'est plus logique.

Ipswich. — Beaucoup plus logique et de meilleure
guerre.

La Marquise. — Soit! Eh bien! je pars. Il est
sept heures. Je dîne à votre ambassade ; vous aussi,
a rivederci.

(*Tout le monde se lève : chacun part l'un après
l'autre. L'Estrange s'approche de la princesse pour
lui dire adieu.*)

L'Estrange. — Madame, votre amie est trop cruelle;
c'est à peine si elle daigne me répondre.

La Princesse, *vivement.* — Vous êtes, j'en suis
sûre, si dur envers les autres, et vous avez si peu
souffert, que ce changement à vue dans les rôles est
tout ce qui peut vous arriver de mieux.

L'Estrange, *un peu froidement.* — Certainement,
madame Glyon est une grande artiste et je ne suis
qu'un pauvre amateur; mais je ne puis savoir ce que
j'ai pu faire pour l'offenser et...

Ipswich. — Vous avez été rabroué, c'est ravissant!
Je baiserais le tapis sur lequel madame Glyon vient de
marcher. Oh! c'est là le régime qu'il vous aurait
fallu depuis que vous êtes au monde; seulement il
est trop tard!

L'Estrange. — Vrai? Ipswich, vous parlez un peu
comme un épicier! Princesse, vous êtes si bonne, que
je m'en rapporte à vous pour désarmer le cœur de
votre amie en faveur de l'un des plus sincères admi-
rateurs de son génie, et, s'il m'est permis de le dire,
de sa personne.

La Princesse *lui dit adieu en lui donnant une poignée de main*. — Je crois bien n'en rien faire; s'apercevoir qu'on vous bat un peu froid, doit être un excellent révulsif quand on a été élevé en serre chaude et entouré de parasites !

L'Estrange. — La gelée tue plus souvent qu'elle ne guérit, madame.

Ipswich. — Princesse, me promettez-vous le cotillon pour ce soir ?

La Princesse. — Je vous le dirai après la dernière valse.

(*Ils prennent congé d'elle et sortent.*)

La Princesse *seule*. — Marco, allez demander de ma part à madame Glyon d'avoir la bonté de venir me parler un instant.

(*Le domestique sort.*)

La Princesse *haut*. — Ciel ! quels misérables êtres sont les hommes ! S'il la croyait sa femme, il trouverait en elle tous les défauts qu'une créature humaine peut avoir; il l'accablerait d'observations à propos des usages du monde et des fautes commises contre l'étiquette à son dernier dîner. Par cela seul qu'elle lui paraît aujourd'hui quelque chose de nouveau, d'original, de froid, d'incompréhensible, le monstre se sent piqué et presque amoureux. Ils sont tous les mêmes... tous ! Si j'étais la femme d'un autre, Sanfriano serait fou de moi et se ruinerait en cinq minutes pour satisfaire mon caprice ou ma curiosité ; mais comme je suis sa vraie femme, il ne regarde pas même quelle robe je porte, et s'il est obligé de passer une heure avec moi, il s'endort ! Et cependant je suis dix, quinze, vingt millions de fois plus jolie que cette jaune, maigre, pâle Danta. (*Madame Glyon entre.*) — Ah! que c'est aimable à vous de descendre, ma chère Claire; nous sommes encore loin du dîner, et il me tardait tellement de vous dire... que vous l'avez rendu amoureux fou de vous.

MADAME GLYON. — Laure, si vous étiez une autre personne...

LA PRINCESSE. — Que moi-même, vous quitteriez mon toit avant le dîner; mais je suis *moi*, avec le privilège de tout dire; ne prenez pas cet air si sévère, si mécontent. Si vous le voulez bien, dans une quinzaine il sera aussi passionnément amoureux de vous que...

MADAME GLYON. — Qu'il l'était de la fille d'un jardinier de la Touraine.

LA PRINCESSE. — Oh! Claire, vous êtes la femme la plus fière du monde!

MADAME GLYON. — Non, je suis la plus humble, ou plutôt je devrais l'être, car j'ai été la plus humiliée.

LA PRINCESSE. — Mais pourquoi ne prendriez-vous pas votre revanche?

MADAME GLYON. — Une revanche! mot effrayant dont je n'aime pas à me servir.

LA PRINCESSE. — C'était jadis une loi ici, et vous devriez vous y conformer. Oh! ma chère, nous ne sommes plus au siècle des poignards, je le sais; puis, si nous y étions, vous n'en feriez pas usage. Seulement, je pense à une vengeance passablement innocente, mais légitime. Faites-vous aimer de cet homme, et alors, quand vos refus lui feront subir toutes

les tortures de la passion et de l'orgueil, vengez avec
ce mot, *non*, la fille du jardinier de la Touraine. Le
voulez-vous ?

MADAME GLYON.—Laure, vous parlez de moi comme
si la vie était un jeu de paume ou une partie entre
deux joueurs, rien de plus. Vous ne comprenez
jamais...

LA PRINCESSE. — Je ne comprends pas la vie comme
vous, et surtout comme vous la pratiquez. Accepter
l'abandon, même l'insulte, se condamner à l'isolement, laisser le destructeur de votre existence im-
puni, le voir user de la société comme d'un ballon
doré qu'il rejette du pied ou avec lequel il joue : est-ce
là ce que vous croyez l'honneur, la dignité et le devoir?
A mes yeux, c'est une folie, et rien de plus; une
grande et absurde, sublime et très inutile folie. Voilà !

MADAME GLYON. — Ma chère, nous voyons les
choses à un point de vue tout différent. Je vous l'ai
dit l'autre jour : je regrette de vous avoir écoutée
et d'être restée ici, malgré mon avis qui vaut peut-
être bien le vôtre. Mais qui pouvait prévoir le petit
accident qui lui a donné l'occasion de me parler?

LA PRINCESSE. — Et il vous admire au delà de tout.
Vos tableaux sont à ses yeux des chefs-d'œuvre; vous-
même...

MADAME GLYON, *avec douleur et passion.* — Oh !
épargnez-moi, pour l'amour de Dieu, toute autre preuve
qu'aucune lueur de souvenir ne luit dans les ténèbres
de sa mémoire. Son admiration... son... Un chien aurait plus de mémoire, plus d'instinct et plus de souvenir !

La Princesse. — Vous avez toujours craint qu'il ne vous reconnût !

Madame Glyon, *perdant patience*. — Qui donc a dit que les souhaits accomplis n'étaient plus pour nous que malédiction. Ne vous y trompez pas : le moindre soupçon qu'il aurait de me reconnaître serait aussi fatal pour lui que pour moi, et si j'imaginais que la chose fût possible, je mettrais les mers et les déserts entre nous deux. Cependant, ma chère, les femmes sont faibles ! Quand il me regarde comme une étrangère, quand il m'adresse le compliment le plus ordinaire, j'ai peine à le supporter.

La Princesse. — De grâce, ma chère, soyez donc un peu raisonnable ; pour lui, vous êtes morte depuis longtemps ! Dans sa chapelle se trouve en votre honneur une tablette commémorative ! Que pouvez-vous espérer de lui ?

Madame Glyon. — Je le sais ; c'était ce que je me disais l'autre jour dans le parc Ludovisi ; cependant on aurait pu croire, pendant que je parlais, qu'un accent, qu'une note allaient faire vibrer une corde de son cœur.

La Princesse. — De cœur, il n'en a pas ; s'il en eût jamais eu, aurait-il agi comme il l'a fait ?

Madame Glyon. — Ce qu'il a fait lui a été inspiré par l'orgueil ; il a eu honte de moi. Je le mortifiais devant le monde, par mon ignorance et mes bévues. Peut-être aurais-je dû le comprendre ; mais j'étais si jeune ! Vous ne pouvez donner à une enfant toutes les joies les plus exquises de l'amour pendant une année, puis la sevrer de tout le bonheur dont vous l'avez fait jouir, pour la condamner ensuite à l'en-

nuyeuse vie du couvent, sans la rendre folle, ou pire
encore ! Vous savez combien je l'aimais ! pouvait-il
me condamner à vivre à seize ans comme une veuve,
et supposer qu'il me serait possible d'endurer cette
épreuve ? Et puis savoir combien il avait été fatigué de
moi, combien il avait rougi de moi, parce que j'ignorais toutes les petites lois qu'impose son monde ; sentir
chaque jour grandir sa honte et l'amertume de son
regret, jusqu'à ce qu'il m'ait chassée de sa vue et de
son souvenir, sous le prétexte sophistique que je
n'avais pas reçu d'éducation, et que je ne pourrais
acquérir ce savoir qu'au milieu des femmes de ma
propre religion. Oh ! Dieu ! quelle torture ! quel martyre ! quelle mort, qu'une telle vie ! et vous pensez me
consoler en me disant qu'il admire mes tableaux et
mon visage !

La Princesse. — Claire, vous m'effrayez... Calmez-
vous, je vous prie. A votre place j'aurais voulu prendre
ma revanche ; vous êtes célèbre, vous êtes belle, vous
êtes indépendante ; je voudrais le faire mourir d'amour
pour moi, et l'en laisser mourir. Il n'a pas de cœur,
mais il a des passions : je lui déchirerais le cœur...

Madame Glyon. — Vous n'en feriez rien si vous
l'aviez jadis aimé ; il n'y aurait ni convenance ni dignité dans une si pauvre vengeance ! D'ailleurs, quel
roman vous bâtissez, parce qu'il s'est un peu brûlé
la main ! Il m'a regardé en amateur, et parce que les
artistes sont les pauvres vers qu'il examine avec son
microscope.

La Princesse. — Mais vous devez être fière d'avoir
conquis une telle position par vous-même ?

MADAME GLYON. — Je ne suis fière de rien. Un homme m'a aimée et s'est fatigué de moi : c'est une humiliation qui eût suffi pour réduire en poussière l'orgueil d'une impératrice.

LA PRINCESSE. — Vous ne devriez pas être humiliée le moins du monde; vous lui êtes supérieure, c'est à vous de le mépriser.

MADAME GLYON, *les dents serrées.* — Peut-être ! Malheureusement, je ne puis arracher le dard de la blessure...Ah ! que c'était cruel ! méprisable ! Un homme du monde comme lui en connaît le code, les exigences, les faux jugements; il savait aussi qu'une petite paysanne élevée dans les champs et dans les bois, qui n'a appris que son *Credo* et l'alphabet, ne pouvait, par la force d'aucun miracle, être initiée aux manières, aux exigences, aux faussetés de la société aristocratique. Il aurait dû m'envoyer au couvent d'abord et attendre que je fusse plus à la hauteur de son monde... Oui, oui, s'il m'eût dit, lorsqu'il m'éloigna : « Mon enfant, faites cela pour moi, » j'aurais pour lui, je crois, supporté cet exil et cette humiliation; mais il devenait chaque jour de plus en plus froid et me parlait de moins en moins; il était trop courtois pour me dire tout ce qu'il pensait, mais je lisais bien dans ses yeux l'humiliation que je lui imposais à chaque instant, et quand il m'écrivit (*m'écrire !*) qu'il allait faire un voyage aux Indes et qu'il serait absent deux ans, me priant de passer ces deux années dans un couvent pour apprendre, comme il disait, les règles ordinaires du savoir-vivre et de la société, quelle est la jeune fille de mon âge qui aurait pu supporter une

pareille épreuve? Et moi qui adorais jusqu'à la poussière sur laquelle il marchait, moi qui baisais avec
passion la tête des chiens sur laquelle sa main se po-
sait! Pour lui, à coup sûr, ce n'était qu'un simple
épisode entre beaucoup d'autres. Une idylle ébauchée
et trouvée insipide. Sans doute, j'étais ignorante, et
mon ignorance était pour lui une cause de honte et
d'ennui; pour moi, lui et son amour étaient toute ma
vie; je ne savais comment ce qu'il avait jadis trouvé
pur, frais et original, pouvait plus tard perdre tout
charme à ses yeux. Je ne saurais dire... Chut! Voilà
le prince.

Le Prince, *entrant.* — *Cara mia!* allez-vous faire
votre toilette, ce soir? Nous dînons dans dix minutes,
Laure, et alors il vous restera deux heures pour en-
dosser votre travestissement; il faut être exact, car la
reine sera présente.

La Princesse. — Ah! la cour n'arrive jamais nulle
part avant onze heures. Vous me pressez toujours et
vous êtes vous-même si inexact. Ma femme de chambre
m'habille en un quart d'heure. Je ne me farde pas.

Le Prince. — On a si peu à mettre sur soi quand
on va au bal... deux doigts de corsage, encore moins
de manches... cela peut se faire en cinq minutes!

La Princesse. — Mes robes ne sont jamais décol-
letées à outrance. L'exhibition des vertèbres de la duchesse Danta...

Madame Glyon, *la poussant légèrement du côté
de la porte.* — A quoi bon dire cela? C'est du temps
perdu, et cela aigrit tout.

Le Prince, *avec mauvaise humeur.* — Madame

Glyon, voyez comme elle m'agace à tout instant; puis elle s'étonne que je lui préfère d'autres femmes.

Madame Glyon. — Mon cher prince, ce qui vous agace, c'est votre conscience; vous savez que vous négligez Laure.

Le Prince, *ouvrant démesurément les yeux.* — Mais je lui laisse toute liberté; elle fait ce qu'elle veut. Je ne lui demande que la réciproque.

Madame Glyon, *souriant.* — Il n'y a pas de femme qui soit sage. Mais j'arriverai en retard pour le dîner. (*Elle sort.*)

Le Prince *à lui-même.* — Voilà une femme avec qui j'aurais pu vivre. Ce n'est pas pourtant que je m'en soucie! Antoine, un petit verre de vermout. (*Il se dirige vers la salle à manger.*)

SCÈNE III

L'atelier Dorian, murs tendus d'anciennes tapisseries. Tableaux, sculptures, bronzes, fauteuils sculptés, désordre artistique.

DORIAN ET MADAME GLYON

Dorian *s'éloignant, d'un air mécontent, de l'un de ses chevalets.* — Vous êtes une plus grande artiste que moi!

Madame Glyon. — Oh! pas de phrases! Vous êtes

un Titien, et vos portraits passeront à la postérité. Je ne
suis qu'un pauvre enlumineur de moulins à vent, de
champs de blé et de petits lavoirs.

DORIAN. — Vous copiez la nature ; c'est le *summum* de l'art ; le coucher du soleil est plus noble qu'une joue rose.

MADAME GLYON. — Je ne sais peindre qu'une pomme rose.

DORIAN. — Qui oserait dire cela de vous ? Vous êtes dans vos œuvres aussi vraie, aussi grave, aussi élevée que Millet.

MADAME GLYON, *souriant*. — Il faut que vous soyez un très grand homme pour dire cela d'une femme... si vous le pensez.

DORIAN. — Je pense tout ce que je dis, et ce n'est pas à vous que je voudrais adresser une flatterie vaine, si j'étais capable d'en inventer une seule. (*Il s'arrête un instant.*) Madame Claire, vous êtes au-dessus de moi dans l'art que nous aimons ; oui, vous me dépassez de beaucoup, et je puis l'avouer avec franchise et sans jalousie parce que... ne devinez-vous pas pourquoi ?

MADAME GLYON. — Parce que vous avez une noble nature, et aussi parce que vous doutez trop de vous.

DORIAN. — Non, c'est parce que je vous aime.

MADAME GLYON, *fixant sur lui des yeux étonnés*. — M'aimer ? moi ? êtes-vous fou, Dorian ?

DORIAN. — Fou ? non ; si je le suis, c'est une folie que je partage avec beaucoup d'autres. N'avez-vous jamais deviné... jamais vu... Je n'aurais pas osé parler si notre amour pour notre art commun ne me

donnait un peu de courage ; je suis riche pour un artiste ; pardonnez-moi si je vous dis une chose si terre
à terre, mais c'est pour vous assurer que je puis vous
faire une vie heureuse, une vie où vous serez libre
de vous adonner à l'art et d'aspirer aux sommets
élevés, que ne sauraient jamais atteindre ceux qui
sont obligés de travailler pour gagner leur pain. Je
vous aime, je vous adore ; je vous adore et comme
femme et comme muse. Si vous ne me méprisez pas...,
et je me crois autorisé à l'espérer, car vous m'avez té-
moigné quelque estime et quelque amitié... consentiriez-vous à devenir ma femme ?

Madame Glyon, *stupéfaite*. — Votre femme?
Vous vous oubliez étrangement ; ne me faites pas
regretter la confiance que m'a inspirée un camarade,
un confrère !

Dorian, *d'un ton presque emporté*. — Madame,
en vous offrant un nom honorable, un amour honnête,
me suis-je donc oublié? Je vous adore ; je crois
en vous, je me prosterne à vos pieds ; où est le mal?
Je ne cherche pas à connaître votre passé! je ne vous
fais, ni ne vous ferai aucune question sur votre mariage ; votre mari est mort, j'oublierai qu'il a jamais
vécu.

Madame Glyon. — Assez, je vous prie! je ne puis
vous entendre ; je ne me remarierai jamais ; veuillez
excuser la vivacité avec laquelle je vous ai parlé.
Vous me faites beaucoup d'honneur ; je tâcherai d'être
reconnaissante.

Dorian. — Ce n'est pas votre reconnaissance que je
veux ; ce que je veux, c'est votre amour, votre beauté,

votre génie, votre grande et calme nature; ce que je veux, c'est vous.

MADAME GLYON. — Monsieur Dorian, vous allez me forcer à quitter votre atelier.

DORIAN, *lui saisissant les mains.* — Ne m'écouterez-vous pas! ne cesserez-vous jamais de regretter celui qui, au dire de tous, n'a été qu'un misérable à votre égard?

MADAME GLYON. — Je ne peux que redire ce que j'ai déjà dit. Je ne me remarierai jamais. Je ne puis plus aimer...

(*Dorian lâche la main de madame Glyon et sans mot dire quitte l'atelier vivement par une porte, pendant qu'entrent par une autre la princesse San-friano, le duc de Montelupo et l'Estrange.*)

LA PRINCESSE. — Nous sommes-nous fait attendre, Claire? heureusement que vous et Dorian pourriez parler douze heures de suite sans vous arrêter. Où est-il? lui avez-vous dit que nous viendrions?

MADAME GLYON, *légèrement embarrassée.* — Il vient de sortir à l'instant; sans nul doute il a pensé que nous étions assez liés avec lui pour nous permettre, même en son absence, de voir ses œuvres. C'est toujours ce qui vaut le mieux chez un artiste.

LA PRINCESSE, *la regardant vivement.* — J'attendrai qu'il revienne. Je vais chercher du thé, et les amours de petites tasses de Perse, et les cuillers apostes, et le plateau niellé et les maritozzi romains; puis son nègre nous apportera le samovar. (*Elle sonne, un nègre entre.*) Apportez-moi le samovar, Eblis; vous voyez que nous sommes d'anciens amis, puisque je sais votre nom. (*Elle va prendre elle-même les tasses de Perse dans un cabinet en vieux chêne; Montelupo s'empresse de l'aller aider.*)

L'Estrange *à madame Glyon.* — C'est extraordinaire de la part de Dorian; je l'ai quitté il n'y a pas plus d'une heure, lui disant que nous allions venir voir ici ses chefs-d'œuvre et que nous devions nous y rencontrer. Entre nous, je le trouve encore bien plus distingué que ses œuvres; je ne goûte pas ses peintures; mais c'est vraiment un noble garçon. Vous paraissez le connaître beaucoup.

Madame Glyon. — Je l'ai rencontré souvent à Paris; à mon avis, c'est un grand artiste; seulement, sa manière un peu dure et sa couleur trop maigre empêchent que l'on rende justice à ses magnifiques conceptions.

L'Estrange. — Son nom n'est rien à côté du vôtre.

Madame Glyon. — Ah! pourquoi comparer une pastorale à un poème épique.

L'Estrange. — C'est vrai; d'ailleurs, excepté Turner, rien ne peut être comparé à ce que vous nous donnez.

Madame Glyon. — Vous ne parlez pas sérieusement: vous détestez l'art moderne; pourquoi excepter de votre censure les œuvres d'une femme?

L'Estrange. — On doit faire exception pour Rosa Bonheur et madame Glyon. Seriez-vous assez bonne pour me dire, — ne prenez pas cela pour de la curiosité puérile ou impertinente, toutes ces questions ont un intérêt si réel, — où vous avez travaillé et sous quel maître?

MADAME GLYON. — En plein air, surtout en face de la nature.

L'ESTRANGE. — Ah! combien vous avez raison! C'est la peinture en chambre, les copies, l'esclavage du technique, l'atmosphère surchauffée, l'éclairage au gaz, qui sont la perdition des peintres modernes. Alors, permettez-moi encore d'insister pour savoir si, tout en habitant Paris, vous n'avez pas étudié ailleurs?

MADAME GLYON. — Non.

L'ESTRANGE. — Je vois, madame, que vous me trouvez un Anglais un peu brutal, un faiseur de questions indiscrètes et désagréables, mais croyez que c'est ma complète sympathie pour vos admirables œuvres qui me donne le désir de savoir sous quelles influences elles ont été inspirées.

MADAME GLYON. — Pure flatterie!

L'ESTRANGE. — Oh non! sur mon honneur, non!

MADAME GLYON. — Une parole d'honneur donnée à une femme est quelque chose de bien élastique.

L'ESTRANGE. — Je ne vois pas pourquoi vous ne me croiriez pas.

MADAME GLYON. — Cette fois-ci, vous pensez peut-être ce que vous dites.

L'ESTRANGE. — Cette fois-ci! Pourquoi cette fois-ci? Si je trouve un charme infini dans vos œuvres d'un sentiment si exquis, mon jugement est au moins réfléchi et non pas capricieux. Hélas! je ne suis plus jeune!

MADAME GLYON. — Le caprice n'appartient pas qu'à la jeunesse.

L'ESTRANGE, *avec impatience.* — Sur quels indices, je vous prie, me jugez-vous capricieux?

MADAME GLYON. — Vous en avez la réputation.

L'ESTRANGE. — Je ne crois pas que ma réputation
me rende justice; mon goût ne varie jamais; dans l'art,
on doit lui être fidèle ou indifférent.

MADAME GLYON. — Bien entendu!

LA PRINCESSE, *apportant une tasse de thé. Montelupo la suivant avec des gâteaux.* — Claire, il m'a
toujours semblé que l'atelier de Dorian est une des
plus jolies choses qui soient à Rome quand il est chez
lui, et maintenant qu'il n'y est pas, je trouve que c'est
la plus jolie de toutes!

L'ESTRANGE *offrant du thé à madame Glyon.* —
Pauvre Dorian! vous mangez ses excellents maritozzi,
princesse, et vous n'avez pas plus de reconnaissance!
(*Il regarde la main gauche de madame Glyon.*) Elle
ne porte pas de bague, Glyon a-t-il réellement vécu?
(*Il se rassied encore sur une chaise basse près d'elle.*)
Maintenant que votre charmante amie est retournée
flirter avec Montelupo autour du samovar, je vous
conjure de me parler de vous.

MADAME GLYON. — Les artistes n'ont pas de bio-
graphie, leurs mémoires sont écrits sur leurs toiles.

L'ESTRANGE. — Qui n'a pas entrepris un pèlerinage à Urbino pour l'amour de Raphaël! Je voudrais
de même en faire un à votre Urbino.

MADAME GLYON. — Et si votre pèlerinage vous
conduisait dans une chaumière?

L'ESTRANGE. — La chaumière, en ce cas, me de-
viendrait aussi sacrée qu'un temple.

MADAME GLYON. — Lord l'Estrange, vous êtes un
pur flatteur!

L'Estrange, *d'un air fâché*. — Non, je ne le suis pas; la flatterie est aussi vulgaire que l'injure. Mais je ne dois pas insister pour vous faire dire ce que vous voulez taire.

Madame Glyon, *impatientée*. — Je n'ai rien à dire; enfant, j'ai connu le bonheur, mais je n'ai pas été une femme heureuse. Les vicissitudes de la vie m'ont appris à chercher la consolation et la force dans l'art: voilà tout.

L'Estrange, *souriant*. — L'histoire de votre vie doit être loin de sa fin. Mais qui donc a pu être assez cruel et assez aveugle pour être l'auteur de vos peines?

Madame Glyon, *vivement*. — Mon mari.

L'Estrange. — Ce devait être une brute ou un fou.

Madame Glyon. — Ni l'un ni l'autre; c'était un égoïste et un inconstant.

L'Estrange. — Inconstant! quand vous deviez être son étoile fixe! Grands dieux! comment se peut-il que la bassesse d'un être méprisable ait pu avoir la puissance de blesser la grande âme d'une femme telle que vous!

Madame Glyon. — Ce n'était ni une nature basse, ni un homme vil; j'avais seulement le malheur d'être sa femme, voilà tout! Venez, il faut que vous voyiez ce que Dorian destine à l'Académie et au Salon, car autrement nous ne serions pas excusables de prendre son thé et ses maritozzi.

(*Elle se lève et pose l'un des chevalets dans un jour plus favorable.*)

La Princesse, *à part à madame Glyon*. — Que vous disait-il?

MADAME GLYON. — De jolies phrases..., la monnaie du monde. Allez causer avec lui; si vous vous laissez tant absorber par le petit duc, il ne sera question ce soir au club que de la bonne fortune d'Azzelino Montelupo.

LA PRINCESSE, *de mauvaise humeur*. — Cela ferait l'affaire de Carlino! non cela lui sera bien indifférent!

MADAME GLYON. — Je ne le crois pas, il tirerait plutôt son épée du fourreau. Duc, je voudrais voir quelques merveilleux missels au Vatican, qu'on ne montre à personne; vous qui avez deux oncles cardinaux, pouvez-vous m'obtenir cette permission? (*Elle garde Montelupo près d'elle, tout en allant de chevalet en chevalet.*)

LA PRINCESSE à *l'Estrange*. — Avez-vous vu les choses que fait Dorian?

L'ESTRANGE. — Chère princesse, pourquoi appelez-vous toujours les tableaux des choses?

LA PRINCESSE. — Parce que j'appartiens à la classe des grands ignorants; je n'ai pas le moindre goût pour n'importe quelle peinture. J'aime seulement celle de Claire, parce que c'est son œuvre.

L'ESTRANGE. — C'est un procès à vider entre l'affection et le talent! très vieille question qui, par cela même, a d'autant plus d'importance. Vous êtes une bonne amie, princesse, et cela vaut encore mieux que d'être un appréciateur judicieux de l'art.

LA PRINCESSE. — Je croyais que personne sur la terre ne comprenait l'art, excepté vous et M. Ruskin. Je n'ai aucun mérite à être l'amie de madame Glyon, c'est la plus noble femme qui existe.

L'Estrange, *avec une chaleur qu'il n'avait pas encore montrée.* — J'en suis sûr aussi, quoique je n'aie l'honneur de connaître madame Glyon que depuis dix jours.

La Princesse. — Vous l'admirez?

L'Estrange. — Qui pourrait ne pas l'admirer.

La Princesse. — Je ne trouve pas cela une réponse, c'est une équivoque.

L'Estrange. — Alors, laissez-moi dire sans équivoque qu'elle est, pour moi, l'idéal de la perfection féminine; sa beauté personnelle possède ce charme exquis, dont trop souvent la force et le génie chez son sexe sont dépourvus. Voilà ce que je pense le plus loyalement du monde; je crois bien qu'elle ne me permettrait pas de le lui dire.

La Princesse. — Elle ne veut jamais écouter aucune louange.

L'Estrange. — Elle n'est cependant pas du nombre des gens qui de parti pris ne croient à rien?

La Princesse. — Non, mais elle a été victimée, si affreusement victimée! Et vous savez que, lorsqu'il en est ainsi, on ne peut plus avoir confiance en qui que ce soit.

L'Estrange. — Oh! princesse, vous ne sauriez avoir connu rien qui ressemble à l'abandon.

La Princesse, *sentimentalement.* — Personne ne peut imaginer ce qu'une femme sait souffrir en silence! Vous croyez, parce que je bavarde comme une perruche...

L'Estrange, *rompant les chiens.* — Princesse, pensez-vous réellement que madame Glyon ait été aigrie par son mariage?

La Princesse. — Je n'ai jamais dit qu'elle fût aigrie! Elle ne pouvait pas l'être; elle avait un caractère trop doux. Mais, vous savez..., vous savez..., c'était un tel drôle.

L'Estrange. — Est-ce possible? avec une telle femme? Qui était-il ?

La Princesse. — Oh!.. il n'était rien du tout, quoique gentleman! c'est peut-être encore pire!

L'Estrange. — Que vous êtes terriblement montée contre nous! Mais racontez-m'en plus encore sur son compte! Qu'a-t-il fait?

La Princesse. — Ce serait mal à moi d'en parler quand elle n'en veut rien dire elle-même; elle ne me le pardonnerait jamais. Claire est très susceptible.

L'Estrange. — Et madame Sanfriano est très fidèle. Vous êtes des amies de longue date?

La Princesse. — Nous étions à la même pension.

L'Estrange. — Et quel était son nom de fille?

La Princesse. — Je... je l'oublie vraiment; je lui ai toujours donné toutes sortes de petits noms d'amitié. En quoi cela vous intéresse-t-il? Est-ce purement par amour de l'art, de l'esthétique? Comment faut-il dire?

L'Estrange. — Il me semble tout simple que, rencontrant une personne si belle et si célèbre, on éprouve le désir de connaître son passé, tous les détails de sa vie, tout ce qui a contribué en un mot à la faire ce qu'elle est.

La Princesse. — Vraiment! Eh bien alors, je pense qu'il est inutile de se préoccuper de ce qu'elle a été. C'est la plus intelligente, la plus vaillante, la meilleure de toutes les créatures de ce monde. A propos, savez-vous que je suis persuadée que la disparition de Dorian est très significative. Voilà des années qu'il l'aime passionnément, et je crois qu'au moment même où nous sommes entrés, il venait de le lui dire.

L'ESTRANGE. — Se remariera-t-elle?

LA PRINCESSE. — Elle prétend que non ; mais il va de soi qu'elle le ferait tout de même, si quelqu'un savait lui plaire ; or personne ne lui plaît, c'est là le vrai malheur.

L'ESTRANGE. — A-t-elle juré fidélité à la liberté et à la solitude? Dorian est un beau et bon garçon. Mais il lui est très inférieur; je ne peux pas imaginer qu'elle s'abaisserait jusqu'à lui.

LA PRINCESSE. — Je ne le suppose pas non plus, puisqu'il est parti ; mais, quant à son infériorité, je n'ai pas d'opinion; c'est un homme éminent, et il est si bon... si bon.

L'ESTRANGE. — Princesse, quand donc les filles d'Ève ont-elles jamais été séduites par la bonté?

LA PRINCESSE. — Mais ce n'est pas du tout une fille d'Ève; elle est tellement au-dessus de nos folies.

L'ESTRANGE. — Et au-dessus des nôtres aussi. Peut-être était-ce là son défaut aux yeux de son mari; il y a bien des hommes que cela humilierait.

LA PRINCESSE. — Cela vous humilierait-il, vous?

L'ESTRANGE. — Oh certainement non; je pense qu'on doit toujours éprouver du respect pour sa femme, quelle que soit la honte des souvenirs que l'on traîne après soi.

LA PRINCESSE. — Je ne manquerai pas de dire cela

à Carlino! c'est très joli et très chevaleresque de votre part, mais vous savez aussi bien que moi, lord l'Estrange, qu'aucun homme ne se conduit ainsi; une fois marié, vous voyez seulement les défauts de votre femme, ses caprices, si elle en a, ses imperfections, ses folies; si ses pieds sont grands, c'est là ce qui vous frappe; si au contraire elle a des pieds d'une exquise petitesse et un gros nez, alors vous ne voyez que le nez.

L'Estrange. — Princesse, ce n'est pas là l'amour.

La Princesse. — De l'amour, autant que l'amour il y a; qu'est-ce que l'amour? un vertige, une syncope, une douche d'eau glacée, un réveil désagréable, et quand nous nous éveillons, nous jetons cette eau froide sur n'importe qui.

L'Estrange. — Et maintenant, dites-moi qui est-ce qui ne croit à rien?

Madame Glyon, *approchant.* — Laure, il commence à se faire tard, nous n'aurons pas le temps d'aller au Pincio.

La Princesse. — Vous ne manquez jamais de contempler le coucher du soleil, tandis que, pour moi, il ne m'importe guère. Je suis persuadée que vous autres artistes vous avez beaucoup plus de jouissances que nous, et c'est de rien que vous les tirez.

L'Estrange, *avec douceur, regardant madame Glyon.* — Des yeux qui savent voir, c'est le don le plus précieux que le ciel nous ait fait.

La Princesse. — Eh bien, venez. Je vais vous conduire, vous et Montelupo; lui et moi causerons; vous et elle, regarderez.

Madame Glyon. — Laure, j'ai oublié que j'avais

promis d'être, à six heures, chez la comtesse Dantzic,
à la Molinara; il me faut renoncer pour une fois à
contempler le ciel rouge et or derrière Saint-Pierre.

La Princesse *à madame Glyon.* — Ah! ma
chère, c'est parce que je lui ai demandé de nous
accompagner! Comment pouvais-je faire, après l'avoir
amené.

Madame Glyon, *du même ton.* — Vous auriez pu
vous en dispenser.

L'Estrange, *regardant froidement madame Glyon.*
— Chère princesse, vous êtes toujours bien bonne,
mais il me faut aussi, je crois, renoncer à ce plaisir.
Je dîne avec un prince de l'Église qui a la mauvaise
habitude de faire servir ses délicieux potages au coucher du soleil.

La Princesse. — Eh bien, comme vous voudrez!
Azzelino sera seul derrière mes chevaux, ou il ira
à pied comme lord l'Estrange, si bon lui semble.
Je partirai de mon côté, contemplant le ciel, jusqu'à
ce que je trouve quelque autre chose à voir. N'avez-
vous pas dit, Claire, que vous alliez à Molinara?

Madame Glyon. — Oui; ma vieille amie de Dussel-
dorf y est; vous pourriez m'y conduire et venir me
reprendre après votre promenade.

La Princesse. — Que d'embarras nous faisons
tous! On n'en ferait pas plus pour aller à la Nouvelle-
Zélande ou au Pôle nord. (*Montelupo lui murmure
quelque chose à l'oreille.*)

La Princesse. — Grognon? oui, je suis grognon.
Je le suis souvent et ces maritozzi sont très indigestes.

L'Estrange. — Permettez-moi de ne pas vous ac-

compagner au bas de l'escalier; je voudrais écrire
deux mots à Dorian.

LA PRINCESSE. — Faites, faites, je vous en prie, et
dites-lui que c'est moi qui suis la coupable, au sujet des
maritozzi. Je confesse mes péchés.

(*Ils quittent l'atelier.*)

L'ESTRANGE *reste seul; il se jette dans un grand
fauteuil de cuir de Cordoue et allume un cigare.* —
Pourquoi cette femme m'évite-t-elle? car il est évident
qu'elle m'évite; si franc et si pur que soit son regard,
on jurerait cependant qu'elle a un secret qu'elle ne
veut pas avouer. Est-ce la médiocrité de son origine?
mais c'est impossible! Elle a de la race de la tête aux
pieds, dans tous ses mouvements; il doit y avoir là
quelque mystère par cela seul que cette petite folle de
Sanfriano sait tout et ne veut rien dire. Si j'ai jamais
vu une noble femme, c'est elle, et pourtant... elle ne
porte pas d'alliance, ne veut pas dire ce qu'était
son mari, ni le pays qu'il habitait, ni où il est mort;
peut-être a-t-elle été trompée ; peut-être Dorian
saurait-il quelque chose. C'était un de ses amis à
Paris, et il y a une franc-maçonnerie entre artistes.
Je lui écrirai et lui demanderai. L'un de nous doit lui
faire des excuses pour le désordre où on laisse ses
tasses et ses petites cuillers.

(*Entre Dorian pâle et l'air grave ; il pousse une
tapisserie qui recouvre une porte secrète ; voyant
l'Estrange, il s'arrête décontenancé.*)

DORIAN. — Je vous croyais tous partis.

L'ESTRANGE. —Dorian, le plus hospitalier de tous les
artistes en renom, vous êtes trop aimable! (*Il regarde*

alors Dorian sévèrement et cesse de sourire.) Comment ! Qu'est-ce ? Êtes-vous resté là tout le temps à nous écouter ?

DORIAN, *montrant la porte par laquelle il est entré.* — Oui, j'étais chez moi ; j'ai saisi quelques bribes de votre conversation, quelques-unes seulement ; je vous ai entendu dire, par exemple, que je lui suis inférieur ; et en cela vous avez raison. Je le lui ai dit aussi à elle-même, cet après-midi.

L'ESTRANGE. — Mon cher Dorian. ...

DORIAN. — Ne le niez pas ; je sais qu'un mensonge, même fait dans une bonne intention, vous répugne autant qu'à moi. Nous autres Anglais, nous n'avons pas un gosier qui se prête au mensonge ; c'est souvent embarrassant pour nous.

L'ESTRANGE. — Mais qui est-ce qui vous blesse ? Pourquoi vous être caché de nous ?

DORIAN. — Parce que cette petite perruche de princesse a dit vrai : la seule femme que j'aie jamais souhaitée pour compagne venait de me refuser cinq minutes auparavant. Vous aviez tout à fait raison de croire qu'elle ne s'abaisserait pas jusqu'à moi.

L'ESTRANGE. — Je ne parlais pas sérieusement ; je n'ai jamais entendu dire...

DORIAN. — Vous pensiez ce que vous disiez. Pourquoi pas? elle m'est bien supérieure ; s'il existait, l'amour pourrait combler la distance, mais je ne lui en inspire pas.

L'ESTRANGE. — Vous devez savoir son histoire, puisque vous vouliez lui donner votre nom ?

DORIAN. — Je ne connais rien de son passé ; mais

quand je la regarde, j'ai la conviction qu'on ne saurait rien y reprendre.

L'ESTRANGE. — Et vous ne savez rien?

DORIAN. — Rien; elle mène à Paris une vie sérieuse, que l'ombre même d'une calomnie n'a jamais obscurcie; voilà ce que je sais, rien de plus. Vous imagineriez-vous que je voudrais l'insulter par un doute?

L'ESTRANGE. — Mais si elle devait être votre femme?

DORIAN. — Elle ne sera pas plus ma femme que l'Ariane de marbre du Capitole; du reste j'en ferais ma femme sans lui adresser une seule question qui impliquât le plus léger soupçon.

L'ESTRANGE. — C'est très noble, mais...

DORIAN. — Vous diriez tout comme moi si vous l'aimiez.

L'ESTRANGE. — Non pas; je suis du monde; j'en partage les manières de voir, ou, si vous voulez, les préjugés.

DORIAN. — Oui, une fois pour l'amour du monde, vous avez commis le péché le plus égoïste de toute votre vie.

L'ESTRANGE. — Lequel?

DORIAN. — L'exil de la pauvre enfant que vous aviez épousée.

L'ESTRANGE, *ennuyé et légèrement embarrassé:* — Pourquoi remuer les cendres du passé? j'ai agi tout naturellement, il me semble... Comment aurais-je pu croire qu'elle prendrait la chose si fort à cœur?

DORIAN. — Jusqu'au suicide, ce que vous n'aviez certes pas prévu. Je ne l'ai jamais vue, mais entre deux personnes il y en a toujours une qui sacrifie et l'autre qui est sacrifiée.

L'Estrange. — Et réellement, en toute vérité, vous ne connaissez rien du passé de cette singulière femme, à qui vous confieriez votre bonheur, votre honneur?

Dorian. — Absolument rien.

L'Estrange. — Pas même qui était ce Glyon?

Dorian. — Non.

L'Estrange. — C'est incompréhensible.

Dorian. — Quand vous avez épousé une malheureuse petite paysanne, avez-vous hésité parce que...?

L'Estrange. — C'était tout différent, c'était une enfant; je savais l'innocence absolue de sa vie enfantine; aucun soupçon ne pouvait l'atteindre...

Dorian, *se rapprochant de lui*. — ...et si vous osiez dire qu'un soupçon peut atteindre Claire Glyon, le seuil de cette porte vous serait à jamais interdit.

L'Estrange, *touché*. — Mon cher ami, vous êtes très généreux : on dirait un chevalier de l'ancien temps; je suis prêt à croire en elle.

Dorian, *froidement*. — Alors pourquoi l'insulter en son absence?

L'Estrange. — Je n'ai jamais songé à l'insulter; j'étais seulement désireux de savoir d'où vient cette froideur, cet isolement, ce silence sur son passé...

Dorian, *froidement*. — Je ne puis satisfaire votre curiosité.

L'Estrange. — Ce n'est pas simple curiosité;... mais si nous continuons à discuter sur ce ton, nous allons finir par une querelle, ce qui serait au-dessous de vous et de moi; puis, je suis attendu chez le car-

dinal de Roxane ; bonsoir, mon ami ; je ne vous parlerai pas de vous consoler, car la consolation n'est que
le fait de la faiblesse, et vous êtes fort.

(*Il serre la main de Dorian et quitte l'atelier.*)

DORIAN, *à lui-même.* — Oh ! le fruit de l'égoïsme !
Il pense déjà à elle... Y penser, c'est l'aimer !

SCÈNE IV

Salons du palais Sanfriano : un marchand de bric-à-brac montre
des ivoires, des objets d'art, des étoffes et un triptyque.

LA PRINCESSE, MADAME GLYON, L'ESTRANGE,
IPSWICH, LA MARQUISE ZANZINI

L'ESTRANGE (*rendant au marchand un netzké
d'ivoire*). — M. Brown, ce n'est pas plus japonais que
moi ; ne savez-vous pas qu'il faut dix ans à un Japonais pour sculpter un oiseau sur une feuille de rose.
Ceci est hollandais, et même très grossièrement fait
pour du hollandais. Avez-vous jamais appris l'ABC
de votre commerce, M. Brown ?

LA PRINCESSE. — Vous ne devriez pas être aussi dur
avec ce pauvre homme ; il reconnaît qu'il est obligé
d'avoir chez lui un tas d'objets sans valeur pour satisfaire les Américains.

L'ESTRANGE. — La satisfaction est le contraire de

ce que j'éprouve en regardant ses trésors. Permettez-
moi de vous demander pourquoi vous laissez pénétrer chez vous toutes ces contrefaçons?

LA PRINCESSE. — Pourquoi? Je vous l'ai certainement dit; je dois porter le costume d'un page vénitien
au bal de la Malatesta, et il me fallait une ancienne
dague italienne; cet homme m'en a apporté une.
Celle-là est-elle authentique?

L'ESTRANGE. — L'avez-vous achetée?

LA PRINCESSE. — Certainement. Oh! miséricorde!
aurais-je été trompée?

L'ESTRANGE. — Peut-être vaudrait-il mieux ne rien
vous dire? et cependant il ne faut pas qu'on vous
voie avec cela! c'est un travail allemand, fait à
Berlin il y a huit jours. Alors même qu'il serait ancien, il ne saurait vous convenir; vous devez porter
un poignard vénitien, un stylet; ceci est copié sur
une dague de *miséricorde* française du temps des
Valois.

LA PRINCESSE. — Et je l'ai payée 500 francs, mon
cher lord.

L'ESTRANGE. — Elle ne vaut pas un louis! Congédiez
cet imposteur, et quand vous avez des achats à faire,
demandez conseil à quelque connaisseur; c'est l'ignorance qui autorise ces gens à inonder le monde d'a-
nachronismes et d'imitations.

LA PRINCESSE. — J'avoue que si une chose est
jolie, je m'inquiète peu de savoir qui l'a faite. Maintenant il faut que je fasse toute la place pour chercher
une dague; vous avez été très cruel, personne ne se
serait aperçu...

L'Estrange. — Je vous en donnerais une des miennes si j'en avais à Rome ; mais comme je n'en ai pas ici, je vais télégraphier en Angleterre, j'ai une collection de dagues, dont quelques-unes sont du seizième siècle.

La Princesse. — C'est trop aimable à vous ; de quoi n'avez-vous pas fait collection en Angleterre !

L'Estrange. — Pas de netzkés hollandais, à coup sûr.

La Marquise. — J'ai chez moi la dague avec laquelle César Borgia a tué, après un banquet, un de mes ancêtres sur le pont de *Quatro Capi* par une belle nuit noire. Quand on l'a rapporté chez lui, le fer était planté entre ses omoplates, et il était mort. Si vous voulez, princesse, je vous prêterai cette dague avec plaisir ; c'est tout à fait de l'époque.

La Princesse. — Oh ! chère marquise, vous êtes trop bonne ! mais si cette arme a tué quelqu'un, elle me serait désagréable à porter.

La Marquise. — Bah ! il doit en être ainsi de toutes les dagues, quand elles sont authentiques. Quel air ému vous avez ! et pourtant vous êtes restée sans broncher au steeple-chase où le jeune Stanhope s'est tué.

Ipswich. — Mais c'était de beau jeu, marquise ; Stanhope est tombé sur la tête. Qui pouvait l'en empêcher ?

La Marquise. — Vos distinctions sont trop subtiles pour ma simplicité. Vous trouvez que ce n'est rien de tuer, à condition que ce soit dans une course ; moi, je trouve le meurtre beaucoup plus excusable lorsqu'il

résulte d'un accès de passion. J'oubliais que je vais
voir jouer la comédie au palais Barberini; vous vien-
drez avec moi, mon cher; vous me faites faire des
progrès en anglais; le vôtre est si choisi.

IPSWICH. — J'obéis; mais je suis pendu, s'il faut
parler comme le vieux Johnson.

LA MARQUISE. — Pourquoi pas? nous parlons bien
comme le Dante.

IPSWICH. — On ne peut pas se donner de coup de
patte ici.

LA MARQUISE. — Des coups de patte? n'est-ce pas se
disputer, faire preuve de mauvaise humeur? Non,
ce n'est pas dans nos mœurs. C'est ennuyeux. Il
n'y a jamais d'esprit là dedans.

(*La marquise et Ipswich sortent. Le prince
prend le marchand à part pour regarder les étoffes.
L'Estrange s'approche de madame Glyon.*)

L'ESTRANGE. — Vous faisiez ce matin une étude
dans la Cimontanara? Y allez-vous souvent?

MADAME GLYON. — C'est très beau, lorsqu'on regarde de la porte Saint-Jean.

L'ESTRANGE. — Peut-on y aller?

MADAME GLYON. — Non; il faut être l'ami du propriétaire; je crois qu'il y a un jour dans la semaine où
tout le monde est admis.

L'ESTRANGE. — Ce n'est certes pas là le jour que je
choisirais; madame Glyon, vous qui êtes toujours
si froide, voudriez bien, je vous prie, dégeler assez
pour m'expliquer pourquoi, la semaine dernière,
dans l'atelier de Dorian, vous prétendiez avoir entendu dire que j'étais capricieux. Quel ami com-

mun avons-nous, qui pratique si bien les théories modernes de l'amitié pour me dénigrer ainsi?

MADAME GLYON. — Je ne connais aucun de vos
amis, je ne suis pas du monde.

L'ESTRANGE. — Alors, si ce n'est de votre part qu'affaire d'imagination, qui est-ce qui vous fait supposer
qu'il en soit ainsi?

MADAME GLYON *lève la tête et le regarde froi-*
dement. — L'histoire de votre mariage est du domaine
public; je l'ai sue comme tout le monde; si vous pensez que j'entre trop dans votre vie privée, ne m'en
blâmez pas, *vous l'avez voulu.*

L'ESTRANGE *reste silencieux un instant et a l'air*
ennuyé. — Oui, certainement, cette très vieille
histoire est dans le domaine public; mais je n'aurais
pas supposé que personne se fût souvenu d'un épisode
qui date de si longtemps.

MADAME GLYON. — Un épisode! J'ai entendu dire
que c'était une tragédie.

L'ESTRANGE. — Qui a pu vous en parler, Ipswich?

MADAME GLYON. — Non, ce n'est pas lui, mais un
autre, il y a longtemps, *very long ago*, comme vous
dites.

L'ESTRANGE. — Une sottise dans la vie ne vous est
jamais pardonnée, tandis que mille crimes sont si
aisément oubliés! En sorte que c'est cette stupide histoire qui vous a ainsi indisposée contre moi? Je suis
tenté de croire que je vous fais l'effet d'un Barbe-
Bleue contemporain?

MADAME GLYON. — Il ne me paraît pas qu'un pareil
passé puisse servir de thème à l'ironie d'aucun; je n'ai

pas la prétention de vous juger, mais je dis que cette histoire m'a laissé sur vous une impression de caprice et de cruauté tout à la fois.

L'ESTRANGE, *de mauvaise humeur*. — Ni l'un ni l'autre ne sont dans mon caractère ; je puis le déclarer la conscience nette ; je ne me fais pas illusion à mon égard et je ne réclame pas non plus une supériorité particulière de caractère ; mais il y a une chose que j'ai le droit de dire, c'est que je suis incapable de cruauté envers aucune créature vivante, étant par miracle un Anglais qui déteste se servir d'un fusil.

MADAME GLYON. — Je ne vous dis pas que vous ayez tué votre femme à coups de fusil.

L'ESTRANGE, *riant doucement*. — Madame, je vous suis très reconnaissant de bien vouloir ne pas m'accuser de ce crime. Eh bien ! oui, c'était certainement bien ma femme, quoiqu'il me semble impossible qu'un fait pareil ait jamais pu se produire dans ma vie ! J'ai l'intime persuasion que j'ai dû le lire dans quelque roman, que j'ai dû le voir peut-être au théâtre, que j'aurai eu un cauchemar et que j'ai rêvé que cette histoire était la mienne.

MADAME GLYON. — Oh ! tout cela s'est passé depuis si longtemps, que vous l'avez sans doute oublié ?

L'ESTRANGE. — Non, ce n'est pas le genre d'épisode que l'on peut oublier.

MADAME GLYON. — Vous aimez beaucoup le mot épisode.

L'ESTRANGE. — Il me semble rendre très exactement la courte période de ma vie dont nous parlons. C'était un épisode, rien de plus ; un épisode d'indes-

criptible folie, d'infatuation, de désillusion, de chagrin et de repentir.

MADAME GLYON. — De repentir? Il paraît peu vous
peser.

L'ESTRANGE. — J'entends par là le repentir d'une
action folle et irréfléchie qui m'a fait passer pour un
sot aux yeux du monde, et qui a donné lieu à une
foule de commentaires, de faux jugements, de bavardages, que je suis le dernier des hommes à pouvoir
supporter avec patience.

MADAME GLYON. — Ah! je vous demande pardon!
je supposais que vous vous repentiez du mal que vous
aviez fait à celte pauvre enfant.

L'ESTRANGE. — Madame, c'est réellement trop fort!
Quel mal pouvais-je lui faire? Je m'en suis plutôt
fait à moi-même.

MADAME GLYON. — Je croyais que vous l'aviez
épousée, c'est ce que j'ai toujours entendu dire.

L'ESTRANGE. — C'est vrai; où est mon tort? Je
n'aurais pu faire plus pour la fille d'un duc, pour
une princesse de sang royal. C'est là mon irrémé-
diable folie. Quand je regarde en arrière, je ne puis
me comprendre.

MADAME GLYON. — Y a-t-il donc si longtemps?

L'ESTRANGE. — Dix, onze, douze ans..., ce n'est pas
la durée du temps, mais bien les étranges illusions
où j'étais, qui me rendent impossible à croire que j'aie
jamais été l'homme dont toute l'Europe s'est moquée,
pour avoir présenté au lever de la reine la fille d'un
paysan français.

MADAME GLYON. — Cette paysanne a-t-elle donc

fait quelque chose de si étrange à ce lever de la reine?

L'ESTRANGE. — Étrange? non, pas qu'il m'en souvienne; elle était sotte, timide, cela va sans dire, comme un agneau. Je crois, autant qu'il m'en souvient qu'au milieu de la bousculade, ma mère l'a conduite sans accident; seulement, quand la reine lui adressa la parole, elle lui répondit, par la force de l'habitude, je suppose, *Merci, ma bonne dame*.

MADAME GLYON, *avec un sourire froid*. — Vous auriez dû l'envoyer à la Tour de Londres comme coupable de haute trahison.

L'ESTRANGE. — Cela vous plaît d'en rire; je vous assure qu'il n'est pas drôle de voir une pareille plaisanterie sur le compte de la femme qui porte votre nom, courir comme l'électricité dans tous les clubs de Londres.

MADAME GLYON. — Il paraît que le rang n'est pas incompatible avec une singulière pusillanimité. Si j'étais un homme, je ne serais pas un poltron.

L'ESTRANGE. — Un poltron! Il n'est pas question de poltronnerie, c'est le sentiment d'être rendu ridicule.

MADAME GLYON. — Qu'est-ce donc que la poltronnerie, dites? Je ne vois guère qu'il y eût matière à une si grande honte. Votre femme était une petite paysanne, tout le monde le savait; rien de moins surprenant que, sur un théâtre aussi extraordinaire, qu'au milieu d'une réunion aussi étourdissante qu'a dû lui paraître une réception royale, la phrase que les siens lui avaient sans doute enseignée dans son enfance, comme étant celle de la plus parfaite politesse, lui soit venue sur la langue devant la Reine. Lord l'Estrange, je suis Française, par ma naissance je n'appartiens pas aux classes les plus élevées, vous me pardonnerez si mes sympathies sont plutôt pour votre femme que pour vous. Si la pauvre petite phrase naïve : *Merci, ma bonne dame !* constitue tous les crimes...

L'Estrange. — Les crimes ! Quel crime une naïve enfant peut-elle commettre ? Elle n'en a jamais été coupable d'aucun envers moi, mais elle a fait pire ! A chaque instant elle m'agaçait, me couvrait de confusion devant mes amis, me faisait passer pour un imbécile, comme on dit vulgairement. Elle était adorable comme une belle matinée, mais aussi ignorante que les jolis petits élèves qu'elle menait chercher des truffes. A chaque instant de notre vie commune, je me trouvais en face d'un prodige d'incurable ignorance. Elle ne saisissait ni ce que je disais, ni à quoi je faisais allusion ; mon chien comprenait mieux l'actualité ! Elle commettait de grotesques méprises dans des choses aussi simples que l'ABC de la vie de chaque jour ; les femmes se moquaient d'elle et de moi jusqu'à me faire sortir des gonds. Qnand j'essayais de lui enseigner quelque chose ou de la reprendre, elle s'écriait en pleurant que j'avais cessé de l'aimer et sanglotait pendant des heures. Je lui écrivais de petits billets sur les usages qu'elle devait savoir ou connaître, et elle trouvait ce procédé plus cruel que des paroles. Que pouvais-je faire ? Je pris le parti qui me paraissait le plus simple et le meilleur pour nous deux : je me décidai, moi, à aller aux Indes, et à l'envoyer, elle, dans un couvent à Paris pour y faire son

éducation. Le résultat a été terrible; mais je n'ai
jamais eu conscience, malgré cela, que j'aie fait quoi
que ce soit de si cruel. Je le répète, je pensais qu'elle
serait raisonnable, et qu'elle acquerrait le genre de
savoir sans lequel une femme est un sujet de moquerie.
Eh bien! vous savez qu'elle a pris la chose d'une autre
façon, la pauvre créature, et...

MADAME GLYON. — Elle en mourut! Ce fut absurde
de sa part.

L'ESTRANGE, *de mauvaise humeur*. — Vous êtes
injuste à mon égard; je ne voulais ni lui faire de
la peine, ni l'abandonner; comment aurais-je pu imaginer qu'elle prendrait tellement au tragique un
arrangement aussi simple en vue de son bien? Je n'ai
été ni infidèle, ni sans cœur; il me semble que j'ai fait
la chose la plus naturelle du monde en la plaçant là
où elle pouvait apprendre et désapprendre, et s'y
mettre en état de tenir son rang dans le monde où
nous vivions.

MADAME GLYON. — Oh! sans doute, c'était très
naturel; je crois que l'égoïsme l'est souvent.

L'ESTRANGE. — Comment! de l'égoïsme? C'était, à
coup sûr, pour le bien de la pauvre enfant.

MADAME GLYON. — Oh! bien entendu; seulement,
il paraît qu'elle a été trop sotte pour le comprendre;
vous savez, les femmes sont insensées; elles s'imaginent
que l'amour est résigné; elles sont prêtes à se sacri-
fier et, par suite, supposent que les hommes sont
capables d'en faire autant; elles sont tragiques, comme
vous dites, et prennent les choses au grand sérieux;
certainement, votre femme aurait dû apprécier vos

excellentes intentions et comprendre vos susceptibilités, qu'elle blessait toujours. Vous trouvez qu'elle a
eu tort d'éprouver un sentiment aussi déplacé que
celui de sa propre dignité et de ses affections les plus
chères. Je vois très bien qu'à votre point de vue elle
devait être agaçante, fatigante, très agaçante, très fatigante même ; mais pourquoi avoir voulu l'épouser ?

L'ESTRANGE. — Elle était très belle et je vous ai
dit que j'en étais fou à un indescriptible degré ; puis,
j'avais à ce moment toutes sortes d'idées roman-
tiques : je voulais que la pureté de ma femme fût vierge
de tout contact avec le monde ; qu'elle fût formée pour
moi, que sais-je encore ? Il y a douze ans ; quand je
regarde en arrière, je ne puis maintenant comprendre
comment j'en suis venu à commettre une si incroyable
insanité !

MADAME GLYON. — Toute votre commisération est
évidemment pour vous-même ; et cependant... elle
mourut. N'est-elle pas morte ?

L'ESTRANGE. — Oui, elle est morte, pauvre petite
folle ! qui aurait jamais pu prévoir...

MADAME GLYON. — Vous lui devez de la reconnaissance maintenant ; ne pouvant en faire une grande
dame, vous n'en auriez jamais rien fait à votre point
de vue. Vous seriez fatigué et ennuyé d'elle jusqu'à en être malade ; elle vaudrait encore moins à
vos yeux qu'un netzké japonais scuplté à Amster-
dam !

L'ESTRANGE, *d'un air sombre*. — Il vous plaît
d'en plaisanter, il n'en est pas ainsi pour moi ; elle
promettait immensément : son esprit était délicat et

élevé ; sa grâce naturelle était grande ; avec de l'éducation et des principes...

MADAME GLYON. — Oh non ! croyez-moi, elle aurait toujours dit : *Merci, ma bonne dame !* ou quelque chose d'équivalent, et vous aurait déshonoré.

L'ESTRANGE. — Elle me déshonore maintenant à vos yeux, je le vois bien. Vous croyez évidemment que je me suis conduit abominablement et cruellement envers elle, tandis qu'en vérité je n'avais pas d'autres pensées que de la mettre à la hauteur...

MADAME GLYON. — De vous et de votre haute position sociale.

L'ESTRANGE. — Madame ! je ne suis pas un si grossier personnage !

MADAME GLYON. — Non, vous êtes un gentleman accompli, un homme du monde, et pour ces raisons mêmes, vous n'avez pensé qu'à vous ; et puisque vous avez mis volontairement la conversation sur ce sujet, ne consentiriez-vous pas à avouer maintenant que, dans l'humiliation qu'elle vous causait et dans votre manque de courage pour la supporter, elle et les railleries du monde, il entrait un élément de... de... ne m'assassinez pas... de vaniteuse niaiserie.

(*L'Estrange rougit et se lève en silence. Madame Glyon verse du thé.*)

LA PRINCESSE, *se rapprochant.* — Vous avez l'air de bien mauvaise humeur, lord l'Estrange ; qu'est-ce que mon amie a pu vous dire ?

L'ESTRANGE. — Ce que l'on ne pardonne jamais, princesse, une vérité ! Votre dague vous arrivera aussi vite que faire se pourra ; mais, pour l'amour du ciel, ne vous adressez plus à Brown. Mesdames, je suis obligé de vous quitter ; on donne un dîner de cérémonie pour le grand-duc, et pour comble un dîner d'hommes ! J'arriverai probablement en retard. (*Il donne une poignée de main à la princesse, salue madame Glyon et sort.*)

LA PRINCESSE *à madame Glyon.* — Que lui avez-vous donc dit ?

MADAME GLYON *se levant et déposant sa tasse de thé sur une table.* — Il voulait parler de son mariage. J'ai essayé de l'éviter, mais il a tenu à continuer ce sujet ; alors je lui ai dit des vérités qui lui sont allées au cœur et qui l'ont piqué. Oh ! ma chérie, dire que j'ai pu adorer le sol sur lequel un tel homme a mis le pied ! Il vaut moins encore que je ne le pensais ! Un si pauvre esprit, un orgueil si misérable et si mesquin ! Il avoue qu'il s'est séparé de sa femme parce qu'elle blessait son respect pour les convenances du monde et qu'elle le rendait ridicule aux yeux de la société. Il citait comme une trahison, comme un véritable crime, cette pauvre petite phrase de : *Merci, ma bonne dame !* adressée à la Reine d'Angleterre. C'est lâche, c'est méprisable, c'est vil.

LA PRINCESSE. — Mais, ma chère, vous saviez tout cela.

MADAME GLYON. — Oui, jusqu'à un certain point ; je savais qu'il m'avait envoyée au couvent parce que je ne flattais pas son orgueil. Mais qui aurait pu penser qu'au bout de douze ans ces misérables petites erreurs vivraient dans son souvenir comme des péchés capitaux ? qui aurait imaginé que, lorsqu'il croit morte la créature qu'il avait jadis aimée, il ne lui resterait d'elle d'autre souvenir que celui de ses péchés par action et par omission contre les lois surannées et hypocrites d'un monde sans valeur?

LA PRINCESSE. — Oh! chère Claire, il en est toujours ainsi; une main de femme mal gantée hante le souvenir d'un homme longtemps encore après qu'il a oublié la bassesse, la perfidie, la fausseté de cette créature. On vous ferait un procès en divorce parce que vous avez des taches de rousseur, plutôt que parce que vous avez passé une quinzaine à Monte-Carlo avec le premier venu. C'est là l'homme tout entier! Parler de l'importance que nous attachons à des bagatelles, pourquoi? Ce n'est rien comparé à eux. Si nous portons des bottines faites à Londres et non à Paris, comme ils s'en aperçoivent!

MADAME GLYON. — Les imbéciles, oui; les gommeux, oui; mais il n'est ni l'un ni l'autre. Il a de l'intelligence, du caractère, et son esprit est des plus cultivés. Il avait du cœur aussi jadis; et il paraissait un type même de chevalerie, et cependant le monde l'a si bien corrompu, le faux code de la société l'a si bien tenu sous ses lois, qu'il justifie sa conduite... qu'il la justifie, parce que moi, qui depuis trois mois seulement avais quitté mes vignes et mes choux, lorsque je me trouvai transportée au milieu de cette foule éblouissante d'un lever à la cour, intimidée par ma belle-mère qui me terrifiait et me haïssait, j'oubliai la leçon qu'on m'avait fait apprendre par cœur; quand j'arrivai devant le trône et que, de sa douce voix, la Reine m'adressa de bonnes paroles, je balbutiai la vieille

phrase de mon enfance: *Merci, ma bonne dame !* phrase
qu'on m'avait apprise à dire quand j'étais toute petite,
si une dame me donnait des bonbons et des sous; et c'est
avec cette phrase que je l'ai couvert de honte, devant
la cour et dans tous les clubs de Londres; aujour-
d'hui, bien que douze longues années se soient
écoulées depuis lors, c'est encore douloureux pour
lui et toujours impardonnable. Comment appelez-
vous cela? Moi, je l'appelle orgueil mesquin, poltronnerie, niaiserie, preuves d'une nature vulgaire et d'un
très petit esprit.

La Princesse. — N'avais-je pas toujours dit que
son esprit devait être bas?

Madame Glyon. — Mais il ne l'était pas; je le répète, il avait un noble caractère et une belle intelligence. Il a été gâté par l'adulation du monde, peut-
être, et par une mère arrogante et sotte; il n'en avait
pas moins une noble et généreuse nature. Qui
aurait pu penser qu'il oublierait tout notre amour, toute
notre félicité, toutes nos heureuses et belles heures,
pour ne se souvenir que de quelques bévues sociales,
dont on a ri dans les clubs; je crois qu'il ne se
rappelle même pas qu'il m'ait jamais aimée. Il parle
de son mariage comme d'une sottise inimaginable et
d'une folie incompréhensible. (*Un laquais annonce
lord l'Estrange. Madame Glyon sort.*)

L'Estrange, *revenant*. — Mille pardons, princesse; mais j'ai omis de vous demander l'époque pré-
cise de votre costume vénitien? Quelle année, s'il
vous plaît?

La Princesse. — L'année? Oh! je ne sais pas; du

seizième siècle, je m'imagine que cela suffit. Qu'en pensez-vous ?

L'Estrange, *souriant*. — Un siècle est une marge assez large. Non; vous devez choisir une année et vous y conformer scrupuleusement. Les Italiens sont très méticuleux dans ces sortes d'affaires.

La Princesse. — Ah oui ! parce qu'ils ont toutes les reliques de leurs ancêtres pendues dans leurs garde-robes. Mais je n'ai ni ancêtres, ni reliques leur ayant appartenu, et il faut que vous me prêtiez les vôtres.

L'Estrange. — Je serais trop heureux, princesse, si je pouvais vous repasser quelques-uns de mes ancêtres ; malheureusement Sanfriano m'a devancé et vous a donné les siens ! Eh bien, l'époque du Giorgione vous convient-elle ? Nous pourrions nous y tenir. Cela vous donnera assez de latitude et de charmants costumes ; au reste, Sanfriano doit savoir cela aussi bien que moi.

La Princesse. — Ah ! s'il s'agissait d'une autre que de sa femme, il passerait toutes ses journées en recherches dans les ateliers, pour me trouver des croquis. Il est, par contre, très occupé du costume de la duchesse Danta. Elle sera en sorcière ; je lui ai offert pour elle un chat noir. Ne partez pas maintenant, lord l'Estrange. Je voudrais savoir pourquoi vous vous querelliez tout à l'heure avec Claire.

L'Estrange. — Elle s'appelle Claire ?

La Princesse. — Oui ; qu'est-ce que cela vous fait ? ce nom est très répandu en France. Encore un coup, pourquoi vous querelliez-vous ?

L'Estrange. — Je vous proteste...

La Princesse. — Oh! c'est inutile; la physionomie de Claire peignait le dédain, et la vôtre la colère.

L'Estrange. — J'ai le malheur de ne pas plaire à madame Glyon; elle m'a en antipathie.

La Princesse. — Je n'en suis pas aussi sûre. Claire est une femme très fière, montrant toujours beaucoup d'énergie pour la défense de ses pareilles; puis, ne savez-vous pas? j'ai tort peut-être de le dire, mais il y a cette histoire de votre mariage qui parle contre vous; êtes-vous réellement aussi égoïste, aussi inconstant, aussi capricieux que vous le paraissez? Je devrais vous demander pardon...

L'Estrange. — N'en faites rien; madame Glyon m'a expliqué longuement, elle-même, sa manière de voir à ce sujet; elle a entendu raconter sommairement l'affaire, et elle a revêtu cet échafaudage de toutes les richesses de son imagination et de ses sympathies; tout cela à mon préjudice; elle m'a dit des choses très dures; je suis tenu en conscience d'admettre qu'il en était de très vraies, bien que sa compassion exagérée pour ma victime la rende singulièrement injuste à mon égard.

La Princesse. — Il est tout à fait contraire à ses habitudes de faire des personnalités.

L'Estrange. — Oh! la faute a été entièrement de mon côté; j'ai poussé votre amie jusqu'à ce qu'elle parlât; j'en ai été puni comme je méritais de l'être. Nous ne pouvons nous plaindre de recueillir ce que nous avons semé; je l'ai priée de parler franchement et sans réticence, c'est ce qu'elle a fait.

LA PRINCESSE. — Vous aurait-elle offensé?

L'ESTRANGE. — Oui. Nous ne sommes que de
très pauvres êtres qui se hérissent comme des porcs-
épics lorsqu'on offense notre orgueil; ce qui m'a le
plus particulièrement blessé, c'est qu'elle n'a pas voulu
pour un moment consentir à se placer au même
point de vue que moi.

LA PRINCESSE. — Elle l'aurait probablement fait,
si vous n'eussiez été présent. C'est dans son caractère...

L'ESTRANGE. — Je suis persuadé qu'elle ne l'eût
pas fait; elle a prononcé son réquisitoire contre moi,
aussi froidement et avec autant de calme que s'il se
fût agi d'un problème de mathématiques. Mais, je vous
l'avouerai, princesse, je n'eus pas plus tôt quitté votre
maison, que j'ai eu honte de ma colère. Après tout,
il était noble à elle de prendre la défense d'une autre
femme. La plupart d'entre elles se rangent de mon
côté, chantent mes louanges et donnent toute raison
à ma conduite. La majorité des femmes, sans y regarder, prennent presque toujours parti contre leurs
semblables dans toute histoire sur une des leurs. Et
ce qui me vexe, je l'avoue encore, c'est qu'en lui
répondant je dois avoir fait piteuse mine. Les arguments que je faisais valoir, quoique plusieurs fussent
bien fondés, étaient égoïstes et vides; elle m'a dit que
j'étais un niais prétentieux.

LA PRINCESSE. — Oh !...

L'ESTRANGE. — Et, en conscience, elle était fondée
à le dire; j'ai manqué de courage... de courage
moral, et bien qu'il ne soit pas aussi facile à un

homme de supporter, comme elle le croit, que son mariage fasse la risée de la cour et de la ville, cependant j'imagine que mon apologie lui a paru de mauvais goût, basse et vulgaire ; elle m'a fait baisser dans son estime ; elle prétend être sortie elle-même de la classe populaire ; est-ce vrai ?

La Princesse. — Je crois qu'elle n'avait pas de naissance dans le sens que vous donnez à ce mot.

L'Estrange. — Mais c'est une femme de distinction si parfaite !

La Princesse. — Oui, certainement. Elle a tant de talent !

L'Estrange, *brusquement*. — Mais qui était-ce que ce Glyon ?

La Princesse. — Je ne le sais réellement pas.

L'Estrange. — Est-il vrai qu'il soit mort ?

La Princesse. — Oh oui ! il n'est plus de ce monde, grâce à Dieu !

L'Estrange. — N'était-il donc pour elle qu'un butor ?

La Princesse. — Je crois que son mari n'était pas des meilleurs.

L'Estrange. — Ce qui expliquerait bien des choses.

La Princesse. — Expliquer quoi ?

L'Estrange. — L'ardeur avec laquelle elle s'est faite le champion de cette pauvre jeune enfant qui fut ma femme durant un an, et dans la mort tragique de laquelle je ne suis pour rien ; sur ma parole, si j'avais eu le moindre pressentiment ou quelque soupçon de l'effet que mon départ produirait sur elle, je ne l'aurais pas quittée pour un empire, même si chaque heure de notre vie eût dû avoir pour moi ses humiliations. Je voudrais

que vous pussiez le persuader à votre amie ; je dois lui
avoir paru un homme sans courage, un égoïste fieffé,
un misérable. Il ne me plaît pas qu'une si grande artiste, qu'une si noble femme ait de moi une si pauvre
opinion. Voulez-vous être mon amie, princesse ?

La Princesse. — Lord l'Estrange, vous êtes charmant quand il vous arrive d'être naturel.

L'Estrange. — Naturel ? Ciel et terre ! vous ne
voulez pas dire que je sois jamais un poseur ?

La Princesse. — Un peu, quelquefois. Ah ! quel
air de déconvenue !

L'Estrange. — Bien ! être appelé un niais et un
poseur le même jour...

La Princesse. —C'est fort, en effet, pour quelqu'un
qui donne le ton aux arts, à la mode et pour un fils des
Croisés ! Je plaiderai votre cause auprès de Claire ;
mais elle est terriblement obstinée, et, à sa manière,
terriblement démocrate aussi. Si vous étiez un peintre
sans sou ni maille, elle serait plus facilement disposée
à être aimable pour vous.

L'Estrange.— Vous me faites désirer d'apprendre
que ma vieille abbaye a été mise à sac et que la
Banque d'Angleterre est en faillite.

La Princesse. — C'est si sérieux que cela ?

L'Estrange. — Tout à fait. Je recommande mes
intérêts à votre miséricorde, princesse.

La Princesse. — Allez-vous ce soir chez Ken-
dell ?

L'Estrange. — Oui, si vous voulez bien me pro-
mettre le cotillon. (*Il sort.*)

La Princesse *se dirige vers la porte d'une pièce*

intérieure. — Claire, revenez un moment, il est parti.

MADAME GLYON *rentre.* — Je suis fatiguée, ne me gardez pas longtemps.

LA PRINCESSE. — Vous n'êtes pas fatiguée, vous êtes malheureuse. Oh! ma chère Claire, je suis sûre qu'il vous aime tant encore!

MADAME GLYON, *durement.* — Quoi! comment osez vous dire cela? Il m'a aussi complètement oubliée que le lui permet l'incurable irritation dont mon souvenir l'obsède.

LA PRINCESSE. — Vous savez ce que je veux dire; ce n'est pas qu'il vous aime toujours, mais plutôt qu'il se reprend à vous aimer. Ah! ne soyez pas si courroucée; si vous saviez comme il a bien parlé d'elle..., c'est-à-dire de vous; je ne sais comment m'exprimer, mais c'est tout à fait vrai. Il me disait qu'en vous parlant tout à l'heure, il devait vous avoir paru sans cœur et sans courage : quoiqu'en réalité il n'en soit rien et, en conséquence, il voudrait tant que vous lui rendissiez justice.

MADAME GLYON, *avec amertume.* — Justice! vous me priez de lui rendre justice! Je pense, en vérité, ma chère, que la girouette de votre esprit n'aurait pas dû tourner si vite! Le défendre maintenant? Je ne sais pas si le ridicule ne l'emporte pas sur l'insulte! en tout cas, il y a de l'un et de l'autre.

LA PRINCESSE. — Ah! Claire, je le tiens pour dit, mon opinion sur lui est toujours la même. Je ne tourne pas à tout vent comme une girouette, je ne change pas, non, jamais je ne change, quand il s'agit de vous. Mais cet homme sait être très séduisant quand il est naturel, et bien que vous vous refusiez à le croire, il vous admire aveuglément et il donnerait tout au monde pour que vous eussiez bonne opinion de lui.

MADAME GLYON. — Je le crois ; lord l'Estrange est surfait par les adulations féminines, et son orgueil est blessé de voir une personne qui n'est rien aux yeux du monde, et qui ose n'avoir qu'indifférence pour lui. Son désir de me plaire n'est pas un caprice plus sérieux que celui d'autrefois.

LA PRINCESSE. — Oh! Claire, vous êtes bien dure ; je ne vois pas pourquoi vous ne pourriez pas le reconquérir à nouveau et être heureuse?

MADAME GLYON. — Penseriez-vous donc, comme lui, qu'une femme de ma naissance ne saurait avoir d'orgueil ; le reconquérir ! comment pouvez-vous parler ainsi ? Il s'est séparé de moi quand j'étais la créature la plus innocente de ce monde et...

LA PRINCESSE. — Non, il ne voulait pas vous abandonner, il se promettait de revenir au bout de deux ans...

MADAME GLYON. — Deux ans ! Il vous a fait croire cela ; il n'avait pas l'intention de revenir du tout. Il s'est volontairement séparé de moi, croyez-m'en, parce que je blessais ses goûts, parce qu'à cause de moi ses amis se moquaient de lui et que je commettais quelque bévue toutes les fois que je remuais ou que je parlais. N'a-t-il pas dit tout à l'heure que son mariage était un acte incompréhensible, une folie absurde !

LA PRINCESSE. — Mais s'il s'était douté que *vous*, c'était vous-même !

MADAME GLYON. — A coup sûr, j'aurais été pour
lui plus odieuse et plus méprisable encore ! Il m'admire, dites-vous ; oui, je veux bien le croire ; mais
ce qu'il admire, c'est une femme qui le repousse,
qui est célèbre, dont le talent lui est sympathique et
à laquelle il prête un passé mystérieux et pas trop
honorable. Son imagination et sa curiosité travaillent
à l'envi ; son orgueil est stimulé et irrité ; s'il savait
en ce moment que je suis sa femme, il changerait en
un instant ; je serais à ses yeux, une fois de plus, une
paysanne gauche et ignorante ; il répéterait encore
qu'il n'a été qu'un véritable sot il y a douze ans. Sa
fantaisie pour moi, quand j'étais enfant, était un caprice,
mais un caprice doublé de passion aussi ; maintenant,
sa fantaisie pour moi est seulement un caprice doublé
de curiosité et d'orgueil offensé ; il n'est pas probable
que je consente à être sa dupe une fois encore.

LA PRINCESSE. — Vous êtes terriblement vindica-
tive, savez-vous ; si j'étais à votre place, et puisque
vous ne voulez pas lui pardonner, au moins je me ven-
gerais d'une tout autre façon. Je l'encouragerais, puis
je le refuserais ; car je suis certaine qu'il demandera
votre main.

MADAME GLYON, *avec amertume.* — Oh non ! puisque son mariage, il y a douze ans, était une sottise,
maintenant qu'il est de douze ans plus âgé, il ne
voudrait jamais contracter une autre union qui ne
serait qu'une sottise de plus. Souvenez-vous que la
voix du monde est pour lui la voix de Dieu !

LA PRINCESSE. — Mais s'il la faisait, lui diriez-vous
la vérité, ou le refuseriez-vous ?

MADAME GLYON. — Certainement, je le refuserais. Ma vie est tranquille et entièrement vouée à l'art; il est absorbé par le monde, par les amitiés et les flatteries; il n'a besoin d'aucune affection ; à ses yeux, c'est de mauvaise compagnie, et je n'en réclame pas non plus. L'art me suffit, et quand tôt ou tard la douce mort viendra, j'oublierai ce que j'ai souffert...

LA PRINCESSE, *les larmes aux yeux*. — Est-ce que vous souffrez encore ?

MADAME GLYON. — Bien entendu. Tout ce qu'on peut espérer après une blessure mortelle, c'est l'engourdissement de la souffrance, engourdissement que produit l'habitude de vivre avec ses maux et la longueur du temps. (*Madame Glyon sort; un domestique annonce lady Cowes et lady Saint-Asaph.*)

LADY COWES. — Chère princesse, nous venons tard, et ce n'est pas votre jour; mais nous avons pensé que nous pourrions vous voir un instant; d'ailleurs nous n'en avons que pour une minute. Lady Saint-Asaph a quelque chose de très intime à vous dire... à vous demander.

LA PRINCESSE, *à part*. — Je suis sûre qu'il s'agit de quelque souscription pour une église ou de discuter ma liste de visites. (*Haut.*) Je serai trop heureuse si je puis vous être de quelque utilité. De quoi s'agit-il ? Dites-le-moi, s'il vous plaît?

LADY SAINT-ASAPH, *baissant la voix*. — Pourriez-vous... consentiriez-vous... Ne me trouvez pas trop curieuse, je vous en conjure... Pourriez-vous me dire s'il est vrai que madame Glyon va épouser Alfred Dorian ?

LA PRINCESSE. — M. Dorian ? Non ; je ne le pense

pas... je ne sais pas... Qui est-ce qui peut vous le faire supposer ?...

Lady Saint-Asaph. — Oh ! tout le monde en parle ; on dit que c'est définitivement arrangé, et ce serait quelque chose de si... si... si abominablement odieux !

La Princesse, *vivement.* — Odieux ?... et pourquoi ?...

Lady Saint-Asaph. — Oh ! chère princesse... vous savez qu'Alfred Dorian est de nos cousins éloignés, mais cependant un cousin. Le seizième lord de Saint-Asaph a épousé une Dorian de Diepdene. Alfred a toujours été très bizarre, très original, ne s'occupant que de peinture et sacrifiant toute son existence à cette lubie ; mais ce n'en est pas moins un de nos parents, ainsi que d'une foule d'autres personnages ; et si vous saviez quelque chose de ce mariage, je vous supplierais de me dire la vérité.

La Princesse. — Je n'en sais absolument rien ; toutefois, s'il en est ainsi, où serait le mal ? Pourquoi serait-ce odieux ? Vous savez que madame Glyon est mon amie et habite sous mon toit.

Lady Cowes, *d'un ton suppliant.* — Oh ! chère princesse, soyez indulgente ; nous étant souvenues de votre affection pour elle, nous nous sommes décidées à venir vous demander franchement la vérité.

Lady Saint-Asaph. — Et de vous supplier d'empêcher sans scandale ce mariage. C'est là le point important. Alfred Dorian est si volontaire ; si on lui fait la moindre opposition, il s'y entêtera dix fois plus encore.

La Princesse. — Pourquoi l'empêcherais-je ?

Je ne sais pas le premier mot de l'affaire ; et pourquoi, du reste, essayerais-je d'y mettre obstacle, même si je savais quelque chose ?

LADY SAINT-ASAPH, *baissant la voix.* — Chère princesse, vous êtes très jeune, et vous avez le cœur très chaud ; permettez-vous à une vieille femme, qui connaît mieux que vous ce misérable monde, de vous dire quelque chose de très pénible... quelque chose qu'il est nécessaire que vous sachiez. Voulez-vous me le permettre ?...

LA PRINCESSE. — Toutes les fois que l'on prend tant de circonlocutions, je suis sûre qu'il s'agit d'une chose désagréable. Parlez ; je suis très curieuse.

LADY COWES. — Croyez que nous n'avons qu'un but, celui de sauver Dorian et de vous ouvrir les yeux.

LADY SAINT-ASAPH. — Et il faut que vous le sachiez...

LA PRINCESSE. — Savoir quoi ?... Ah ! de grâce, expliquez-vous...

LADY SAINT-ASAPH. — Eh bien ! c'est que je ne me décide pas volontiers à dire ces choses-là ; on ne peut, après tout, être absolument certain de ce qu'on avance, et on ne saurait être trop charitable. Toutefois il est certaines circonstances où c'est un devoir de parler, chère princesse ; qu'avez-vous su de madame Glyon ?

LA PRINCESSE. — Elle était au même couvent que moi.

LADY SAINT-ASAPH. — Ah ! mais qui est-elle ?

LA PRINCESSE. — Elle est de très humble naissance, je crois ; elle ne le cache jamais ; elle ne s'en trouve pas humiliée.

LADY SAINT-ASAPH. — Ah ! je vois ; votre bonté et
votre innocence, chère douce créature, vous portent
naturellement à être trop confiante ; mais permettez-moi de vous donner un conseil : vous feriez
bien de trouver quelque prétexte pour mettre un
terme au séjour de cette dame chez vous. Nous tenons
de très bonne source que M. Glyon n'a jamais existé.
Me comprenez-vous ?

LA PRINCESSE, *rougissant*. — Non, en vérité ; je
ne me préoccupe pas le moins du monde de M. Glyon ;
j'aime Claire !

LADY COWES. — Ah ! chère princesse, que vous
êtes bonne et peu soupçonneuse ! Naturellement vous
êtes la proie...

LADY SAINT-ASAPH. — C'est l'état d'exaltation d'Alfred Dorian qui m'a fait prendre des informations aux
vraies sources. Vous ne me paraissez pas très frappée
de ce que je vous dis : il n'y a jamais eu de M. Glyon ;
toute l'histoire, nom, mariage et le reste, est faux.
C'est une grande artiste, sans doute, au moins c'est ce
que l'on dit. Mais elle est tout à fait... ce qui s'appelle
tout à fait indigne de l'honneur que lui font votre
affection et votre protection. On m'a dit, à l'ambassade
de France, sous le sceau du plus grand secret...

LA PRINCESSE, *se levant et parlant vivement*. —
Alors veuillez le garder, s'il vous plaît ; vous penserez
de moi tout ce que vous voudrez de plus mal, si bon
vous semble, mais je ne supporterai pas un mot de
plus contre Claire.

LADY COWES. — Mais elle porte un faux nom.

LADY SAINT-ASAPH. — Il n'y a jamais eu de M. Glyon.

LADY COWES. -- On dit qu'elle a pour deux millions de diamants; comment se les est-elle procurés !

LADY SAINT-ASAPH. — Alfred Dorian se fera fermer toutes les portes si jamais il l'épouse.

LADY COWES. — Tout le monde sait que ce n'est pas elle qui peint ses tableaux. Elle ne les a jamais peints.

LADY SAINT-ASAPH. — Si vous m'y autorisiez, je vous prouverais que vous donnez l'hospitalité à une vraie aventurière.

LA PRINCESSE. — Oh! veuillez, je vous prie, ne pas m'obliger à me quereller avec vous; je serais si fâchée d'en venir là; ne dites pas un mot de plus; vous avez tort, tout à fait tort; et pour ce qui est de son mariage avec Alfred Dorian, elle ne l'épousera pas plus que je ne l'épouserai moi-même.

LADY SAINT-ASAPH. — Une assurance si positive de votre part nous est un grand soulagement, car vous devez être sur ce point beaucoup mieux informée que personne. Mais quelque jour, quand vous serez plus calme à cet endroit, j'espère vous démontrer que les artistes français qui portent de faux noms sont des hôtes très compromettants.

LADY COWES. — Chère princesse, vous m'aviez dit vous-même que son mari n'était qu'un butor.

LA PRINCESSE. — Il était...

LADY COWES ET LADY SAINT-ASAPH *ensemble.* — Mais s'il n'a jamais existé ?

LA PRINCESSE. — Il a existé et il existe encore.

LADY COWES et LADY SAINT-ASAPH *en chœur.* — Encore! alors, elle n'est pas veuve ! est-elle séparée ?

La Princesse, *avec impatience.* — Si, elle l'est, Alfred Dorian est à l'abri de l'épouser ! Vous m'excuserez si je vous demande de laisser mon amie en paix.

Lady Saint-Asaph, *doucement.* — Si on savait seulement son nom ! Oh ! je suis réellement désolée de vous avoir affligée, mais je croyais qu'il fallait vous faire savoir ce qu'on dit.

La Princesse. — Les *on-dit* ont détruit beaucoup de bonheur et bien des amitiés; mais ils ne détruiront pas celle qui m'unit à Claire. Accepteriez-vous du thé ?... Non. Vous ne m'avez pas chagrinée; on ne saurait l'être de ce qui n'est pas vrai.

Lady Saint-Asaph, *avec un soupir.* — Qu'une telle confiance est belle ! mais, hélas ! princesse, quand vous aurez mon âge, vous saurez qu'il n'y a pas d'ennemi aussi dangereux et qui coûte aussi cher que la foi dans les autres !... Nous verrons-nous ce soir ? Vous serez en *beauté,* j'en suis sûre; j'ai entendu dire que *Rodrigue* vous avait fait une merveilleuse toilette en satin ivoire ornée d'oiseaux-mouches ! Au revoir, ma chère, et sans rancune !

La Princesse *seule.* — Oh ! les vieilles chattes ! les horribles vieilles chattes ! Comment ai-je pu leur répondre si inconsidérément ! Comment ai-je pu leur apprendre que son mari vit encore ! deux millions de diamants ! Claire, qui ne porterait même pas des boucles d'oreilles en argent et qui donne tout ce qu'elle gagne aux pauvres de Paris ! Ah ! les horribles vieilles femmes ! elles fouillent dans les tiroirs de chacun, et si elles y trouvent une toile d'araignée, elles prétendent que

c'est un squelette ! Je ne leur ai pas encore brodé
d'histoire, mais je crois que cela ne tardera pas ; il
faut répondre aux indiscrétions par des inventions.
Si seulement Claire se déclarait !... mais elle ne le
fera jamais. Puisqu'elle a eu la force de garder le
silence depuis douze ans, elle continuera à ne rien
avouer. (*Le prince entre*.) Carlino ! Carlino ! voulez-vous
me dire une chose en toute franchise, si cela vous est
possible ? Vous questionne-t-on jamais sur le mari de
Claire ?

LE PRINCE. — *Mia cara*, il me semble que oui ;
vous la première.

LA PRINCESSE. — Et que répondez-vous ?

LE PRINCE. — *Mia cara*, ne sachant rien du personnage, que puis-je en dire ? Votre amie ne produit
pas son mari, le bruit court qu'il est mort ; mais qu'il
soit mort, qu'il soit en Russie ou en Amérique, qu'importe ! Elle est belle, et il ne tiendrait qu'à elle de
s'amuser beaucoup si elle le voulait. Je sais deux ou
trois hommes qui l'admirent énormément.

LA PRINCESSE. — Vous plairait-il que mes amis res-
semblassent aux vôtres ?

LE PRINCE. — L'amabilité est toujours agréable. Je
serais si charmé que vous voulussiez bien vous en souvenir quelquefois.

LA PRINCESSE. — J'essayerai de me le rappeler, et
vous n'aurez à vous en prendre qu'à vous-même si
mes souvenirs ne vous agréent pas toujours.

LE PRINCE. — Ceci ressemble à une véritable me-
nace ; mais je n'en tiens pas compte, persuadé que
vous ne pouvez renoncer à votre regrettable habitude

de me faire de petites scènes à propos de tout ; vous les aimez tant !

La Princesse. — Je les déteste ; mais quand vous m'insultez !

Le Prince. — Voilà ! qu'est-ce encore, si ce n'est pas une scène ? Donnez-moi plutôt vos instructions sur ce que je dois dire au sujet du mari de votre amie, mort ou disparu ? on parle tant d'elle en ce moment !

La Princesse. — Dites que c'est un ange et qu'il était tout à fait indigne d'elle.

Le Prince. — Oh ! *cara mia,* on se moquerait de moi, en prétendant que j'en suis amoureux ; et quant à être indigne d'elle, c'est toujours le rôle des maris. Il n'y a pas une jolie femme en Europe qui ne dise pis que pendre de son mari. Je suis convaincu que vous racontez à Montelupo que je suis un monstre.

La Princesse. — Montelupo voit par lui-même que vous ne manquez pas une occasion de blesser mes sentiments.

Le Prince. — Et il vous console de la blessure ? Oh oui ! c'est précisément ainsi que les choses doivent se passer ; seulement, Montelupo est une marionnette, *a grullo,* un zéro, un âne, dans toute la force du terme ; vous pourriez faire un choix qui vous honorerait davantage.

La Princesse *à part.* — Il lui reste encore quelque chose : il est jaloux ! Peut-être se fatiguera-t-il de cette horrible femme. (*Haut.*) Je trouve Montelupo on ne peut plus séduisant ; il a tant de tact et de sympathie discrète.

Le Prince. — Mais au club il se venge de son mutisme en se vantant lui-même de toute la force de ses poumons.

LA PRINCESSE. — Et vous, ne vous vantez-vous pas quelquefois?

LE PRINCE, *de mauvaise humeur.* — Non, jamais. Je ne suis pas un singe grimacier comme votre esclave; je vous dis aujourd'hui, une fois pour toutes, qu'en vous laissant libre de vous divertir comme bon vous semble, et d'être entourée d'autant de jeunes gens qu'il vous plaira, je peux permettre le nombre, mais non pas quelqu'un en particulier, car si l'on fait des gorges chaudes de moi à propos de vous, ou si j'apprends que mon nom est vilipendé au club, alors *signorina principessa...*

LA PRINCESSE. — Oh! alors, vous voulez dire que vous tirerez votre grand sabre? Très bien; ce sera des plus flatteurs pour moi; mais la duchesse Danta sera terriblement désolée!

(*Elle quitte la pièce en riant et le prince reste décontenancé; il se sert un verre de kummel à la table à thé et dit avec un soupir :*)

LE PRINCE. — Si ce n'était pas ma femme, je la trouverais réellement ensorcelante! comme elle l'est, *che seccatura!*

SCÈNE V

La même pièce. — Cinq heures, le lendemain.

L'ESTRANGE ET LA PRINCESSE

L'Estrange. — Princesse, malgré vos bonnes promesses, qui, j'en suis sûr, ont été loyalement exécutées, madame Glyon reste toujours sur la défensive avec moi. Quel en est le motif? Ne craignez pas d'offenser ma vanité en me répondant.

La Princesse. — Eh bien, il faut que je vous dise un secret, si vous voulez que je réponde en toute vérité.

L'Estrange. — Je vous promets une discrétion absolue.

La Princesse. — Oh! ce n'est guère un secret, seulement Claire serait contrariée si j'en parlais. Sachez donc qu'elle et moi nous étions au couvent avec..., comment appeliez-vous, l'autre jour, la pauvre jeune fille qui a eu le malheur d'être votre femme pendant un an?

L'Estrange. — Je comprends; madame Glyon se la rappelle, la plaint, et trouve que je suis un misérable.

La Princesse. — Exactement. Vous savez que son sort

fit une terrible impression sur nous toutes, et Claire, étant plus âgée que moi, l'a plus profondément ressentie encore. Tout ce que vous pourriez dire ou faire ne saurait changer, je crois, l'opinion qu'elle a de vous.

L'Estrange. — Elle est très injuste; ce n'est pas la peine de ressasser cette vieille histoire; cependant, il est étrange qu'une femme si calme se montre implacable à propos d'une affaire qui ne peut l'avoir personnellement touchée en rien.

La Princesse. — Elle avait de l'attachement pour votre femme; la pitié est un sentiment très fort chez une personne comme Claire.

L'Estrange. — Elle n'en a aucune pour moi.

La Princesse. — Mon cher lord l'Estrange, elle est probablement aussi convaincue que je le suis moi-même que vous ne sauriez jamais être un sujet de compassion.

L'Estrange. — Parlez sérieusement, chère princesse; après ce que je vous ai dit, vous devez croire sûrement que mon admiration pour votre amie est si forte, qu'il faut l'appeler d'un autre nom; par conséquent, sa froideur m'est plus que pénible. Dans ces conditions, c'est insensé à moi de rester à Rome.

La Princesse. — Oh! elle doit retourner à Paris à la mi-carême. Mais, dites-moi donc en toute franchise si cette passion irait jusqu'à vous faire faire une folie matrimoniale?

L'Estrange. — Vous êtes son amie et vous appelez cela une folie?

La Princesse. — Certainement; au point de vue du monde, qu'était-ce que votre mariage avec la fille du

jardinier? Claire est une célébrité, sans être de haute
naissance; elle n'est pas riche, et les dédains de la
société l'ont froissée; ils sont comme la suie de
Londres, qui vole au moindre souffle du vent et qui
s'abat sur vous; sa couleur noire vous donne un air
tout drôle, bien que vous soyez blanc comme neige.

L'ESTRANGE. — Princesse, elle est votre amie;
croyez bien qu'il n'est pas dans mes intentions de vous
offenser ni l'une ni l'autre par une curiosité frivole, en
vous demandant en honnête homme si elle est libre
de se marier?

LA PRINCESSE. — Avec vous?

L'ESTRANGE. — Oui, si vous voulez. Est-elle libre?
Le bruit court, c'est même plus qu'un bruit, que
Glyon n'est pas mort.

LA PRINCESSE. — Mais, l'épouseriez-vous?

L'ESTRANGE. — Ayez d'abord la bonté de répondre
à ma question.

LA PRINCESSE. — Alors oui, cent fois oui ; elle peut
être votre femme, si elle veut ; elle peut l'être en toute
sécurité de conscience, tout aussi bien que je suis celle
de Carlino. Est-ce bien ce que vous souhaitez? j'en
doute très fort.

L'ESTRANGE. — Je commence à le désirer passionnément; je le lui ai donné à entendre hier soir.

LA PRINCESSE. — Et qu'a-t-elle dit?

L'ESTRANGE. — Rien; nous avons été interrompus;
vos salons étaient si pleins !

LA PRINCESSE. — Voyons, parlons sérieusement.
Dites-vous que vous êtes, pour la seconde fois, désireux
de donner votre titre à une femme sans naissance?

L'Estrange. — Si je voulais donner à votre amie tout ce que je possède, ce n'est point vous, princesse, sans doute, qui le trouveriez mauvais. Elle a un grand génie et, j'en suis sûr, une noble nature. Cela vaut bien seize quartiers. Je suis conservateur à certains points de vue, mais je n'ai pas de préjugés.

La Princesse. — Vous pensez, j'en suis convaincue, ce que vous dites maintenant, ou du moins vous vous l'imaginez. Mais je crains que... Vous êtes tellement inconstant...

L'Estrange. — Si vous le croyez, c'est à tort.

La Princesse. — Je veux dire, par exemple, que, lorsque vous voyez une pièce rare de céladon ou de craquelé qui vous charme, vous vous ruineriez pour vous la faire adjuger. Mais alors que vous l'avez eue dans votre collection pendant quelque temps, vous commencez à vous dire que peut-être l'objet n'est pas authentique, que peut-être il ne vaut pas le prix qu'il vous a coûté, que peut-être quelque autre amateur a l'équivalent, sinon mieux encore ; et alors, peu à peu, vous vous dégoûtez complètement de la pauvre pièce, et vous ne demanderiez qu'à la mettre hors de vos vitrines si vous étiez seulement convaincu de la chose. Maintenant vous avez déjà traité une femme comme une pièce de céladon, et quoique votre ardeur d'aujourd'hui vous incite à en payer une autre n'importe quel prix, je craindrais qu'avec le temps il n'en fût pour celle-là comme pour la première, si vous arriviez à vos fins. Claire n'est pas une pièce de porcelaine, c'est une femme très sensible et très fière.

L'Estrange. — Vous avez une pauvre opinion de moi; votre amie vous a inoculé ses sentiments.

La Princesse. — Pouvez-vous nier qu'à l'égard de certains bibelots vous allez, par degrés, de l'adoration à l'indifférence, de l'indifférence au doute, et du doute à un dégoût complet?

L'Estrange. — On déprécie ou l'on surfait toujours ce que l'on possède; mais votre comparaison n'est pas tout à fait juste. J'ai des pièces de vieux saxe, de japon, de craquelé, dont je suis toujours aussi épris depuis vingt ans. C'est seulement quand il y a doute qu'arrive le caprice, suivi du mécontentement.

La Princesse. — Eh bien, Claire serait comme la porcelaine qui vous inspire des doutes. Si vous réussissiez à en faire votre femme, vous seriez toujours à vous dire : qu'est-ce que le monde pense d'elle?

L'Estrange. — Quel pauvre homme je suis à vos yeux!

La Princesse. — Non, non ; mais seulement un amateur qui n'est satisfait de ses collections que si tout le monde les lui envie. L'envie est la marque que la société frappe sur ce qu'il y a de mieux en toute chose, comme on met, je crois, deux L croisées sur le vieux sèvres ; et à moins que votre sèvres n'ait deux L croisées, vous n'y tenez pas, n'est-il pas vrai?

L'Estrange. — Vous êtes si spirituelle, princesse, qu'avec vous on est toujours distancé ; ce que je demande aujourd'hui, ce n'est pas de l'esprit, c'est de la sympathie.

La Princesse. — Tâchez d'en inspirer à Claire.

Madame Glyon *entre sans voir l'Estrange. Elle*

*tient une grosse touffe de coucous et de narcisses
à la main, elle s'adresse à la princesse en les lui
montrant.*

Laure, voilà qui est plus joli que vos camélias et vos
azalées ; je vais les mettre dans votre jardinière véni-
tienne. (*Elle aperçoit l'Estrange.*) Vous encore ici,
lord l'Estrange ? Bonjour. Pourquoi dire bonjour,
même quand vêpres sonnent ?

L'Estrange. — L'heure du dîner est le seul méri-
dien que nous reconnaissions. Vous avez, j'imagine,
trouvé ces fleurs dans le bois Doria ?

Madame Glyon. — Oui, j'en arrive avec Bébé.

La Princesse. — Ah ! mon Bébé ! je vais aller le
voir : j'espère que vous ne l'aurez pas fatigué ;
bientôt il vous aimera plus que moi, je le crains.

Madame Glyon. — Je serai partie dans dix jours
et alors il m'oubliera.

(*La princesse sort ; l'Estrange s'approche de madame Glyon pendant qu'elle arrange les fleurs.*)

L'Estrange. — Croyez-vous qu'il soit si facile, même
à un enfant, de vous oublier ?

Madame Glyon. — Oui, très facile ; Bébé est un
petit homme ; après les œufs de Pâques, il ne me re-
connaîtra plus.

L'Estrange. — J'aime à croire qu'arrivé à l'âge
d'homme il ne sera pas aussi ingrat. Je voudrais que
vous eussiez plus conscience de l'impression que vous
faites sur nous, lorsque nous vous voyons avec nos
yeux, comme disent les Espagnols. Bien des gens s'estiment trop haut ; vous commettez la faute tout opposée
en n'ayant pas une assez grande idée de vous-même.

MADAME GLYON. — Non ; je connais mon fort et mon faible. Je puis forcer le public à admirer mes œuvres, mais il n'a jamais été en mon pouvoir d'avoir de l'empire sur un être vivant. Il en est ainsi de certaines gens : la puissance de leur volonté se dépense sur l'art ; et dans les actes de leur vie, ils ne montrent que faiblesse, et écrivent leur nom sur la poussière.

L'ESTRANGE. — Vous écrivez le vôtre en traits de flamme sur le cœur des hommes. Me permettriez-vous de vous répéter ce que je n'ai pas su vous dire assez bien hier soir ? Voulez-vous ?...

MADAME GLYON. — Renoncez-y, je vous prie. Ce sera pour moi comme si vous n'aviez rien dit ; vous n'avez parlé que par entraînement, fantaisie du moment ! Nous savons tout ce que peut coûter un caprice de ce genre.

L'ESTRANGE. — Ne pourrez-vous jamais oublier cette folie ? Après tout, ce n'est pas un crime.

MADAME GLYON. — Je trouve que c'en était un.

L'ESTRANGE. — S'il en est ainsi, laissez-le dans la tombe.

MADAME GLYON. — Dans *sa* tombe à elle.

L'ESTRANGE. — Vous êtes très injuste ; vous appelez mon malheureux mariage tantôt fantaisie, tantôt crime ; il ne peut être l'un et l'autre à la fois. Si je suis aussi léger que vous le pensez, il est injuste de m'imposer des responsabilités aussi lourdes. Je ne vois pas l'importance que cet acte de ma vie passée peut avoir à vos yeux.

MADAME GLYON. — Aucune ; seulement je sais que ce que vous dites éprouver pour moi n'a pas plus de force et ne durerait pas plus longtemps que vos sentiments pour la fille du jardinier dont vous aviez fait une comtesse.

L'ESTRANGE. — Juste ciel! Comment puis-je vous persuader? Quel rapport voulez-vous établir entre votre génie, votre éclat, votre gloire, et cette pauvre enfant, dont la simple beauté physique m'a fait perdre la tête dans un accès de passion brûlante et braver les railleries du monde?

MADAME GLYON, *le regardant d'un air sévère.* — Il n'y a pas tant de différence : je suis du peuple ; votre monde, s'il ne se moque de moi, me calomnie souvent. Pour m'épouser, il faudrait qu'un homme ne tînt pas compte du qu'en-dira-t-on, qu'il eût assez de courage pour braver les conventions du monde, et qu'il restât aussi sourd qu'un bloc de marbre aux vains propos des langues empoisonnées. Lord l'Estrange, vous n'êtes pas cet homme-là.

L'ESTRANGE. — Je pourrais le devenir pour vous.

MADAME GLYON. — Vous le pensez en ce moment ; je crois à votre sincérité ; mais vous vous faites illusion à vous-même. Vous ne résisteriez jamais à la pression du monde aristocratique. Aujourd'hui vous ne me voyez que par vos propres yeux et vous me rendez plus que justice ; mais si je vous écoutais... bientôt vous me verriez avec les yeux des autres et vous vous repentiriez une fois de plus d'avoir agi comme un insensé.

L'ESTRANGE, *avec amertume.* — Ah! si vous raisonnez avec tant de sagacité et de sang-froid, c'est parce que je n'ai pas touché une seule fibre de vos sympathies; parce que je n'ai pas su accélérer un seul des battements de votre cœur; si vous éprouviez le moindre sentiment pour moi, vous ne me condamneriez pas avec une logique si glaciale.

MADAME GLYON *baisse les yeux en regardant les fleurs.* — Je ne suis pas insensible à l'honneur que vous me faites, et je crois à la sincérité momentanée de vos protestations, mais... c'est tout!

L'ESTRANGE. — Que faut-il faire pour que vous me croyiez?

MADAME GLYON. — Rien ne saurait me convaincre de la durée d'une fantaisie qui date du carnaval et que vous aurez bientôt oubliée, comme Bébé l'aura fait à Pâques.

MADAME GLYON *sonne. Un domestique entre.* — Donnez-moi de l'eau pour cette jardinière. Lord l'Estrange, pourquoi vous faire et me faire de la peine? Allez en paix; et bientôt, lorsque vous vous réveillerez de cette passagère folie, vous direz : Comment ai-je été sur le point de brûler mes vaisseaux une seconde fois, parce que les tableaux d'une femme avaient une *morbidezza* qui me charmait.

L'ESTRANGE. — Que vous êtes cruelle! Que vous êtes injuste! vous avez absolument tort!

MADAME GLYON. — Voilà Jean qui apporte de l'eau ; il comprend très bien l'anglais.

L'ESTRANGE. — Mais si je pouvais vous convaincre de la sincérité de mes sentiments, de leur constance, auriez-vous encore quelque motif qui vous défendît de m'écouter?

MADAME GLYON. — C'est du temps tout à fait perdu de discuter l'impossible.

L'ESTRANGE. — Faites-moi du moins l'honneur d'une réponse franche. Seriez-vous libre de m'accorder ce que je sollicite de vous?

MADAME GLYON. — Que voulez-vous dire?

L'ESTRANGE. — Je vais vous répondre tout brutalement : Glyon vit-il encore?

MADAME GLYON. — Si quelqu'un avait sur moi l'ombre d'un droit, soyez sûr que je ne vous aurais pas laissé prononcer des paroles semblables à celles que vous avez dites; mais de pareilles questions n'ont pas de sens. Lord l'Estrange, puisque vous voulez savoir à quoi vous en tenir, je vais vous répondre clairement : je vous refuse.

L'ESTRANGE. — Je vous quitte ; veuillez m'excuser auprès du prince. (*Il sort.*)

MADAME GLYON, *après avoir arrangé les fleurs, congédie le domestique; puis elle se jette dans un fauteuil et fond en larmes.* — Il m'aime maintenant ! et si j'avais le courage de continuer à jouer cette comédie, il m'aimerait peut-être toujours; je pourrais refaire mon mariage sans qu'il y ait besoin de lui avouer la vérité; mais je ne voudrais pas le reconquérir par un mensonge; ce serait trop indigne. Peut-être ai-je eu tort d'aller si loin ; mais n'était-ce pas une tentation irrésistible de voir ce cœur froid se réchauffer et de le faire battre de nouveau? de voir cet esprit si délicat retrouver en moi son idéal? Il m'est si cher! Comment ne s'est-il pas aperçu que la violence de mon ressentiment n'était qu'une conséquence de mon amour pour lui. Maintenant même, ne pourrions-nous pas être heureux...? Non..., non..., s'il savait la vérité, je perdrais tout charme à ses yeux. Il se reprendrait à avoir encore peur du passé; il retrouverait la paysanne dans ma démarche, dans mon organe, dans mes manières; je lui fais l'effet d'une muse, d'une déesse... Mais s'il savait! il est tellement l'esclave inconscient de sa fantaisie, l'esclave d'un pur caprice! S'il apprenait qu'il est tombé amoureux de sa femme, il éprouverait le désenchantement d'un enfant qui voit la fée d'une pantomime, dépouillée de ses ailes diaphanes et de sa couronne d'or, marcher dans la boue en costume de ville. Il ne vit que de sa fantaisie, comme un enfant. Non, je ne saurais supporter une seconde fois sa désillusion de chaque jour, son impatience que la politesse seule tempérerait, son mécontentement faisant place à la tendresse, sa critique incessante succédant à l'adoration! Non, je ne pourrais plus subir cette épreuve. Il vaut mieux rester pour toujours séparés. J'ai mon art... lui, il a le monde! il sera heureux. D'ici trois mois, il aura oublié mon refus; et cependant... ô ciel!... qu'il est cruel de ne pas lui crier: Mon amour!... mon amour!

SCÈNE VI

L'atelier de Dorian.

La Princesse. — Est-il vrai que Dorian soit parti?

Lady Saint-Asaph. — Oui, pour le Soudan. J'en bénis le ciel!

La Princesse. — Oh! ma chère, est-ce possible? Abandonner ainsi cette délicieuse vie de Rome; vendre toute sa collection! c'est par trop regrettable! Et ses thés du mardi, pendant le carnaval, n'étaient-ils pas tout ce qu'on pouvait imaginer de plus agréable? Comment pouvez-vous bénir le ciel de son départ! et ce joli nègre, et la théière niellée!

Lady Saint-Asaph. — Vous savez, chère princesse, pourquoi j'en bénis le ciel; une séparation momentanée vaut beaucoup mieux pour lui, qu'une vie de regret éternel. Vous pouvez acheter la théière, à sa vente; quant au nègre, il est parti avec lui pour l'Afrique.

Lady Cowes. — Il va sans dire qu'il reviendra avec un autre nègre dans un ou deux ans, et qu'il recommencera à acheter des théières, et à réunir des tapisseries anciennes dans un autre atelier; s'éloigner était le parti le plus sage à prendre.

Ipswich. — Est-il vrai, princesse, que c'est votre belle amie qui l'a décidé à partir pour le Soudan en s'occupant trop de l'Estrange?

Lady Cowes. — Tout le monde sait cela, lord Ipswich, excepté peut-être la princesse.

La Princesse, *vivement*. — C'est absolument faux.

Lady Cowes *et* lady Saint-Asaph, *ensemble*. — Oh! chère princesse!

La Princesse. — Absolument faux! Si vous tenez à le savoir, Claire a refusé, et Alfred Dorian, et lord l'Estrange. Vous me faites commettre des indiscrétions, tant vous êtes obstinées, perfides et peu charitables.

Lady Saint-Asaph, *de mauvaise humeur*. — Elle n'a certainement pas refusé Alfred Dorian, nous lui en avons parlé; nous sommes cousins; il nous a donné raison; c'est ce qui l'a décidé à partir pour l'Afrique.

La Princesse. — Comme si Dorian était une créature assez méprisable pour gloser et faire gloser. Il va sans dire que vous ne me croyez pas; mais je sais qu'elle l'a refusé dans cet atelier même.

Lady Cowes. — C'est vraisemblablement elle qui vous a dit cela?

La Princesse. — Elle ne m'a rien dit; c'est de Dorian lui-même que je le tiens. Il était navré. Ce ne sera plus jamais ni le même homme, ni le même artiste.

Ipswich. — Et l'Estrange, est-il également navré? En vérité, je n'en crois rien; il achetait ce matin des brocarts au Ghetto avec un entrain inimaginable.

La Princesse. — Il ne plane jamais au-dessus des brocarts et des bibelots! Non, ce n'est pas là ce que je veux dire; quand il lui plaît d'être agréable, il peut être charmant; mais je regrette de le voir s'absorber dans des antiquailles; après tout, cela vaut peut-être mieux que des chevaux.

LADY SAINT-ASAPH. — Il me semble vous avoir entendu dire qu'il faisait la cour à votre amie? Elle n'est pas une antiquaille, car elle n'est connue que depuis cinq ans.

LA PRINCESSE. — Vous voulez dire depuis que tout Paris s'est engoué de son tableau des *Glaneurs*. Parle-t-on jamais d'un artiste avant qu'il expose quelque chose?

IPSWICH. — Voyons, princesse, vous ne prétendez pas dire qu'elle a refusé l'Estrange?

LA PRINCESSE. — Je suis très fâchée d'en avoir parlé, c'est le tort que j'ai eu; mais, puisque je l'ai dit, je ne puis pas me dédire, et c'est vrai.

IPSWICH. — En vérité, cela me confond! Quand son mariage d'il y a douze ans avait été une telle sottise!

LADY SAINT-ASAPH. — Il ne s'agit pas là d'une circonstance même à moitié aussi innocente qu'un mariage absurde; le mari de madame Glyon vit encore, la princesse nous l'a affirmé l'autre jour.

LA PRINCESSE. — Vous vous êtes complètement trompées, car mon amie est tout à fait libre d'épouser lord l'Estrange si le cœur lui en dit.

LADY COWES. — Eh bien, suivant moi, il ferait mieux de prendre d'abord quelques informations à Paris... C'est ce dont vous auriez dû vous enquérir vous-même, chère princesse!

LA PRINCESSE. — Je ne fais jamais d'inquisition sur mes amis; je suis née dans une maison de campagne sur le Saint-Laurent, où personne n'est initié, croit-on, aux bonnes façons, et l'on m'a appris, cependant, que se glisser derrière les gens pour s'immiscer dans leurs affaires était une chose malséante ; dans le monde, je vois tant de gens qui me paraissent de mauvais ton. (*Lady Cowes et lady Saint-Asaph rient légèrement.*)

IPSWICH. — Oui, oui, le monde n'est pas ce qu'il y a de plus parfait, il faut en convenir ; nous nous écorchons les uns les autres horriblement. Voilà l'Estrange qui vient, je le parierais, pour examiner la théière niellée.

L'ESTRANGE *entre, salue et s'adresse à lady Saint-Asaph.* — Combien je suis attristé du départ de ce pauvre Dorian ! Est-il vrai qu'on doive vendre tout cela ?

IPSWICH, *à part.* — Voilà ce qui le touche ! pas autre chose : il vise la théière et les tapisseries ! Si vous voulez que vos amis prennent un intérêt réel à votre disparition ou à votre mort, il faut collectionner des objets rares, potiches, poteries, tentures, fer forgé, etc., etc.

L'ESTRANGE. — Va-t-on réellement faire une vente ?

LADY SAINT-ASAPH. — Oui, il ne compte pas revenir.

L'ESTRANGE. — Il reviendra ; personne ne peut vivre loin de Rome lorsqu'on en a une fois goûté le charme.

LADY SAINT-ASAPH. — On doit tout vendre ; il a donné carte blanche à Costa.

L'ESTRANGE. — Il aime beaucoup Costa. Je regrette

tant Dorian! Il est peu d'hommes dont l'esprit soit aussi distingué, et la société aussi cordiale.

LA PRINCESSE. — Comme vous, nous regrettons ces charmantes réceptions du mardi, et ces tapisseries solennelles qui semblaient gourmander notre frivolité...

LADY SAINT-ASAPH. — Il nous faut reprendre le chemin de la maison. Adieu, chère princesse; nous nous reverrons chez madame Minghetti. (*Elle sort avec lady Cowes et Ipswich.*)

LA PRINCESSE. — J'attends ici Carlino; il désire examiner tous les objets avant l'exposition publique. Il paraît que Dorian avait un merveilleux *trasferato* acier et argent.

L'ESTRANGE. — Oui, je le connais; c'est exquis, je m'en vais immédiatement voir Costa et j'essayerai d'acheter le tout en bloc, pour empêcher que l'on n'en fasse une vente. Dorian a bien tort de vouloir se défaire de sa collection; on ne devrait jamais disperser ainsi ce que l'on possède.

LA PRINCESSE. — Je disais à l'instant même, lord l'Estrange, que vous n'aimiez que le brocart et le bric-à-brac; cela semblait un peu dur, mais vous voyez que c'est vrai; Alfred Dorian vous est bien indifférent; vous ne songez qu'à acheter ses dépouilles, exactement comme Carlino.

L'ESTRANGE. — Princesse, je pense à les acheter, il est vrai, mais c'est seulement pour la raison que je veux conserver l'atelier de Dorian, en sorte que lorsqu'il reviendra, comme il le fera certainement, il puisse le retrouver tel qu'il l'a laissé, si cela lui convient.

Il n'aura qu'à me rembourser; je ne voudrais pas voir disperser ses objets d'art.

La Princesse. — Oh! réparation d'honneur! Je vous ai mal jugé. Mais comment pouvez-vous acheter des brocarts au Ghetto, quand vous prétendez que l'indifférence de Claire vous rend si malheureux?

L'Estrange. — L'un n'empêche pas l'autre ; nos habitudes ne font-elles pas partie de nous-mêmes? On les endosse comme ses vêtements chaque matin; d'ailleurs, il faut que je vous dise que je ne m'attriste pas comme ceux qui sont sans espérance; madame Glyon, j'en suis convaincu, me rendra justice un jour, de même que vous le faites en ce moment, pour une question moins importante.

La Princesse. — Malheureusement elle va partir.

L'Estrange. — Pour Paris? Eh bien! j'y passe habituellement le printemps; je ne vois pas, quant à moi, grand inconvénient à ce qu'elle y retourne; s'il n'y en avait pas de plus grand...

La Princesse. — Voudriez-vous sérieusement la faire comtesse?

L'Estrange. — Je voudrais très sérieusement en faire *ma* comtesse, si vous aimez cette formule; quant à moi, je préfère dire ma femme; c'est, il me semble, une expression plus tendre.

La Princesse. — Savez-vous, lord l'Estrange, que vous commencez à me plaire beaucoup?

L'Estrange. — J'en suis très heureux !

La Princesse. — Je n'aurais jamais cru que vous eussiez tant de cœur; n'est-ce pas seulement éphémère, dites?

L'Estrange. — Autant que je puis répondre de
moi, non, ce ne l'est pas. Elle m'a congédié à l'aide de
fleurs et d'un domestique ; il m'est très difficile
d'avoir une nouvelle entrevue avec elle. Elle a été si
froide ! Elle semble toujours disposée à considérer
comme une impertinence le plus grand compliment
qu'un homme puisse adresser à une femme.

La Princesse. — J'ai fait ce que j'ai pu, mais
Claire a des idées qu'il est impossible de modifier ; il
me semble que vous feriez mieux de ne pas la persécuter davantage.

L'Estrange. — La persécuter ! mais, princesse,
c'est une accusation de brutalité ! Je crois que vous
me conseillez tout simplement de piétiner sur place.

La Princesse. — Oui, c'est ce que je veux dire ; je
comprends tout à fait votre impatience. Vous êtes un
grand personnage et vous occupez une très haute position ; vous donneriez tout ce que vous possédez à
Claire, et naturellement vous attendez que l'on réponde à votre générosité, au moins par de la reconnaissance ; seulement tout est compromis par le fait
que vous avez été aussi généreux envers cette pauvre
paysanne, et que vous vous en êtes repenti.

L'Estrange. — Je trouve dur qu'une folie passée
depuis si longtemps, et qui, après tout, était une folie
chevaleresque, soit toujours invoquée contre moi.

La Princesse. — Peut-être est-ce dur, mais il est
bon pour vous de savourer au moins une fois le fruit
salutaire de l'amertume. Vous n'avez été nourri que
de miel. (*Le prince entre.*) Carlino, il est inutile que
vous fassiez des pas et des démarches pour le *trasfe-*

rato; lord l'Estrange est sur le point d'acheter tout en bloc par traité particulier.

LE PRINCE. — Serait-il vrai, *caro mio?*

L'ESTRANGE. — Je vais essayer, n'importe à quel prix; c'est une vraie folie de démeubler ce charmant atelier, où Dorian reviendra certainement.

LE PRINCE. — Quand il n'aura plus le cœur déchiré par l'indifférence de la Glyon. Laure devrait renvoyer cette dame à Paris; elle met le trouble ici; voilà maintenant San-Elmo qui ne rêve que de l'épouser; c'est un bon prince, énormément riche et de plus un beau garçon; elle l'acceptera, je présume.

LA PRINCESSE. — Non, elle ne l'acceptera pas; vous ne comprenez pas, Carlino, elle ne veut pas se remarier.

LE PRINCE. — Oh oui! c'est une muse et tout ce qui s'ensuit! elle ne s'en décidera pas moins, vous verrez, pour un gros parti quand il viendra. Dorian n'en était pas un, ce n'était qu'un joli parti, que votre amie n'avait garde d'accepter: elle est ambitieuse; cela se voit rien que dans sa manière de porter la tête. Maintenant San-Elmo est un mariage mirifique; on ne peut en faire un plus beau, à moins qu'il ne s'agisse d'un trône. Prince romain, duc espagnol, margrave hongrois et riche!... Ah! si j'étais seulement aussi riche!

LA PRINCESSE, *bas à l'Estrange.* — Ne vous faites-vous pas l'effet d'être chez Christu ou à l'hôtel Drouot et de disputer au feu des enchères contre lord Dudley une tasse de vieux saxe?

L'ESTRANGE. — Je n'ai que faire de ce coup d'aiguillon.

Le Prince *à l'Estrange*. — Venez-vous avéc moi, via Margutta? Si Costa n'accepte pas de vous vendre tout en bloc, j'aurai un mot à lui dire à propos du *trasferato*.

L'Estrange. — Certainement. La princesse veut-elle être de la partie?

La Princesse. — Non; j'ai rendez-vous avec Claire pour aller bien loin, dans un couvent, voir une madone de Mino que l'œil d'aucun homme ne doit profaner. (*Madame Glyon entre. Le Prince et l'Estrange la saluent et sortent.*)

La Princesse. — Claire, il est sur le point d'acheter toute la collection de Dorian, pour la lui garder jusqu'à son retour d'Afrique. N'est-ce pas bien de sa part? Savez-vous qu'il est charmant, quand on le comprend. Je crois vraiment que vous n'êtes pas tout à fait juste avec lui.

Madame Glyon. — Je reconnais que j'ai eu tort de venir ici; j'ai permis à une noble nature comme celle de Dorian de fixer sur moi ses espérances, ce qu'il n'aurait jamais fait si nous ne l'avions pas, tacitement au moins, induit à croire que mon mari n'était plus de ce monde. Je ne me pardonnerai jamais d'avoir troublé l'heureuse et noble existence de ce grand artiste. Mais, croyez-le comme je le dis, je n'avais jamais imaginé que ses sentiments pour moi fussent autre chose qu'une sympathie produite par l'art et par les mêmes goûts, jusqu'au jour où il m'a fait ici ses aveux.

La Princesse. — Et maintenant, au dire de Carlino, voilà San-Elmo qui se met aussi sur les rangs!

Madame Glyon. — Oh! ce beau jeune homme ne

manquera pas de consolations. Pour Dorian, c'est tout différent ; j'ai été coupable envers lui.

La Princesse. — Et je pense que vous n'êtes pas sans avoir quelque chose à vous reprocher à l'égard de lord l'Estrange?

Madame Glyon. — Dans une position aussi fausse que la mienne, comment être correcte avec tout le monde? Une fausse position est comme un objectif défectueux pour la photographie, alors rien n'est au point; dans tout ce que j'ai fait, mes intentions ont été innocentes, mais la dissimulation mène toujours à une faute, ou à une autre.

La Princesse. — Non, non; une faute est une expression exagérée, un trop vilain mot; il ne vous convient pas du tout; vos plus grands défauts, qui ne sontpas très graves, sont l'orgueil et un excès de sensibilité. Mais vraiment, Claire, il vous aime maintenant; et ce n'est plus seulement un caprice; je ne puis comprendre pourquoi vous ne vous déclarez pas.

Madame Glyon. — Il serait instantanément désenchanté; il est simplement sous le charme de l'imagination. L'autre jour, il a vu dans l'atelier de Costy la maquette de mon pied et il l'a déclaré parfait; s'il savait maintenant que ce pied a marché en sabots dans la terre labourée, il trouverait immédiatement que la cheville est trop grosse et le cou-de-pied trop élevé. Hélas! je le connais si bien...

La Princesse. — Mais vous lui faites tourner la tête.

Madame Glyon. — Ce n'est qu'un caprice de dilettante.

LA PRINCESSE. — Eh bien, je crois que vous lui
faites tort. Je l'ai dit cinquante fois et je n'aurais pas
cru avoir à le dire une seule ! Voudriez-vous m'autoriser
à tenter l'expérience dont je vous-ai parlé l'autre jour?
Il devrait au moins savoir que vous existez. Si vous
continuez à le repousser, il peut chercher des consolations ailleurs, puis vouloir épouser sa consolatrice;
alors, force vous sera de lui faire des aveux coûte que
coûte.

MADAME GLYON. — Oh non ! j'ai gardé le silence
depuis douze ans, je peux bien continuer toute ma
vie ; ne me trahirez-vous jamais?

LA PRINCESSE. — Jamais ; à moins que vous ne m'en
priiez. Mais je crois que vous avez tout à fait tort ; par
nature, le sacrifice vous fascine ; et du moment qu'il
est question de martyre, vous n'admettez pas que l'on
puisse s'y soustraire.

MADAME GLYON. — Comme vous devenez logique et
subtile dans vos arguments! Je ne vous savais pas
capable de pénétrer si profondément le cœur humain.

LA PRINCESSE. — C'est parce que je vous aime et
que je vois toute votre vie sur le point d'être perdue ;
non pas complètement perdue, parce que vos œuvres
sont belles et que vous passez tout votre temps à
faire le bien ; mais perdue au bonheur, à toute sympathie, à toute tendresse et même, vous le savez,
exposée aux calomnies des méchantes langues!

MADAME GLYON. — Peu m'importe ceci.

LA PRINCESSE. — Oh non! vous êtes trop fière, et
le mensonge est sans prise sur vous; cependant
cela finit toujours par vous éprouver, quand le monde

vous couronne d'une main et vous fustige de l'autre ;
voulez-vous me laisser tenter mon expérience ?...
aujourd'hui même ?

Madame Glyon. — Ce serait aussi déraisonnable
qu'inutile. Je suis sûre qu'il reprendrait sa liberté
avec bonheur à n'importe quel prix.

La Princesse. — C'est ce que je verrais si vous
vouliez me laisser faire. Réfléchissez-y ; vous me le
direz ce soir ; ce n'est pas que je veuille vous influencer ; mais vraiment, Claire, ce n'est pas bien à
vous de le laisser donner tête baissée dans de folles
illusions ; quand j'aurai parlé, s'il n'agit pas avec vous
comme il le devrait, du moins il ne vous obligera jamais à revenir avec lui, c'est un trop parfait galant
homme pour cela.

Madame Glyon. — Il n'aura, ma chère, aucun désir
de me revoir quand une fois il saura la vérité ; tentez
votre expérience, comme vous l'appelez ; si dans ces
conditions-là il veut reprendre sa liberté, souvenez-
vous que je serai perdue à jamais pour lui et que je
fuirai à l'autre bout du monde.

La Princesse. — Bien entendu ; mais s'il est fidèle
au souvenir de la femme qu'il croit morte, alors lui
pardonnerez-vous ? (*Madame Glyon ne répond pas.*)

La Princesse, *continuant.* — Qui ne dit mot con-
sent. Allons, partons et qu'il n'en soit plus question ;
j'ai toute mon histoire à inventer.

Madame Glyon. — Il acceptera.

La Princesse. — Il refusera.

SCÈNE VII

Le parc Cimontanara ; sur un banc de pierre sont assis l'Estrange et la princesse, en face la campagne, la porte Saint-
Jean, les montagnes d'Albano.

L'ESTRANGE ET LA PRINCESSE

LA PRINCESSE. — C'est ici que votre patron, saint
Philippe de Néri, catéchisait les jeunes écervelés qui
l'aimaient ; maintenant, moi, qui suis une véritable
étourdie, je vais vous catéchiser ; je vous ai prié de
venir ici parce que chez moi je ne suis jamais sûre de
n'être pas dérangée, et j'ai à vous dire quelque chose
de très sérieux.

L'ESTRANGE. — Je suis convaincu que vous êtes mon
amie, princesse.

LA PRINCÈSSE. — C'est vrai ; seulement, mon amitié
est de peu d'utilité pour vous, maintenant que vous
inspirez à Claire les sentiments que vous souhaitiez...,
mais...

L'ESTRANGE. — Pas de mais, je vous en prie, princesse ; comment puis-je vous remercier...?

LA PRINCESSE. — Il s'agit d'une folie, encore une
autre folie !

L'ESTRANGE. — Je ne peux pas le croire !

LA PRINCESSE. — Pas plus que la première fois.
Êtes-vous sûr que vous ne changerez pas?

L'ESTRANGE. — J'ose le jurer.

LA PRINCESSE. — Même si le monde...

L'ESTRANGE. — Le monde n'aura plus aucun pouvoir sur moi.

LA PRINCESSE. — Il en avait eu il y a douze ans.

L'ESTRANGE. — De grâce, ne parlez plus du passé,
je ne veux vivre que dans le présent; ce que vous
m'avez dit le rend pour moi sans nuage.

LA PRINCESSE. — Attendez donc! j'ai beaucoup à
vous dire encore.

L'ESTRANGE. — Que m'importe le reste, je suis
heureux!

LA PRINCESSE. — Ah! ne dites pas cela; attendez-vous
à tout savoir. Claire se laisserait sans doute gagner,
mais..., je suis effrayée de vous le dire...

L'ESTRANGE, *pâlissant.* — Glyon n'est pas mort?

LA PRINCESSE. — Ce n'est pas cela. Maître Jules Derosne, le grand avocat français qui est venu à Rome
pour l'intronisation des cardinaux français...

L'ESTRANGE. — Qu'ai-je à faire avec cela?

LA PRINCESSE. — Eh bien, je ne sais comment vous
le dire, mais il me faut parler cependant; je ne le ferais pas si vous ne deviez y trouver en même temps
quelque consolation; mais maître Derosne me connaît
depuis mon enfance, il a plaidé un procès pour mon
père contre le gouvernement français; et lorsqu'il a su
que le bruit courait à Rome que vous deviez épouser
Claire dans huit jours, il m'a chargée de vous dire une
chose très grave, que plus que lui, je suis, dit-il, en si-

tuation de vous confier, car vous ne le connaissez pas.

L'Estrange. — De grâce, parlez, princesse ; quelle est donc la terrible chose que sait cet avocat ?...

La Princesse. — Oh! ne plaisantez pas ; maître Derosne en est désolé pour vous. C'est... c'est que votre femme n'est pas morte !

L'Estrange. — Quoi ?

La Princesse. — Oui ; c'est là ce qu'il dit : elle existe ; il la connaît très bien ; il a été son conseil.

L'Estrange. — Juste ciel! qui de nous deux est fou !

La Princesse. — Ni l'un ni l'autre. Oh ! ne prenez pas cette expression effrayante. Vous me faites peur ; on dirait que je vous ai pétrifié.

L'Estrange *se lève et se promène en baissant la tète.* — Je ne vous effrayerai plus, princesse ; accordez-moi seulement un moment pour respirer. Vous m'avez foudroyé.

La Princesse, *bas.* — Je suis désolée ; Derosne ne pouvait s'expliquer plus tôt ; étant son avocat, il se croyait tenu au secret professionnel ; maintenant elle lui a rendu toute liberté parce qu'elle a entendu parler de votre...

L'Estrange. — Mais comment peut-il se faire ? Elle s'était noyée et on supposait que son corps avait été entraîné par la Seine.

La Princesse. — Oui, rien n'est plus vrai ; c'est-à-dire qu'elle s'était précipitée dans l'étang du jardin pour s'y noyer ; son père, venu au couvent en qualité de jardinier, afin d'être près de sa fille, l'avait retirée de l'eau, où elle s'était jetée à deux reprises

sans qu'on s'en aperçût, car c'était le soir; après quoi
son père se cacha avec elle pendant quelque temps
dans la maison d'un garde de ses amis. Ayant entendu dire que vous la croyiez morte, elle ne voulut
pas qu'on vous fît savoir la vérité. Ayant des amies
parmi ses condisciples du couvent, elle confia son
secret à l'une d'elles, lui demandant comment elle
pourrait se procurer un gagne-pain; cette jeune fille
retournait dans son pays aux vacances, et comme elle
aimait votre femme, elle l'emmena avec elle dans sa
famille. Là elle donna des leçons pour vivre, ne voulant pas être à charge à ses amis, bien qu'ils fussent
très riches; quand ils revinrent en Europe, elle les
accompagna, je crois. Il y a des années que maître
Derosne sait tout cela.

L'ESTRANGE. — Et où est-elle maintenant?

LA PRINCESSE. — Vous m'effrayez, lord l'Estrange.
La violence de Carlino n'est pas moitié aussi terrible
que votre flegme anglais. Vos yeux ont l'air de
suivre un fantôme...

L'ESTRANGE. — Ah! j'en vois... et beaucoup! Pas
morte! Ciel! apprendre une telle nouvelle, comme la
pire des calamités qui pouvaient m'accabler... Pas
morte! pas morte!

LA PRINCESSE. — Non. Maître Derosne a fait sa
connaissance, il y a sept ans; il aurait dû vous éclairer
plus tôt.

L'ESTRANGE. — Oui, il aurait dû...

LA PRINCESSE. — Je suppose qu'il ne le pouvait pas.
Les hommes de loi sont comme des confesseurs. Votre
femme a vécu honorablement.

L'Estrange. — Ah !

La Princesse. — Elle a gagné sa vie ici et en Amérique.

L'Estrange. — Elle a été en Amérique ?

La Princesse. — Il le dit. Désireriez-vous la voir ?

L'Estrange, *frissonnant*. — Ne parlez pas de cela ! Je tâcherai de faire mon devoir.

La Princesse. — Mais si elle était autrefois si antipathique à tous vos goûts et à vos prétentions, le serait-elle moins aujourd'hui ? Douze ans passés à travailler sans relâche ne donnent pas la fraîcheur de Ninon, et vous... vous n'êtes pas moins difficile aujourd'hui qu'autrefois... Quel avenir pour vous !

L'Estrange. — Épargnez-moi. Cet avocat me fournira-t-il des preuves que tout ce qu'il prétend est vrai ?

La Princesse. — Oui, certainement ; je suis convaincue, cependant, qu'elle ne désire pas reprendre la vie commune.

L'Estrange se cache un moment les yeux avec les mains.

La Princesse. — Je sais que vous n'êtes pas indifférent à Claire.

L'Estrange. — Épargnez-moi un peu, princesse ! Où est ce maître Derosne ? Il faut que je le voie immédiatement.

La Princesse. — Il habite le palais Farnèse.

L'Estrange. — Vous croyez qu'il dit la vérité ?

La Princesse. — A n'en pas douter. C'est un personnage si important au barreau ; il ne tient qu'à lui d'être nommé juge aussitôt qu'il le souhaitera. Il a

chez lui les lettres de votre femme... et il m'a confié
encore autre chose, lord l'Estrange; c'est ce qui
m'a donné le courage de parler, car s'il n'avait pas
dit le bien avec le mal de la situation, je ne vous aurais
jamais porté un tel coup. Vous savez que vous m'êtes
devenu tout à fait sympathique depuis que vous aimez
Claire.

L'ÉSTRANGE. — Où le bien peut-il être dans tout
ceci?

LA PRINCESSE. — Il paraîtrait qu'à son retour en
France, il y a des années, votre femme est allée trouver, avec une lettre de recommandation, un évêque
français, à qui elle a exposé sa situation; elle l'a consulté à propos de la légalité de son mariage, point
sur lequel elle avait des doutes. Maintenant maître
Derosne m'a dit...

L'ESTRANGE. — Quoi?

LA PRINCESSE. — Eh bien, que son mariage n'est
pas parfaitement légal; il y a des échappatoires par
lesquelles vous pourriez vous dérober; omission de
quelque bagatelle, quelque erreur dans la date de la
naissance de votre femme, résultat de la sottise de ses
parents, dont vous n'êtes pas responsable; mais vous
vous êtes trop occupé de cérémonie religieuse et pas
assez de la cérémonie civile. Lui-même s'expliquerait mieux; il est persuadé que vous pourriez faire
casser votre mariage, l'annuler si vous le désirez. Il
tient pour sûr que la France et l'Angleterre vous
rendraient votre liberté. S'il n'avait pas dit cela, je
n'aurais jamais eu le courage de parler, sachant
comme je le sais aussi, que le bonheur de Claire est

en jeu. (*L'Estrange la regarde sans parler.*) Quelle physionomie vous avez! Vrai, ce sont les propres paroles de maître Derosne; vous pouvez aller le consulter le jour qu'il vous plaira; il est pour un mois au palais Farnèse; il a étudié la question à fond pour votre femme, il y a des années, et c'est un des plus grands avocats de France. Il ne donne jamais son opinion légèrement. (*L'Estrange reste sans dire mot.*) Allons! parlez; vous m'effrayez. J'aurais peut-être dû commencer par vous dire la bonne nouvelle; vous n'avez pas l'air le moins du monde satisfait.

L'ESTRANGE *se levant et se plaçant vis-à-vis d'elle.* — Princesse, je ne sais pas pour qui vous me prenez. Que l'existence de cette pauvre créature soit pour moi la nouvelle la plus terrifiante, c'est ce que je ne puis nier; je ne suis pas un saint, comme était saint Philippe de Néri; mais si vous croyez que je veuille profiter d'une sottise légale pour jeter la honte sur une femme qui dans sa jeunesse a mis en moi sa confiance, eh bien! vous ne me connaissez pas, quoique nous ayons passé tant d'heures agréables ensemble.

LA PRINCESSE. — Mais, enfin, je croyais que vous aimiez Claire!

L'ESTRANGE. — Oh! vous savez que je l'aime passionnément; mais je ne puis m'abaisser à me déshonorer, même pour elle! Juste ciel! m'adresser à des hommes de loi pour traîner dans la boue une créature sans défense, qui s'est donnée à moi dans toute son innocence et en toute bonne foi! Pouvez-vous supposer que je nierais ses droits, n'importe ce qu'il puisse

m'en coûter, simplement parce que l'oubli de quelque
niaiserie légale les lui aura fait perdre?

La Princesse. — Ainsi vous refusez de reprendre
votre liberté?

L'Estrange. — A un tel prix je dois refuser, ou je
ne serais qu'un misérable! Ma vie sera des plus mal-
heureuses, si tout ce que vous dites est vrai, mais au
moins elle ne sera pas entachée de perfidie et de
lâcheté.

La Princesse. — Ah! ah! il y a chez vous des
cordes qu'on peut faire vibrer! J'avais raison. Peut-
être, après tout, ne serez-vous pas si malheureux.
Le regain est quelquefois plus plantureux que la première fenaison; vous bénirez le faucheur, le Temps;
oui, vous le bénirez. Demandez à Claire!

Madame Glyon *s'avance lentement par le fond du*
théâtre. Elle tend les mains à l'Estrange, dans l'at-
titude de la supplication, en disant :

Mon bien-aimé, je vous pardonne; me pardonnerez-
vous? ou me rejetterez-vous? (*Il tressaille, recule,*
puis la presse dans ses bras et s'écrie :)

Grand Dieu! comment ai-je pu avoir été aussi
aveugle?

A CAMALDOLI

CHEZ LES CAMALDULES

PERSONNAGES

LE DUC DE BASTIA,
LE MARQUIS DELLA ROCCALDA,
M. WYNNE ELLYS,
LE PÈRE FRANÇOIS,
LA COMTESSE DE RIOM,
MADAME DE SAINT-ANGE,
MADAME VANSCHELDT.

L'hôtel du monastère, la pharmacie.

LA COMTESSE. — On voudrait être malade pour avoir un prétexte de venir ici.

LE DUC. — Pour mon compte, il me suffit d'y acheter des liqueurs.

LA COMTESSE. — Connaissez-vous rien de comparable à ces vieux flacons bleus? c'est du pur savone! J'en ai offert des sommes folles, mais les moines sont inflexibles, rien ne peut les tenter.

LE DUC. — De grâce, comtesse, ne les induisez pas en tentation. Vendre est le fléau actuel de l'Italie. On est heureux de constater qu'il y a encore des grilles de

LES FRESQUES.   17

couvent impénétrables à la corruption. Trop souvent il n'en est pas ainsi, et nos anges de marbre, vendus sans pitié, s'en vont frissonner dans les brouillards de Londres ou les neiges de Berlin!

LA COMTESSE. — N'est-on pas ici en plein quatorzième siècle? L'apothicaire de Romeo devait avoir des fioles pareilles à celles que voilà.

LE DUC. — Mon vieux palais de Squillace vous plairait, je crois, madame, car il est rempli de poteries semblables à celles que vous admirez. Elles sont tout aussi poudreuses que l'on peut le souhaiter.

LA COMTESSE. — Que j'aimerais à les épousseter!

LE DUC. — Vous, comtesse? quelle joie ce serait pour moi! Vrai, les toiles d'araignée me feraient commettre le péché d'envie.

LA COMTESSE. — Comment! quand je les détruirais!

LE DUC. — Mieux vaut être détruit que d'être indifférent.

LA COMTESSE. — C'est selon les goûts et les idées des gens!

MADAME VANSCHELDT. — Comment ça va, duc? Bon Dieu, que venez-vous faire ici?

LE DUC. — S'il n'était pas impoli de répondre à une question par une autre, c'est moi qui vous demanderais pourquoi vous êtes à Camaldoli, vous l'idole de Paris, la reine d'Aix, le boute-en-train de Londres?

MADAME VANSCHELDT. — Charmant! adorable! Ce qui ne vous empêche pas, j'en suis certaine, de dire : Cette horrible Américaine, en parlant de moi derrière mon dos; inutile de chercher à vous disculper par un faux-fuyant. Eh bien, duc, n'en peut-on pas moins connaître le motif qui vous a décidé à venir vous enterrer sous ces pins?

Le Duc. — Mon adoration pour les Américaines!

Madame Vanscheldt. — Je ne suis pas assez niaise pour ajouter foi à vos paroles, quand il ne tenait qu'à vous d'épouser Élise Hicks l'hiver dernier! une héritière possédant la plus grosse fortune qui soit encore sortie des chantiers de l'Arkansas! (*A la comtesse.*) Il n'y a pas à en douter; de plus elle est jeune, elle est belle et par-dessus le marché elle a des perles... ah! quelles perles!

La Comtesse. — Et le duc a fait la sourde oreille?

Le Duc. — Exactement comme les moines qui ne veulent pas vendre leurs fioles; nos préjugés ont probablement la même cause.

Madame Vanscheldt. — Encore une fois, duc, que venez-vous faire chez les Camaldules? Comment pouvez-vous vivre sans club?

Le Duc. — Moi! mais Camaldoli m'agrée en tout point. L'air qu'on y respire est pur, le calme parfait et l'odeur des pins très aromatique; puis, comme la comtesse le faisait observer, on y trouve aussi de délicieux modèles de céramique pour entretenir en soi le goût des beaux-arts. Que demander de plus! La cuisine, j'en conviens, laisse quelque chose à désirer, mais cela ne dépasse pas la dose de mortification qui convient dans un monastère.

Madame Vanscheldt. — Il n'en est pas moins vrai que vous devez vous ennuyer mortellement ici; ferons-nous un petit baccara ce soir, mon cher?

Le Duc *avec embarras*. — Madame de Riom n'est pas partisan de ce jeu-là.

Madame Vanscheldt. — Quoi? est-ce à dire que la comtesse doit être la directrice de nos consciences? Mais alors nous nous ennuierions autant ici qu'à Boston le dimanche, car elle ne se prête à aucune distraction de ce genre.

La Comtesse. — A vous entendre, on me prendrait pour une puritaine, je ne le suis pourtant pas; seulement, j'ai en horreur tous les jeux de hasard, connaissant par une triste expérience les malheurs qu'ils entraînent après eux.

Madame Vanscheldt *à part*. — Maintenant elle va prêcher comme un jeune dominicain.

La Comtesse. — Non, je ne prêche pas; je ne prêche jamais. Jouez, si bon vous semble; mais pourquoi venir à Camaldoli si vous êtes possédée du démon du jeu?

Madame Vanscheldt. — Pour attendre monsieur Vanscheldt, qui traverse en ce moment l'Océan et aussi, comme le duc le disait tout à l'heure, pour respirer l'odeur si vivifiante des pins. J'ai la poitrine sérieusement atteinte, sans en avoir l'air, paraît-il.

Le Duc. — Personne, également, ne veut voir en moi un phtisique.

Madame Vanscheldt. — Et pourtant ce n'est pas faute, avouez-le, mon cher, d'avoir fait tout ce qu'il faut pour cela. Êtes-vous aussi venue pour vos poumons, comtesse?

La Comtesse. — Non; je viens chercher la retraite au fond de ces solitudes; or voilà que le monde renvoie ses échos jusque sur ces saintes montagnes; ne vous êtes-vous pas fait suivre d'autant de caisses que s'il s'agissait de passer le mois de janvier à Monaco; moi, je n'ai rien apporté que de la serge.

MADAME VANSCHELDT. — Mais aussi quelle serge! Puis tout vêtement dépend de celle qui le porte; votre élégance personnelle est telle, que vous pourriez vous serrer un sac autour du cou et être toujours aussi charmante; tandis que, si je ne fais appel à toutes les ressources de l'art, depuis les pieds jusqu'à la tête, je ne suis plus qu'un vrai laideron, un épouvantail à faire peur aux oiseaux. Pour rien au monde je ne consentirais à adopter ces costumes du matin, façon tailleur, que vous portez et qui vous vont si bien.

LE DUC. — Il y a des saxes charmants, pimpants et coquets; il y a des Vénus de marbre aux lignes classiques et superbes. Les uns et les autres ont droit à notre admiration.

MADAME VANSCHELDT. — Je sais pourtant que vous n'en professez aucune pour moi; l'un de vos amis vous a entendu dire, en propres termes, que je ressemblais à une poupée!

LE DUC. — Ah! en voilà un qui comprend les devoirs de l'amitié; appartient-il au moins au sexe masculin?

MADAME VANSCHELDT. — Il va de soi que, s'il en est ainsi, vous lui ferez une querelle d'Allemand, soit à propos d'un cigare, soit à propos d'un entrefilet quelconque et que vous le pourfendrez avec votre grand sabre, n'est-il pas vrai? Pourquoi donc, je vous le demande, les Italiens persistent-ils à se battre au sabre. C'est si barbare! si primitif!

LE DUC. — L'épée est sans contredit infiniment plus

élégante, et le pistolet beaucoup plus expéditif; mais que voulez-vous? chaque nation a ses préjugés; le sabre est l'un des nôtres.

Madame Vanscheldt. — Je le regrette; l'épée répond mieux à l'idée que l'on se fait de ce que devrait être votre arme nationale. Tenez, duc, l'épée est aux armes blanches ce que la mandoline est aux instruments à cordes.

Le Duc *s'inclinant.* — Dorénavant, madame, je ne me battrai plus qu'à l'épée.

La Comtesse. — J'espère bien que vous ne vous battrez ni au sabre ni à l'épée; c'est si sauvage!

Le Duc. — Soit; mais, d'un autre côté, c'est très salutaire aussi; si l'ami dont madame Vanscheldt parlait...

Madame Vanscheldt. — Cet ami était une amie.

Le Duc. — J'aurais dû m'en douter, quelque femme, probablement, que vos toilettes faisaient mourir d'envie, ou dont j'aurai négligé les quatre à six! La méchanceté a toujours la langue si affilée, si active! Vrai, aux sarcasmes qu'on se décoche réciproquement, on s'étonne qu'il y ait encore deux personnes pouvant vivre en bons rapports.

Le Père François *se rapprochant.* — Les roses de nos montagnes sont de bien modestes fleurs! Néanmoins si Leurs Excellences daignaient les accepter...

La Comtesse. — O mon révérend père! Comment vous remercier? elles sont tout simplement exquises! Monsieur de Bastia, ayez la bonté, je vous prie, de lui dire en mon nom quelque chose d'aimable.

Madame Vanscheldt. — Pauvre homme! nous en

commandons des milliers pour un bal et nous ne les regardons même pas !

LA COMTESSE. — Que c'est gracieux ! Quelles délicieuses fleurs ! Il faut, en vérité, que j'apprenne l'italien pour pouvoir causer avec ces excellents pères !

LE DUC. — Permettez-moi, madame, de solliciter l'honneur d'être votre professeur.

MADAME VANSCHELDT. — Quand les Italiens enseignent leur langue à une jolie femme, ils commencent toujours par le Dante. Ils débutent par la leçon du livre et n'ont garde d'avancer...

LA COMTESSE. — Nous commencerons par Silvio Pellico.

LE DUC. — Par ce que vous voudrez, comtesse, pourvu que nous finissions par les jardins d'Alcine.

LA COMTESSE. — Les jardins d'Alcine ! c'est dans l'Arioste.

LE DUC. — Oui, mais l'Arioste l'a trouvé dans l'amour ; il y est encore !

(*La Comtesse rougit en jouant avec ses roses.*)

MADAME VANSCHELDT, *souriant.* — Je me demande si l'Arioste est jamais venu ici pour raison de santé ? Ces bons vieux saints vendent-ils des cigarettes ?

LE DUC. — Je ne les crois pas encore arrivés à ce point de civilisation ; on ne trouve à acheter chez eux qu'une sorte d'élixir, pour lequel ils emploient en doses égales l'huile et le miel ; le nom qu'il porte pourrait servir de titre à une ode de Meleager ou d'Ovide : *Le Lagrime del Abete.* Connaissez-vous rien de plus poétique ?

MADAME VANSCHELDT. — Vous me faites venir l'eau

à la bouche, et cependant je serais bien étonnée si cet élixir surpassait le *Pickmeups* [1] du Delmonico !

LE DUC. — Hélas ! notre pauvre vieux monde n'est plus bon à rien.

MADAME VANSCHELDT. — Allons, pas d'hypocrisie ! au fond, mon cher, vous nous contemplez avec un souverain mépris du haut de vos douze siècles de noblesse ! Racontez-les-nous donc un peu vos douze siècles de noblesse ! ce sera plein d'intérêt. Pour mon propre compte, je ne remonte pas plus loin que mon propre père !

LE DUC. — Pourquoi vous gausser de moi ? Ce n'est pas charitable.

MADAME VANSCHELDT. — Je ne prétends à aucune aristocratie ; mais j'apprécie à toute sa valeur l'avantage de posséder un ancêtre qui vaut à lui seul un cours d'histoire. Il y avait des Bastia sous Constantin, n'est-il pas vrai ? Allons, faites-nous l'historique de votre race ; nous sommes d'humeur à nous instruire. Ne trouve-t-on pas, en remontant le cours des siècles, des Bastia rois de Corse ?

LE DUC. — Épargnez-moi, de grâce. Je vous enverrai le volume B de l'Ingherami, et j'éviterai ainsi de vous faire bâiller.

MADAME VANSCHELDT. — Je ne bâillerai pas, je vous le garantis. Vos généalogies italiennes doivent être aussi attrayantes que les contes de fées, ou aussi intéressantes que le cours de M. Caro. Que faire aujourd'hui pour tuer le temps ? Si nous lisions cet Ingherami ? qu'en dites-vous ?

1. Élixir américain, connu à Paris sous le nom de *Réveillecadavre.*

LE DUC. — Je vous lirai le *Décaméron*, là-bas, sous les pins.

MADAME VANSCHELDT. — Aïe ! ..... n'est-ce pas un peu scabreux ?

LE DUC. — Je ferai en sorte de ne pas vous scandaliser. Ce sera ma première leçon d'italien à madame de Riom. Je suis persuadé que, sauf les classes moyennes, les Italiens ont bien peu changé depuis Boccace. La noblesse et le *popolo* sont encore ce qu'ils étaient au moyen âge. Sans doute, il en est d'aucuns qui font poser des sonnettes électriques dans leurs villas et circuler des faucheuses mécaniques sur leurs champs ; or ce ne sont là que des exceptions rares, que l'on voudrait plus rares encore. La vie en Italie est toujours telle qu'un tableau ou une idylle ; dans nos vieux jardins entourés de murs, comme dans nos loggia, on entend résonner le son mystérieux de la mandoline.

MADAME VANSCHELDT. — Eh bien, allons là-bas sous les sapins, et va pour Boccace !

LA COMTESSE. — Si le duc ne le traduit pas, je n'y comprendrai absolument rien.

LE DUC. — Je le traduirai, madame, en tenant compte des susceptibilités bostoniennes de madame Vanscheldt.

MADAME VANSCHELDT. — Mes susceptibilités bostoniennes ont été bien décaties au frottement parisien ; les boulevards produisent fatalement ce résultat. C'est assez pour enlever l'empois de tout collet monté.

M. WYNNE ELLIS. — Vous ne permettriez à personne, madame Vanscheldt, de tenir un propos pareil.

MADAME VANSCHELDT. — Bien entendu ! On rit de

son pays, on se moque de son mari, mais on ne supporte pas de les laisser attaquer devant soi.

Le Duc. — Heureux pays ! époux trois fois heureux !

Madame Vanscheldt. — Quel impertinent !

Le Duc. — Impertinent ! je ne fais qu'envier une félicité qui ne saurait être mienne !

Madame Vanscheldt. — Il ne tenait qu'à vous d'épouser Élise Hicks.

Le Duc. — C'est ce que personne n'a le droit de dire ; au reste, mademoiselle Hicks est sur le point de se marier à un prince Galexinoff. Il y a trois cent trente-cinq princes de ce nom ; j'ignore si le sien est à la tête ou à la queue de la liste.

Madame Vanscheldt. — Vrai, on dirait que vous regrettez ma belle compatriote ; allons, prenons Boccace ; je ne le connais que par une stupide petite opérette tirée de l'un de ses contes. On devrait être plus lettrée quand on arrive, comme je le fais, du centre de l'univers, mais je ne le suis pas.

Le Duc. — Vous avez tant d'autres cordes à votre arc ! Boccace vous aurait adorée surtout avec ce manteau rouge.

Madame Vanscheldt. — L'adoration qui dépend de la couleur d'un manteau ne fera jamais mourir personne de langueur. Savez-vous que je ne vous trouve pas aussi respectueux que vous le devriez être, duc !

Le Duc. — Un homme a-t-il besoin d'être si respectueux envers les femmes, quand il n'a plus vingt ans et pas encore soixante ?

Madame de Saint-Ange. — Non, non, à coup sûr, s'il désire plaire.

MADAME VANSCHELDT. — Comme M. Ellis a l'air scandalisé ! A vrai dire, le sentiment du respect est tellement enraciné chez les Anglais, que je serais bien trompée si, même en s'adressant à une danseuse, ils ne lui parlaient pas avec déférence.

LE DUC. — Ils naissent en habit noir et en cravate blanche. Au risque de scandaliser encore une fois M. Ellis, je vais vous raconter une anecdote qui m'est arrivée à moi-même. Peut-être trouverez-vous qu'elle rappelle trop à Toto chez Tata pour être vraie, néanmoins...

MADAME VANSCHELDT. — Rengainez votre histoire, mon cher, car M. Ellis rougit d'avance ; je ne suis pas sans crainte à l'endroit de Boccace.

LE DUC. — Rassurez-vous, personne n'a plus que moi le respect du respect, tout en reconnaissant avec madame de Saint-Ange que ce n'est pas une qualité aimable. Vous aurez un *Décaméron* que l'on pourrait lire à Boston le dimanche ; que puis-je dire de plus ?

MADAME VANSCHELDT. — Je crains que vous n'en ayez déjà que trop dit ! Enfin, dirigeons-nous du côté des pins et soyons tout oreilles...

LE DUC. — Il y a des auditeurs pour qui les héros de Boccace se changeraient d'eux-mêmes en héros de l'Imitation.

MADAME VANSCHELDT. — Remarquez, duc, que, tout en me parlant, c'est madame de Riom que vous regardez ; peut-être a-t-elle le don de transformer les textes, moi, pas. Eh bien, partons-nous ? Ces bons pères ne seront pas fâchés de retrouver leur liberté, leurs alambics, leurs simples et leurs fleurs. Quels bons et beaux vieillards, dans leurs robes blanches et sous leurs grands chapeaux de paille. Quel coup d'œil varié le monde devait offrir, au temps où chacun portait un costume pittoresque !

Le Duc. — Et quand les moines étaient aussi nombreux que les moineaux sur les arbres. Rien ne *vient* mieux, prétendent les peintres, dans un paysage toscan, que deux religieux vêtus de leurs robes blanches, marchant sur le gazon dans une allée couverte, ou passant sur une route ensoleillée, à l'ombre de pampres aux rameaux verts ; ajoutez à cela le son des cloches et rien ne manquera au tableau.

M. Wynne Ellis. — Un esprit profane et léger peut seul considérer un ordre monastique, ce fléau de tant de siècles, au point de vue décoratif !

Le Duc. — Ah ! cher monsieur Ellis, j'en suis fâché, mais il faut me prendre comme je suis, moi, un païen. N'est-il pas imprudent cependant, si près de l'Alverne, de parler irrespectueusement d'une communauté fondée par saint François? Si vulgaire que soit mon esprit, je ne me sens pas disposé à le faire ; il est, sans doute, des moines peu recommandables ; toutefois, quand il m'arrive de rencontrer un religieux, je lui ôte mon chapeau ; car si lui n'est rien, ou même moins que rien, il n'en offre pas moins l'image d'un passé plus respectable que tout ce que nous pourrons jamais revoir.

Madame Vanscheldt. — C'est un sentiment qui vous fait honneur et j'interdis à M. Ellis de vous chercher querelle ; tout en ayant mangé, comme moi, du potage à la bisque chez Bignon, vous conservez intact en vous l'esprit du quatorzième siècle. Décidément, si nous continuons à bavarder ainsi, nous ne lirons jamais Boccace et le soleil sera couché avant que nous ayons atteint l'ombre des bois.

Dans les bois. (Après la lecture.)

LE MARQUIS. — Cher ami, vous venez de faire œuvre de maître! Rendre Boccace intéressant tout en l'expurgeant, est un tour de force devant lequel plus d'un reculerait; or là où l'échec semblait imminent, le succès a couronné vos efforts.

M. WYNNE ELLIS. — Permettez! Le Duc n'est pas sans s'être rendu coupable de quelques suggestions d'un goût douteux; à ça près, toutefois, pour une traduction au pied levé, il s'en est fort bien tiré!

MADAME VANSCHELDT. — Il est indubitable, cher monsieur Ellis, qu'aux purs tout semble impur. Quant à moi, quoique je ne sois plus une pensionnaire, on me pendrait pour dire ce à quoi vous voulez faire allusion.

M. WYNNE ELLIS. — Oh! oh! certaines suggestions...

MADAME VANSCHELDT. — Toujours des suggestions! Dussé-je vous paraître d'un intellect bien obtus, je vous affirme que je n'y ai rien vu; la fréquentation des petits théâtres a peut-être fini par blinder ma conscience et mon tympan.

LA COMTESSE. — Comme vous avez bien lu, monsieur de Bastia, ou plutôt bien improvisé! Quel plaisir extrême vous nous avez procuré! En vous écoutant, cette merveilleuse vie de Florence semblait renaître sous nos yeux.

Le Duc. — Vos éloges, comtesse, me touchent profondément; ainsi que je vous le disais, il y a un instant, nos cœurs et nos sentiments sont à peu près toujours ce qu'ils étaient dans le temps passé : un peu d'imagination suffit pour faire germer et raviver ces anciens souvenirs. Il faut pour cela non pas du talent, mais simplement de la mémoire.

La Comtesse. — J'ai souvent entendu dire que le génie n'était que de la mémoire.

Le Duc. — Oh ! n'appliquez pas un si grand mot à mes faibles moyens; je ne suis qu'un fils paresseux du sol, doué d'une certaine facilité d'improvisation et de versification, mais en conscience il n'existe pas un jeune paysan de nos montagnes qui ne soit capable d'en faire tout autant, sinon mieux.

Le Marquis. — Nous pourrions former ici une cour d'amour, comme il s'en tenait en Italie du temps de Boccace; ces grands pins sombres, ces jolies femmes, le large éventail de plumes de paon de la comtesse, devaient également se voir dans Urbino, comme dans Ferrare, à l'époque de Bembo et de Lucrèce. Les jolies femmes transformaient alors en Paradis Urbino et Ferrare, de même qu'elles changent aujourd'hui Camaldoli en Eden. J'imagine seulement qu'on eût été assez embarrassé pour y trouver des pins.

Le Marquis. — Vous êtes hypercritique!

Le Duc. — La nature l'a voulu ainsi; quand Alfred de Musset a mis son Andalouse à Barcelone, il a gâté pour moi son poème.

La Comtesse. — L'erreur n'empêche pas le poème

de pénétrer en vous, comme la voix du rossignol, ou la pointe d'un poignard.

LE DUC. — Il reflète la passion de toute une vie et les clairs de lune de tout un été d'amour. En réalité, il ne s'agit pas de Barcelone seulement, mais de tous les lieux où le soleil rayonne au fond d'une poitrine humaine.

M. WYNNE ELLIS. — Quel gaspillage effrayant de talent que ce Musset! Peut-être s'il n'eût pas rencontré Georges Sand...

LE DUC. — Gaspillage! Bonté divine! j'aurais préféré écrire Rolla plutôt que de percer l'isthme de Suez! Ah! si Musset n'avait jamais rencontré Georges Sand! Ah! si le Dante n'avait jamais rencontré Béatrice! Ah! si Abeilard n'avait jamais rencontré Héloïse!... Ah voyez-vous, comtesse, l'amour n'est pas un accident, c'est une destinée!

LA COMTESSE. — Vous aimez beaucoup à deviser ainsi sur l'amour? Est-ce une habitude italienne?

LE DUC. — Oui, nous ne parlons jamais d'autre chose; l'amour a une part bien plus large dans notre existence que dans celle des hommes du Nord; un seul d'entre eux nous a compris, c'était Henry Beyle!

MADAME VANSCHELDT. — N'a-t-il pas dit que, les Italiens exceptés, tous les hommes sont des tyrans dans l'art de l'amour?

LE DUC, *avec emphase*. — Parce que chez nous l'amour est un art, exigeant, impérieux, captivant, comme le sont tous les arts; un art qui absorbe notre cœur, notre âme, nos passions, et que nous trouvons digne de remplir à lui seul une vie tout entière!

MADAME VANSCHELDT. — Les amoureux et les peintres sont à deux de jeu; pour eux, l'art est un et in-
divisible. Ce sont seulement les sujets qui changent.
L'un ne peut s'empêcher de peindre un moulin un
jour, un arbre le lendemain, un cheval le surlende-
main, et ainsi de suite; mais c'est toujours l'art! De
même pour vous: ce sont tantôt des yeux gris, tantôt
des yeux bleus, quelquefois même des yeux noirs;
mais c'est toujours l'amour!

LE DUC. — Avez-vous appris tout cela à Boston, le
dimanche?

MADAME VANSCHELDT. — Non; c'est le résultat de
mes observations depuis que je suis en Europe. Dans
notre grand pays, le mariage est une affaire si cou-
rante, si facile à conclure, que l'amour n'a pas le loisir de s'épanouir. Les hommes et les femmes se trouvant perpétuellement en rapport ensemble, ne sentent
plus le même attrait les uns pour les autres. On dirait
deux *Possum* apprivoisés, assis à côté l'un de l'autre
sous un Ficus. Maintenant vous ne direz pas que je ne
puis parler yankee!

M. WYNNE ELLIS. — Pensez-vous réellement que
l'on fasse si peu de cas du mariage aux États-Unis?

MADAME VANSCHELDT. — Grands Dieux! mais c'est
tout le contraire! Seulement il est aussi simple de
trouver femme ou mari que d'acheter des ignames
au boisseau! Si les mariages étaient un peu plus difficiles à faire, et surtout un peu moins faciles à défaire,
les Américains apprendraient peut-être à connaître
l'amour. A la façon dont les choses se passent maintenant, ils en sont aussi incapables que de prononcer

un simple monosyllabe; autant vaudrait leur demander de prendre la lune avec les dents !

M. Wynne Ellis. — C'est très vrai ce que vous
dites là et très suggestif ; ne saurait-on y voir une
conséquence de l'influence climatique sur la trachée?

Madame Vanscheldt. — Peut-être bien ! (*A part.*)
Est-ce aussi l'influence climatique qui produit le
genre ennuyeux ?

Le Marquis. — Que je serais reconnaissant à madame Vanscheldt, si elle voulait bien consentir à prononcer seulement la syllabe *tu !*

Madame Vanscheldt. — Non, marquis, je préfère
dire dans mon idiome national *goose* [1].

Le Marquis. — Ah ! voilà, si je ne me trompe, un
échantillon de ce que vous autres Américains appelez
chaff. Notre langue n'a pas l'équivalent et ce n'est pas
non plus du badinage gaulois.

Madame Vanscheldt. — C'est en vain que je le pré-
tendrais.

Le Duc. — Polichinelle et ses compères, nos paysans sur la place du marché et partout ailleurs où ils
sont en gaieté, se permettent seuls un langage aussi
imagé. Comtesse, n'irons-nous pas faire une petite
promenade avant le coucher du soleil? Ce ruisseau
qui murmure et sautille jusqu'ici, promet de payer de
leurs peines les aventureux qui le suivront.

(*Ils sortent ensemble.*)

M. Wynne Ellis *à* madame Vanscheldt. — Est-ce
là cette madame de Riom qui passe pour être si riche?

1. Oie.

Madame Vanscheldt. — Oui, et une charmante femme, au dire de Bastia.

M. Wynne Ellis. — N'est-elle pas Belge?

Madame Vanscheldt. — Elle appartient, paraît-il, à l'une des grandes familles de Belgique, aussi grande qu'il se peut être, dans ce petit pays qui n'est pas plus gros qu'une souris.

Le Marquis. — Madame de Riom nous rappellerait, si elle était ici, que cette souris a l'esprit d'un lion et qu'elle s'est plus rapprochée de nous dans les arts qu'aucun autre pays du monde. Les de Riom ne sont-ils pas d'une noblesse du Brabant?

Madame Vanscheldt. — Je le crois; ils ont une fortune colossale; la comtesse est la veuve d'Henri de Riom; on n'a jamais rien vu d'aussi beau qu'elle.

Le Marquis. — Peut-être pourrait-on le penser, si madame Vanscheldt n'était ici.

Madame Vanscheldt. — C'est insensé, mon cher marquis, ce que vous dites là; je n'ai pas un seul beau trait dans le visage; mon minois est dépourvu de toute régularité; je n'ai pour yeux que deux étincelles! Seulement vous êtes si habitué à la beauté classique, aux profils de camées, que vous ne les appréciez plus; vous êtes comme ce gourmet blasé qui disait: c'est toujours du pâté d'anguilles! Vous regardez avec plus de plaisir un visage mobile, chiffonné, autant qu'une tête en caoutchouc, parce qu'il vous surprend; voilà tout.

Le Marquis. — Un visage mobile est le seul dont on ne s'ennuie jamais.

Madame Vanscheldt. — Peut-être changeriez-vous bientôt d'avis si nous faisions en tête-à-tête un tour dans le glacial Ottawa, ou si nous étions, pendant la mauvaise saison, seuls dans un compartiment à destination de la Floride.

Le Marquis. — Oh que non pas ! en semblable conjoncture, le thermomètre serait invariablement pour moi à vingt degrés Réaumur, et son frère le baromètre, au beau fixe.

Madame Vanscheldt. — Ah ! c'est pour Bastia qu'il monte !

Le Marquis. — C'est seulement l'aube rosée, précurseur d'une journée orageuse ; il est évident qu'il désire l'épouser.

Madame Vanscheldt. — Pourquoi n'y a-t-il pas ici de chaises à porteurs ? Impossible de faire des ascensions quand on mange six fois par jour ? Puis l'homme n'est pas un animal grimpant ; il n'a pas le pied armé pour cela ; asseyons-nous, en attendant les autres promeneurs.

Le Marquis *se jetant aux pieds de madame Vanscheldt*. — Félicité !

Madame Vanscheldt *regardant autour d'elle avec effroi*. — Pourvu qu'il n'y ait pas de serpents ! Il suffit d'avoir aperçu une fois un ophidien ramper, pour qu'il excite à jamais notre répulsion, si passionné qu'on soit pour l'histoire naturelle.

Le Marquis. — Nous n'avons pas de serpents en Toscane, mais de simples annelés, vert et or, qui nous regardent en passant la tête à travers les buissons.

Madame Vanscheldt. — Il doit bien y avoir aussi des vipères quelque part : c'est une institution universelle comme le mariage.

LE MARQUIS. — Quand vous dites ces choses-là, je cesse pour un moment de porter envie à M. Vanscheldt. A cette exception près, mes jours se consument à être jaloux de son bonheur.

MADAME VANSCHELDT. — Je vous assure, marquis, que ce que vous dites là n'est qu'à moitié poli, quand vous savez qu'il n'est pas d'homme sur terre qui me voie moins souvent que lui! Ah! que voilà une pauvre paysanne qui paraît misérable! *Perche pianga?* Que dit-elle? parle-t-elle hollandais?

LE MARQUIS. — L'Italien des montagnes est presque aussi inintelligible pour moi. Son mari est en prison; son délit est d'avoir osé planter un chou sur l'orée d'un bois appartenant au domaine de l'État.

MADAME VANSCHELDT. — Pauvre femme! Dites-lui de passer à l'hôtel et de demander vingt francs à ma femme de chambre. Non, je ne crois pas qu'il y ait au monde un moyen plus efficace de faire émigrer les pauvres gens chez nous, que les procédés vexatoires en vigueur contre eux en Italie. Si cet homme avait volé des choux, la condamnation prononcée contre lui n'eût pas été plus sévère. Les pauvres sont-ils réellement réduits en Italie à manger de l'herbe?

LE MARQUIS. — Oui, les pauvres gens mangent la saggina, une misérable graminée.

MADAME VANSCHELDT. — Et dire que nous récriminons quand la marée n'arrive pas chaque jour, ou que les truffes sont trop parcimonieusement servies? Il y a pourtant assez de blé sur la terre du bon Dieu pour que chacun en ait une poignée! Comment sommes-nous arrivés à nous accorder le droit de mourir d'in-

digestion, quand les pauvres meurent de faim ? Ce
n'est pas dans la nature !

Le Marquis. — Oh ! si fait ; c'est dans la nature :
regardez plutôt les singes.

(*Plus loin dans les bois.*) Le Duc. — Pourquoi
repousser ainsi mes vœux ? pourquoi vous refuser à
croire à mon amour ? Mon assiduité durant tout un
hiver ne prouve-t-elle donc rien ? Que puis-je faire
pour toucher votre cœur ?

La Comtesse. — Songez donc, cher duc, que votre
réputation de galanterie est telle, qu'aucune femme
de bon sens ne peut prendre vos jolis discours au sérieux.

Le Duc. — En vérité, tous les hommes font la cour
aux femmes avec la même légèreté, jusqu'au jour où
leur cœur a sérieusement parlé ; je vous proteste de
ma sincérité. Il y a maintenant sept mois que je vous
ai vue pour la première fois à une neuvaine de Saint-
Pierre ; vous étiez vêtue tout en noir. La seconde fois,
c'était au théâtre d'Apollon ; vous portiez un ravissant costume rouge avec quelques grands lis rouges.

La Comtesse. — C'est vrai ! on a la rage de teindre
jusqu'à ces pauvres fleurs ; quel meurtre ! Le rouge
est une couleur qui n'est en son lieu et place qu'au
théâtre ; c'est la nuance des foules ; elle est surtout
propre à impressionner la multitude, aussi les soldats
ne devraient-ils porter que du rouge ; quand ils sont en
gris, leur effet moral est nul.

Le Duc. — En gris, en noir ou en rouge, vous
faites toujours sur mes yeux la même impression.
Pourquoi vous refuser à le croire ?

La Comtesse. — Pourquoi? Vous adressez les mêmes paroles de galanterie à toutes les femmes; ce que vous leur dites alors, vous le pensez, au moment où vous parlez, mais...

Le Duc. — Voyons, vous ne sauriez supposer que je suis venu m'enterrer sous ces pins monastiques pour une simple fantaisie?

La Comtesse. — J'avais cru comprendre que c'était pour votre santé?

Le Duc. — Non, vous n'avez pu croire une chose pareille. A Pâques, en quittant Rome, vous avez annoncé votre intention de venir dans cette solitude religieuse, et alors...

La Comtesse. — Cette solitude religieuse est profanée par les sots jeux de madame Vanscheldt. Camaldoli est au grand monde ce qu'un lézard est au crocodile; où aller se réfugier maintenant que les fumeurs et la fumée mondaine vous poursuivent partout?

Le Duc. — Ils obéissent, en vous suivant, à une loi d'attraction irrésistible.

La Comtesse. — Oh! certes non, rien en moi ne justifie tant d'enthousiasme! Écoutez-moi, monsieur de Bastia; puisque vous désirez réellement le savoir, je vous dirai que je suis venue ici par raison d'économie.

Le Duc. — Ah! comtesse, vous voulez plaisanter!

La Comtesse. — Je vous atteste que je parle plus sérieusement que vous ne parliez tout à l'heure. Inutile de battre plus longtemps les buissons; vous me prenez pour la veuve d'Henri de Riom, tandis que je suis la veuve d'Otto, qui n'a eu en tout et pour tout qu'une part de cadet, part qu'il a trouvé moyen de dévorer en l'espace de deux ans !

Le Duc. — Mais... alors... comment... ?

La Comtesse. — Ce que vous pensez, je le devine ; vous voulez dire qu'à me voir on doit croire que j'ai cent mille francs à dépenser par an pour ma toilette. Eh ! que voulez-vous ! Il en est ainsi dans notre monde ; je serais désolée que l'hiver charmant que nous avons passé à Rome laissât le moindre nuage sur vos souvenirs.

(*Le duc stupéfait fixe les yeux sans parler sur la comtesse, qui le regarde en souriant.*)

La Comtesse. — On commet fort souvent cette méprise ; ma belle-sœur, Marthe de Riom, vit très retirée dans son château et avec la plus stricte économie, précisément parce qu'elle est riche, riche à millions. Une ou deux fois, il m'avait semblé, en effet, que vous me croyiez la maîtresse de cette grosse fortune. Ah ! je ne vous en veux pas le moins du monde. Pourquoi vous en voudrais-je ? C'est ma faute, en vérité, si j'ai donné carte blanche au grand faiseur de la rue de la Paix. En réalité, je possède très peu de chose ; ma famille est noble, mais pauvre. Depuis la mort d'Otto, les de Riom ne me doivent plus rien ; madame de Saint-Ange vit avec moi, par respect des convenances, et n'en paye pas moins sa quote-part dans la dépense commune. Maintenant je vous ai parlé franc, ma conscience est tranquille. Je sais qu'en Italie le mariage est simplement une question de chiffres. « J'ai tant ; combien avez-vous ? » voilà tout ce dont votre hymen s'enquiert. Quant à l'amour, vous le gardez

entre les feuillets d'un Boccace, où... où m'avez-vous
dit qu'Arioste l'avait trouvé ?

Le Duc, *pâle comme un linge*. — Madame!

La Comtesse. — Pourquoi cette pâleur soudaine ?
Vous n'avez rien à craindre ; loin de moi la pensée
de prendre au pied de la lettre vos charmants discours ; si je le faisais, vous pourriez avec raison me
rétorquer qu'ils sont seulement bons pour les jardins
d'Alcine ! Votre nom est illustre, votre esprit est
aimable, mais de fortune point. Vous avez vu en moi
une femme qui, je le veux bien, ne déplaît pas à vos
goûts et à laquelle vous supposez en même temps tout
l'argent que vous êtes obligé de chercher dans le mariage. Eh bien! ce n'est pas si mal ! Du moment que
vous parlez sérieusement, je vous paye en même
monnaie ; je suis pauvre, réellement pauvre pour une
femme qui tient à faire figure, grande figure même, à
la cour et dans les ambassades. Croyez-moi, nos toilettes ne prouvent pas que nous soyons riches, mais
que nous dépensons en chiffons le possible et l'impossible. J'ai de beaux diamants de famille, voilà tout. La
petite dot que l'on m'a donnée quand je me suis
mariée constitue tout mon avoir. J'avais seize ans alors ;
Otto m'était indifférent ; seulement mon cœur ne
demandait qu'à battre comme celui de toutes les jeunes
filles. L'homme n'est, les trois quarts du temps
pour elles, qu'un mannequin qu'on drape d'un rêve
aux douces et brillantes couleurs. Mon mari avait la
passion du jeu ; il est mort tout jeune. J'ai vingt cinq
ans, et il me semble que je suis centenaire ! Ne perdez
pas votre temps à vous occuper de moi ; quittez cette

solitude monastique et retournez à vos plaisirs. Brisons
là ; tout est fini entre nous. Je ne suis pas la personne
que vous supposiez. Je vous jure que vous m'oublierez
bien vite ; vous en serez quitte pour emporter d'ici un
flacon de Lacrima del Abete ; de vos propres yeux il
ne tombera pas une larme.

Le Duc. — Les vôtres, hélas, je le crains, n'en
répandront pas davantage.

La Comtesse. — Voyons, franchement, ne serait-ce
pas trop demander ? Souvenez-vous combien de
femmes pour être duchesse de Bastia vous auraient
avoué la vérité si tard, qu'il vous eût été impossible
de vous retirer honorablement ; ou, si vous eussiez
agi ainsi, mon frère Louis, qui ne cherche qu'à croiser
le fer, se serait battu avec vous au sabre, cette arme
qui déplaît tant à madame Vanscheldt. Il m'eût été
facile de vous faire beaucoup de tort, j'en ai eu bien
garde ; mais de là à espérer que je vous pleure, oh non,
vous n'y pensez pas !

Le Duc. — Vous n'avez jamais daigné prendre mes
déclarations au sérieux !

La Comtesse. — Si fait, dans une certaine mesure :
je crois que vous me trouvez peut-être jolie ; que je
vous plais ; que vous aimez à causer avec moi ; ces
choses-là ne sauraient être feintes, ou si elles le sont,
on s'en aperçoit tout de suite. Seulement, vous me voyiez
alors peinte sur un fond d'or, comme les saintes du
quatorzième siècle ; le charme sera rompu dès que
vous saurez que je suis simplement un pauvre spécimen
de la vie moderne, c'est-à-dire une femme du monde
le plus huppé, aimant le luxe, l'élégance, la toilette,

et ayant très peu d'argent pour faire face aux exigences du rang qu'elle a à soutenir et à celles des fournisseurs parisiens qu'elle a à payer. Enlevez le fond d'or, la madone n'est plus une madone, mais une femme ordinaire sans le moindre nimbe. (*Il se tait.*) Eh quoi! vous n'êtes même pas capable de me contredire galamment! vous avez l'air plus contrarié que de raison, car, en réalité, il n'y a rien à déplorer. Si vous êtes discret, personne ne se doutera de ce qui s'est passé entre nous. Tout le monde sait que le duc de Bastia est très volage ; on trouvera tout naturel qu'il lui ait paru fastidieux de faire la cour à une femme aussi sérieuse que moi ; la seule chose dont on aura lieu d'être étonné, c'est que vous ayez pu être constant pendant six mois, c'est que vous ayez pu vivre à Camaldoli pendant six jours, même avec l'aide du Lacrima del Abete!

LE DUC. — A vous entendre me railler ainsi, il ne me reste qu'à me féliciter d'avoir eu le don de vous égayer.

LA COMTESSE. — Il me paraît en effet très divertissant que vous m'ayez prise pour ma belle-sœur, qui ne me ressemble pas plus au physique qu'au moral : elle est petite, brune, vive, très dévote et encore plus économe. Par cela même qu'elle pourrait dépenser des sommes folles chez Worth, elle porte toute l'année une robe à cinquante centimes le mètre! Pour qui économise-t-elle tant? je l'ignore. Elle n'a pas d'enfants, et à sa mort sa fortune retournera à des parents éloignés. Il n'est pas dit, toutefois, qu'elle ne se remariera jamais. Tiens ! si vous l'épousiez ? A défaut de la

beauté, elle a du moins une belle cassette! elle a des
rentes, des actions, des valeurs de toutes sortes, dans
toutes les banques de Belgique et de France. Rien
ne m'est plus facile que de vous donner pour elle une
lettre d'introduction ; son château près de Malines est
superbe : ce ne sont que tourelles, pignons, clo-
chetons, travaillés, fouillés, découpés à jour, légers,
transparents comme de la vieille dentelle de Bruges ;
il vaut réellement la peine d'être vu ! Les bois qui
l'entourent sont magnifiques ; les équipages de chasse,
du temps d'Henri et d'Otto, étaient célèbres dans tout
le pays et au delà. Eh bien! il ne tiendra qu'à
vous de rendre un nouveau lustre à ces anciennes
splendeurs ! J'oubliais encore, dans ma descrip-
tion, une fameuse race de chiens qui a bien aussi
son mérite ! Mais comme mon discours vous laisse
froid ! je vous aurais déjà cru à mi-chemin de la montagne!

Le Duc *navré*. — Il est évident que l'offre de ma
main vous a fait l'effet d'une comédie ! A vrai dire, ma
main est vide !

La Comtesse. — Ah! voilà madame Vanscheldt qui
revient ; elle ne peut rester tranquille ; pour elle, la
vie n'est qu'une fantasmagorie, qu'un kaléidoscope.
Quel agréable caractère que le sien ; c'est une amu-
lette perpétuelle contre l'ennui.

Madame Vanscheldt *à* M. Wynne Ellis. — Seigneur, mon Dieu, que ce pauvre duc toujours si gai,
si entrain, si brillant, semble ténébreux ! Il y a tout à
parier qu'elle l'aura refusé ; voilà qui m'étonne!
C'est elle assurément qui a tous les dollars. Je ne sup-

pose pas qu'il soit riche ; s'il était obligé de dire avec quoi il vit...

M. WYNNE ELLIS. — Toute la noblesse italienne s'est appauvrie par les impôts excessifs dont elle est surchargée ; les propriétés du duc sont en outre grevées d'hypothèques ; son train de vie complique encore les difficultés.

MADAME VANSCHELDT. — La question de son train de vie serait bien simplifiée si madame de Riom consentait à dire oui, mais j'en doute. Supposons, par exemple, qu'elle croie que le duc la recherche pour sa fortune ?

MADAME DE SAINT-ANGE. — Oh ! Marguerite n'est pas soupçonneuse !

MADAME VANSCHELDT. — C'est possible ; mais quand on a des monceaux d'or, on est toujours comme un pot de miel pour les mouches. Maintenant dites-moi, vous qui êtes son amie intime, croyez-vous qu'elle épousera le duc de Bastia ?

MADAME DE SAINT-ANGE. — Je n'ai pas l'honneur de ses confidences.

MADAME VANSCHELDT. — Oh ! alors il est sûr qu'elle ne l'épousera pas ; elle n'eût pu s'empêcher de vous le dire s'il en eût été autrement.

MADAME DE SAINT-ANGE. — Croyez-vous donc que l'on se vante toujours de ses bonnes actions ?

MADAME DE SAINT-ANGE. — Qu'avez-vous fait du duc de Bastia ? il n'a pas dîné avec nous ce soir.

LA COMTESSE. — Il sera probablement allé prendre le train à Poppi. Figurez-vous, chère amie, qu'il m'a confondue avec madame Marthe ?

MADAME DE SAINT-ANGE. — Bah ! comment cela ?

LA COMTESSE. — C'est comme je vous le dis : il m'a positivement confondue avec ma belle-sœur, dont les millions lui auraient été si utiles et si agréables. C'est une erreur qui se commet souvent, qu'y faire ? Je ne puis coller une affiche sur le dos de ma robe avec cette inscription : « Je suis la veuve d'Otto, qui m'a laissée sans le sou. »

MADAME DE SAINT-ANGE. — Le duc vous avait-il demandé si vous étiez Marthe, dites ?

LA COMTESSE. — Non pas ; sûr de son fait, il m'a offert son nom ; je lui ai répondu qu'il faisait fausse route, que je n'étais pas Marthe, que je ne possédais pas le plus petit million, mais tout juste assez pour payer la note de ma couturière.

MADAME DE SAINT-ANGE. — Pourquoi, bon Dieu, lui avoir donné des explications qu'il ne demandait pas ?

LA COMTESSE. — Oh !... oh !... chère amie.

MADAME DE SAINT-ANGE. — Non, en conscience, je ne comprends pas ; quelle que soit sa méprise, il n'en reste pas moins clair comme le jour qu'il vous aime passionnément. Pourquoi lui avoir montré par A plus B que vous n'êtes pas riche ? Vous auriez dû commencer par l'accepter, puisque vous l'aimiez, il aurait appris le reste plus tard.

LA COMTESSE. — Comment ! quand l'honneur lui eût interdit de se retirer ! Tenez, chère amie, les philosophes ont raison : les femmes n'ont pas de conscience.

MADAME DE SAINT-ANGE. — Distinguons ; il va de soi que s'il vous avait posé carrément la question : Êtes-

vous Marthe de Riom, vous auriez dû lui répondre que
non ; mais du moment qu'il s'est borné à vous faire la
cour...

La Comtesse. — Parce qu'il supposait que ma fortune pourrait remettre la sienne à flots... Certainement
j'admets qu'il... oui, qu'il m'aime peut-être, toutefois
il est impossible de rien préjuger, les Italiens savent
si bien se mettre dans la peau de leurs rôles, qu'ils
finissent par se donner le change à eux-mêmes ; mais
il se serait bien gardé de m'avouer son amour, de me
demander ma main, s'il n'avait pas été persuadé,
comme on l'est généralement à Rome, que je suis la
richissime comtesse de Riom. Mon devoir était de le
détromper, sans me préoccuper du reste. Quand il aura
quitté Camaldoli, il oubliera bien vite qu'il existe de
par le monde une femme qui a une soif de chiffons impossible à étancher, à moins de posséder un revenu de
500 000 francs. Quand il s'en souviendra, s'il s'en
souvient jamais, son cœur battra vite, vite, sa respira-
tion sera courte, oppressée, haletante, comme celle
d'un homme qui vient d'échapper miraculeusement à
l'éboulement d'une avalanche ou à une collision de
wagons lancés à toute vapeur. (*Elle se retourne, sourit légèrement tout en ayant les larmes aux yeux.*)

Madame de Saint-Ange. — Chère Marguerite, s'il
a échappé aux dangers de l'avalanche et du chemin
de fer, vous n'avez pas, vous, échappé à un autre genre
de péril. Oui, vous aimez le duc de Bastia : votre bienveillance pour lui, votre ardeur à le défendre, montrent clairement que vous souffrez et même beaucoup
plus qu'il ne le mérite.

LA COMTESSE. — Ne faites, je vous prie, ni de lui un héros, ni de moi une martyre. Nous ne sommes tous deux que des gens du monde comme il y en a tant ; nous aurions pu goûter ensemble le bonheur, si les millions de Marthe eussent été en notre possession ; mais puisqu'il n'en est pas ainsi, nous nous résignons à vivre heureux chacun de notre côté. Il épousera une riche héritière, et moi j'épouserai sans doute un vieillard très riche, un jour où mes notes à solder compteront plus de zéros que d'habitude ! A quoi bon des regrets superflus ! je ne sais pas l'italien et puisque j'ai entendu Boccace traduit d'une façon charmante, je n'ai pas à me plaindre.

MADAME DE SAINT-ANGE. — Ah ! ma chère Marguerite, vous avez beau dire, je n'en vois pas moins que Bastia vous tient fort au cœur. C'est le seul homme à qui vous ayez jamais montré de la sympathie ; certes non, vous n'êtes pas femme à vous marier pour faire fortune, vous avez refusé assez de riches partis pour prouver que vous ne sauriez succomber à pareille tentation. Le duc italien est pauvre, sans doute, mais n'est-il pas séduisant aussi, quand, debout au soleil sur les degrés de marbre d'un palais, son œil brille et s'allume et que sa bouche sourit ; ou je me trompe fort... ou... bref cela suffit.

LA COMTESSE. — On ressent toujours cruellement les blessures de l'orgueil offensé ; du moment que je ne suis pas Marthe, la raison m'ordonne d'oublier le duc... seulement il n'y a pas là sujet d'être fière et il m'a toujours convenu de l'être.

MADAME DE SAINT-ANGE. — Pourquoi lui avoir dit...?

LA COMTESSE. — Fi! Pauline! Vous auriez tenu la
même conduite que moi, si vous aviez été à ma place.
Voyons, ne vous faites pas plus mauvaise que vous
n'êtes : nous sommes des créatures faibles peut-être,
mais pas viles.

MADAME DE SAINT-ANGE. — Je vous assure que vous
l'aimez !

LA COMTESSE. — Je ne vous dis pas que je n'aurais
jamais pu l'aimer, mais à quoi bon revenir là-dessus ?
Je vendrai mes bijoux, qui induisent facilement les
gens en erreur. En effet pourquoi porter des diamants
quand on est pauvre ? l'absence de lois somptuaires n'est
pas sans être regrettable. Dans quelques années, il est
probable que j'irai chercher un refuge dans un de nos
charmants béguinages flamands. Je vois d'ici leurs
cloîtres mystérieux, leurs cours dallées, leurs petits
jardins si paisibles, leurs belles grilles de fer forgé, je
vois aussi ma robe de bure, dont la façon ne réclamera pas
le génie inventif d'une grande faiseuse. Que doit-il se
passer en nous, juste ciel, quand le monde entier nous
est à jamais fermé et qu'il ne nous reste plus rien que
des souvenirs ? Ces religieuses, de même que ces bons
religieux, ont l'air de jouir d'une grande quiétude ; le
bonheur est-il là ? Peut-être n'y a-t-il rien de mieux,
après tout, que d'être comme une borne, que ne trans-
percent ni les flèches d'or du soleil, ni les froides
gouttes d'eau de la pluie.

LA CAMÉRISTE *de madame de Riom entre apportant
un bouquet.* — Madame la comtesse, monsieur le duc...

LA COMTESSE *prend les fleurs, sa main tremble.*
— Le duc de Bastia !

Madame de Saint-Ange. — Comment ! n'est-il pas parti pour Poppi ?

La Comtesse. — Ces fleurs ne croissent pas à Camaldoli ! Ah ! il doit les avoir commandées quand il me prenait pour la comtesse Marthe. Elles viennent évidemment de Florence.

Madame de Saint-Ange. — Qu'importe, puisqu'il les envoie maintenant !

La Comtesse. — Pourquoi me suggérer une pareille idée ! Elle ne saurait avoir le moindre fondement.

Madame de Saint-Ange. — Les fleurs ont été les messagères de l'amour depuis que le monde est monde, au temps de Lilith[1].

La Comtesse. — Primitivement la vie était aussi simple que facile ; que les temps sont changés ! surtout pour ceux qui se laissent emporter par le courant, spécialement lorsqu'ils ont un nom sonore et peu d'argent pour le soutenir. Le duc et moi, nous sommes de cette catégorie. Son bouquet est un adieu, un aimable adieu, voilà tout.

Madame de Saint-Ange. — Ce sont des orchidées ; que signifient ces fleurs, adieu ou séparation ?

La Comtesse. — Je crois que les orchidées n'ont pas de signification ; elles viennent d'Orient, on ne les connaissait pas jadis.

Madame de Saint-Ange. — Est-elle méchante !

La Comtesse. — C'est toujours l'argument qu'on vous oppose quand on a la raison pour soi.

---

1. La première femme d'Adam, d'après une tradition orientale.

MADAME DE SAINT-ANGE. — Je vous engage très fort à descendre avec moi; tout le monde vous regrettera, et de plus on se saurait manquer de commenter votre absence qui coïnciderait avec le départ du duc.

LA COMTESSE. — J'ai la migraine, je redoute autant d'entendre les gens pousser des cris au poker que de les voir pris de vertige à la roulette.

MADAME DE SAINT-ANGE. — Nous pourrons nous retirer quand bon vous semblera.

LA COMTESSE. — Peut-être irai-je vous retrouver plus tard.

MADAME DE SAINT-ANGE. — Voyons, pourquoi ne pas avouer franchement que vous l'aimez?

LA COMTESSE. — Mon Dieu, je veux bien avouer que j'ai souffert dans mon amour-propre et que le duc est charmant; mais je ne suis plus une pensionnaire qui pleure pour un amoureux perdu! Puis, s'il m'aime, hélas ne faut-il pas qu'il me chasse de ses pensées! Je me fais un vrai reproche de ne pas lui avoir dit plus tôt que je n'étais pas plus riche que lui; et pourtant, il ne m'était guère possible, à Rome, quand j'allais en grand équipage d'ambassade en ambassade, de lui avouer humblement que j'étais aussi pauvre qu'un rat d'église.

MADAME DE SAINT-ANGE. — Je ne comprends rien à vos scrupules; s'il avait pris ses renseignements, il aurait su la vérité.

LA COMTESSE. — C'est ce qu'il n'aurait jamais voulu faire; il est trop délicat pour ouvrir une enquête sur le compte d'une femme qui lui inspire une sympathie réelle.

MADAME DE SAINT-ANGE. — Décidément vous avez bien bonne opinion de lui.

LA COMTESSE. — Oui, je le tiens pour un vrai gentilhomme, dans toute l'acception du mot.

MADAME DE SAINT-ANGE. — Quand on descend des empereurs de Byzance, c'est bien le moins !

LA COMTESSE. — Ce n'est pas une raison probante. J'ai connu le descendant d'un grand roi, qui, après une course en fiacre, n'hésitait pas à se faire rendre la monnaie.

MADAME DE SAINT-ANGE. — Cela vaut encore mieux que de dilapider les trésors de la nation.

LA COMTESSE. — Peut-être ! mais de même qu'il y a des vices généreux, il y a des vertus égoïstes.

MADAME DE SAINT-ANGE. — Il est à la fois ingénieux et prudent de se prendre de passion pour une femme que l'on croit millionnaire, et de se retirer dès qu'on sait qu'elle ne l'est pas !

LA COMTESSE. — Vous parlez comme si j'étais Agnès Sorel ou Manon Lescaut ! Le duc de Bastia ne m'a jamais engagé sa foi !

MADAME DE SAINT-ANGE. — Toujours est-il qu'il vous a suivie comme votre ombre depuis six mois.

LA COMTESSE. — Alors ce sont six mois perdus, voilà tout. Il me semble que c'est assez parler du duc; descendez, chère amie, je vous suis. Il est dix heures; le *poker* doit être dans tout son feu; avez-vous remarqué cette jolie juive qui se fait plumer, tout simplement pour faire parler d'elle ?

MADAME DE SAINT-ANGE. — Rien n'est plus antisémitique.

La Comtesse. — Pourquoi ? mais non ; voyez ce que la grande Juiverie dépense pour divertir les chrétiens élégants dans toutes les capitales du monde ! « Volez-moi si bon vous semble, mais faites-moi des visites, » voilà ce qu'ils disent et redisent à la société. De grâce, descendez, ma bonne ; si je ne suis pas paresseuse, je vous suivrai.

Madame de Saint-Ange. — Paresseuse! ce serait plutôt malheureuse qu'il faudrait dire. O fatalité du sort! je vous quitte, puisque vous le voulez. (*Elle sort.*)

La Comtesse *prend le bouquet et le contemple en poussant un long, long soupir*. — Oh! mon Dieu! pourquoi me l'a-t-il envoyé, pourquoi?

Dans le réfectoire.) Madame Vanscheldt. — Le duc est-il réellement parti? quel vide ce sera pour tous! signons une supplique à madame de Riom pour qu'elle le rappelle ; le duc régnait sans rival ici.

Le Marquis. — Après ce que je viens d'entendre, je serais presque tenté d'en vouloir à mon meilleur ami ; j'espère du moins que, si j'étais absent, vous feriez mon éloge avec la même chaleur.

Madame Vanscheldt. — Il faudrait d'abord le mériter. L'a-t-elle réellement refusé? racontez-nous cela, marquis, je vous en supplie.

Le Marquis. — J'avoue que je ne me figure pas Bastia supportant une pareille mystification; mais de quoi une femme n'est-elle pas capable? D'abord il faudrait être sûr qu'il a sollicité sa main; notre imagination a bâti tout un roman sur ce simple fait de les avoir trouvés tête-à-tête sous les pins, et parce que le duc paraissait plus sombre que de coutume.

MADAME VANSCHELDT. — Et sur maints autres indices encore : soit, le brusque départ du duc ; soit la retraite précipitée de la comtesse dans ses appartements ; soit le magnifique bouquet que sa camériste lui a apporté ; soit enfin l'humeur massacrante de son amie de cœur, madame de Saint-Ange.

LE MARQUIS. — Ceci prouverait du moins que si madame de Riom est cruelle, elle n'en est pas moins sensible au remords.

M. WYNNE ELLIS *entrant avec une lettre ouverte à la main.* — Je viens d'apprendre une nouvelle qui ne peut manquer de vous intéresser vivement : je me doutais que notre charmante commensale, madame de Riom, n'est pas la riche madame de Riom, mais bien la veuve du frère cadet, joueur acharné, qui est mort très jeune. J'ai écrit à l'un de mes amis à Bruxelles ; il n'a fait que confirmer mes doutes ; mes pressentiments me trompent rarement. Je crois donc que le départ du duc de Bastia est... comment dirai-je ? eh bien ! disons un acte de diplomatie prudente. Qui sait d'ailleurs s'il n'avait pas une amie à Bruxelles ?

MADAME VANSCHELDT. — Ah ! vous êtes délicieux, cher monsieur Ellis ! Avez-vous également un ami à New-York à qui vous ayez demandé des renseignements sur moi ? Je me fais un plaisir de vous affirmer que notre fortune est solide ; nous l'avons faite, il y a cinq ans, dans les conserves de homard ; personne n'y avait songé avant nous ! (*S'adressant au marquis.*) Il n'aura rien de plus pressé que d'aller raconter cela à Londres et à Paris !

LE MARQUIS. — Voulez-vous dire, monsieur Ellis,

que cette belle madame de Riom, dont les écrins sont dignes d'une impératrice, n'a pas le sou ?

M. Wynne Ellis. — Oui, à la façon dont le monde l'entend; la dot qu'on lui a donnée est plus que modeste ; ses ascendants les comtes d'Évian n'étaient pas riches.

Le Marquis. — Bastia a dû avoir vent de cela.

Madame Vanscheldt. — La comtesse aura été la première, probablement, à l'éclairer sur sa situation de fortune. Une d'Évian, comtesse de Riom, n'est pas une aventurière qui se fait épouser en escamotant la vérité.

M. Wynne Ellis. — Après avoir réfléchi que la prudence est la meilleure partie du courage, il a battu en retraite.

Madame Vanscheldt. — Oh ! alors ce n'est qu'un ours blanc déguisé ! Après avoir fait sa cour tout un long hiver, tout un printemps, comme un amoureux de dix-huit ans !

Le Marquis. — En bonne conscience, que vouliez-vous qu'il fît ? Il n'a pour ainsi dire ni sou ni maille ; il est grugé par une grande propriété en Calabre, très pittoresque, mais très improductive, qu'il ne peut ni vendre ni restaurer. Hélas ! c'est notre sort à tous ! Bastia est un homme du monde, en ayant tous les goûts et toutes les charges, exactement comme madame de Riom ; dans ces conditions-là, il peut lui faire la cour, mais non pas l'épouser. Comment avons-nous pu commettre l'erreur de prendre la comtesse de Riom pour la veuve de son beau-frère ? Est-il sûr qu'il en existe une autre, qui possède une fortune colossale ?

M. WYNNE ELLIS. — Oh oui, colossale ! Il ne tiendra qu'à monsieur de Bastia d'aller s'en assurer *de visu*. La comtesse Henri ne quitte, paraît-il, jamais son château ; elle est archi-millionnaire, mais richement laide aussi. Du reste il ne sera pas tenu de la regarder ; avec les principes que nous lui connaissons, la sienne sera de toutes les femmes certainement celle qu'il regardera le moins.

MADAME VANSCHELDT. — A parler franc, je regrette qu'il en soit ainsi. Madame de Riom ne m'a pas gâtée ; mais, en dépit de sa froideur, sa beauté a si bien gagné mes sympathies, que je lui souhaiterais des millions. Je n'aurais jamais cru que le duc de Bastia était un *lâcheur*. De l'autre côté de l'Atlantique, il serait sévèrement jugé.

M. WYNNE ELLIS. — Il a positivement quitté la place.

MADAME VANSCHELDT. — Sa conduite n'est pas celle d'un galant homme, s'il est vrai, comme on le dit, que la comtesse ait eu la noblesse de lui avouer sa pauvreté. Que je voudrais savoir si c'est elle qui l'en a informé, ou comment il l'a su. Hier soir, madame de Saint-Ange était aussi sombre qu'une nuée d'orage. Bonté divine ! que les hommes sont de pauvres créatures !

LA COMTESSE. — Quel charme ont pour moi les vieux jardins monastiques ! je dirai même tous les jardins italiens, où le datura fleurit et s'épanouit près d'un gros chou noir ; où la clématite grimpe et s'enroule sur la tige du pois à fleur ; où tout est si naturel, si luxuriant, si emmêlé, qu'il semble que tout ait poussé sous les pieds d'une nymphe. Ah ! que ne suis-je une de ces fauvettes qui volent du matin au soir dans ces solitudes ombreuses! Oh! Père François, quelle belle rose! que vous êtes bon! *Mirincresce di non capire.* J'ai appris cette phrase de regret.

LE PÈRE FRANÇOIS. — *La signora contessa deve imparare la nostra lingua toscana, ch'è tanto bella sulle belle labbra.*

LA COMTESSE, *à part.* — Que ne puis-je lui parler, l'interroger, lui demander le secret de sa félicité! On a dit que le calme de l'âme est le privilège de la philosophie; n'est-ce pas plutôt celui de l'ignorance? Je m'imagine qu'il doit être plus facile d'être heureux en Italie que partout ailleurs : il y a de l'art dans l'air qu'on respire; il y a de la gaieté dans la lumière qui nous éclaire. Ah! si on pouvait se passer de ce grand monde qui est si petit et si fastidieux! c'est de lui que vient tout le mal en nous forçant : 1° à dépenser plus que nous ne pouvons; 2° à gaspiller notre temps dans des folies que nous méprisons; 3° à nous ruiner en toilettes. Quelle sottise! quelle folie insigne! et cependant, cette habitude, comme toutes les autres, devient une chaîne. Le vrai bonheur n'a, je crois, besoin ni d'argent ni du monde; mais ici-bas, hélas! personne n'est heureux, et l'on n'a recours à ces chimères décevantes que pour nous aider à oublier la réalité. Mon Dieu! que je voudrais aller à Scheveningen et à Blankerberghe pour m'oublier moi-même! Mais que dirait-on, qu'en conclurait-on? Que je suis partie, parce qu'il s'en est allé!

(*Le duc paraît dans le jardin, il s'incline en silence.*)

La Comtesse *étonnée feint de sourire.* — Eh quoi! vous êtes encore ici, monsieur de Bastia? je vous croyais parti pour Florence hier au soir. Désirez-vous que je vous donne une lettre d'introduction pour madame Marthe? je vais rentrer l'écrire.

Le Duc. — Pardon, madame... Mon bouquet vous est-il parvenu?

La Comtesse. — Oui; un bouquet de splendides orchidées. Vous les avez sûrement commandées à l'intention de Marthe; elles n'ont pas été perdues pour cela, car j'aime beaucoup les fleurs; j'en ai copié une d'après nature, ce matin au lever du soleil; on prend de si bonnes habitudes dans ce beau pays.

Le Duc. — Ce bouquet ne vous a-t-il rien dit?

La Comtesse. — Si fait; il m'a dit que vous étiez allé à Florence; il paraît que je me suis trompée, puisque vous voilà! Ma belle-sœur...

Le Duc. — Madame, votre belle-sœur est assurément la personne du monde la plus estimable; mais, que voulez-vous? elle n'a pas le don de m'inspirer la moindre sympathie. Ne la troublons pas dans son antique castel. Je viens pour causer avec vous, de quelqu'un moins digne de respect, sans doute, mais qui m'intéresse infiniment plus: de moi-même! Convenez que vous avez été bien cruelle!

La Comtesse. — Que vous êtes injuste, et que vous vous méprenez! N'est-ce pas grâce à moi que vous avez échappé aux conséquences de votre premier mouvement, et au résultat fatal qu'il aurait pu avoir pour vous, si je vous avais pris au mot?

Le Duc. — Vous êtes sans pitié; la douche d'eau

froide que vous m'avez administrée me glace encore ;
je ne me donne pas pour être meilleur que je ne le
suis ; je vous avoue franchement, loyalement, que je
vous ai prise pour la comtesse Henri de Riom.

La Comtesse, *vivement.* — Je ne le sais que de
reste ; du moment que je me suis aperçue de votre
erreur, je n'ai pas hésité à vous désabuser. Je n'ai
rien à ajouter... Vous ne me devez pas d'excuse.

Le Duc. — De grâce, daignez m'écouter ; laissez-moi
vous répéter que je suis un de ces malheureux grands
seigneurs très nobles et très pauvres, comme il y en a
tant en Italie. Je ne prétends pas que les biens de la
fortune me soient indifférents ; nul homme dans ma
situation ne peut le dire de bonne foi ; mais vous vous
êtes certainement trompée en croyant que chez nous
le mariage n'est qu'une question de chiffres ; nous
n'avons pas le cœur si mal placé ; je vous ai envoyé
mes orchidées pour qu'elles vous le fissent comprendre ; elles n'ont pas, paraît-il, rempli leur but. Ce
qu'elles avaient à dire était cependant bien simple :
je vous aime !

La Comtesse. — A quoi bon vous servir maintenant de ce mot si doux, quand hier, en apprenant que
je ne suis pas plus riche que vous, vous n'avez pu
déguiser votre déception.

Le Duc, *avec impatience.* — Ne pouvez-vous revenir sur cette malheureuse impression et me pardonner un simple moment de désappointement et de
surprise. Rien, certes, n'était moins romanesque que
de laisser transpirer l'un et l'autre. Ma passion pour
vous eût dû me rendre sourd et indifférent à tout ce

qui n'est pas vous ! Mais vous m'avez parlé sans le
moindre ménagement ; vous m'avez jeté pêle-mêle à
la tête vos sarcasmes et vos chiffres d'un ton si rude,
que j'en ai été renversé. Vous m'avez attribué des
motifs si mercenaires, vous avez tellement méconnu
mes sentiments, vous avez repoussé si cavalièrement
ma déclaration, que j'en ai été confondu, décontenancé, atterré ! Heureusement que la nuit porte conseil ; j'ai gravi la montagne jusqu'au mont Alverne, et
quoique je ne sois pas un saint, je n'en ai pas moins
ressenti l'influence calmante de cet endroit béni.
Allez-vous encore me poursuivre de vos épigrammes
et m'accabler de vos dédains ? N'importe ; je reviens
pour vous dire, chère comtesse, que si l'avenir ne
vous fait pas peur, moi je n'en serais pas effrayé. Il
ne tiendrait qu'à moi d'accepter une ambassade ; on
m'en a souvent fait l'offre ; ou, si vous le préfériez,
nous pourrions mener une vie idyllique, en étant tout
l'un à l'autre, tout l'un pour l'autre, dans mon vieux
château calabrais, où tout est encore si grec ! Nous ne
roulerions pas sur l'or et sur l'argent sans doute,
puisque je suis pauvre, relativement parlant. Ah ! si
vous ne craigniez pas.....

LA COMTESSE *pâlissant*. — Mon cher duc ! vous
rêvez tout debout ! vous vous serez endormi à Alverne
et vous êtes encore sous quelque charme magnétique ;
vous ne tiendriez pas ce langage si vous étiez réellement éveillé.

LE DUC. — Non, je ne rêve pas et je n'ai de ma vie
parlé plus sérieusement. Vous pouvez ajouter foi à
ma parole, car je ne sais pas mentir ; j'ai cru, je le

confesse, que vous possédiez une grande fortune; or
pourquoi tant m'en vouloir de cette erreur? Je vous
aime, je vous adore pour votre beauté, pour votre
grâce, pour vos charmes, pour votre sincérité, même
pour vos défauts... je meurs d'amour pour vous, et ma
vie est à vous! Nous sommes l'un et l'autre de haute
volée; il me semble que nous sommes quelque chose
de mieux encore. Essayons soit de nous donner raison
contre le monde, soit de le gagner à notre cause : je
vous en laisse le choix.....

LA COMTESSE *émue*. — Tenez, cher duc; vous
feriez mieux d'aller en Belgique, ce serait plus
sage....

LE DUC. — L'occasion d'être sage à ce prix m'a souvent été offerte, sans qu'elle me tente jamais; lorsqu'on m'a dit que vous étiez très riche, je ne vous aurais pas même regardée, si je n'avais vu briller en
vous tout ce qui est digne d'être aimé; je ne possède
rien sur terre qu'un ancien nom et quelques arpents de
terre classique et encore aussi grecque qu'une idylle
de Théocrite. C'est tout ce que j'ai; je vous l'offre
d'un cœur passionné.... acceptez-vous, ou serez-vous
inaccessible à mes vœux?

LA COMTESSE *troublée balbutie*. — Si jamais vous
venez à vous en repentir, il ne faudra pas m'en faire
de reproches. J'ai été si malheureuse! C'est tout ce que
je puis vous dire en ce moment; seulement je crains
bien que nous ne manquions tous les deux de sagesse.

LE DUC *lui baisant la main avec transport*. — Ah!
chère comtesse, la seule vraie sagesse sur terre, c'est
l'amour!

La Comtesse. — Prenez garde, vous allez scandaliser le Père François !

Madame Vanscheldt *paraissant*. — Comment ! vous êtes revenu, duc ? je vous croyais parti pour toujours. Ne nous lirez-vous pas encore quelques contes de Boccace ?

Le Duc. — Je me sens plus disposé à lire du Pétrarque aujourd'hui, mais je lirai tout ce qui vous fera plaisir ; je dirai même la bonaventure à ces dames si elles le souhaitent.

Madame Vanscheldt *souriant*. — Je parierais que vous l'avez déjà dite à madame de Riom !

FIN

TABLE

LIBRAIRIE HACHETTE ET Cᴵᴱ

BOULEVARD SAINT-GERMAIN, 79, A PARIS

1883

ROMANS, NOUVELLES

ŒUVRES DIVERSES

1ʳᵉ SÉRIE, A 3 FR. 50 LE VOLUME

About (Ed.) : *Alsace* (1871-1872); 5ᵉ édit. 1 vol.
— *La Grèce contemporaine;* 8ᵉ édit. 1 vol.
— *Le progrès;* 4ᵉ édit. 1 vol.
— *Le turco.* — *Le bal des artistes.* — *Le poivre.* — *L'ouverture au château.* — *Tout Paris.* — *La chambre d'ami.* — *Chasse allemande.* — *L'inspection générale.* — *Les cinq perles;* 4ᵉ édit. 1 vol.
— *Madelon;* 8ᵉ édit. 1 vol.
— *Théâtre impossible;* 2ᵉ édit. 1 vol.
— *L'A B C du travailleur;* 4ᵉ édit. 1 vol.
— *Les mariages de province;* 5ᵉ édit. 1 vol.
— *La vieille roche :*
    1ʳᵉ partie : *Le mari imprévu;* 5ᵉ édit. 1 vol.
    2ᵉ partie : *Les vacances de la comtesse;* 4ᵉ édit. 1 vol.
    3ᵉ partie : *Le marquis de Lanrose;* 3ᵉ édit. 1 vol.
— *Le fellah;* 3ᵉ édit. 1 vol.
— *L'infâme;* 3ᵉ édit. 1 vol.
— *Le roman d'un brave homme;* 26ᵉ mille. 1 vol.

Amicis (de) : *Souvenirs de Paris et de Londres,* traduit de l'italien par Mᵐᵉ J. Colomb. 1 vol.

Charton (E.) : *Le tableau de Cébès,* souvenirs de mon arrivée à Paris. 1 vol.

Cherbuliez (V.), de l'Académie française : *Le comte Kostia;* 9ᵉ édit. 1 v.

Cherbuliez (V.) : *Prosper Randoce;* 4ᵉ édit. 1 vol.
— *Paule Méré;* 5ᵉ édit. 1 vol.
— *Le roman d'une honnête femme;* 9ᵉ édit. 1 vol.
— *Le grand œuvre;* 3ᵉ édit. 1 vol.
— *L'aventure de Ladislas Bolski;* 6ᵉ édit. 1 vol.
— *La revanche de Joseph Noirel;* 4ᵉ édit. 1 vol.
— *Études de littérature et d'art.* 1 vol.
— *Meta Holdenis;* 5ᵉ édit. 1 vol.
— *Miss Rovel;* 7ᵉ édit. 1 vol.
— *Le fiancé de Mˡˡᵉ Saint-Maur;* 4ᵉ édit. 1 vol.
— *Samuel Brohl et Cⁱᵉ;* 6ᵉ édit. 1 vol.
— *L'idée de Jean Téterol;* 6ᵉ édit. 1 vol.
— *Amours fragiles;* 3ᵉ édit. 1 vol.
— *Noirs et Rouges;* 6ᵉ édit. 1 vol.
— *La ferme du Choquard;* 6ᵉ édit. 1 vol.
— *L'Espagne politique* (1868-1873). 1 v.

Depret : *Nouvelles anciennes.* 1 vol.

Ferry (Gabriel) : *Le coureur des bois;* 9ᵉ édit. 2 vol.
— *Costal l'Indien;* 4ᵉ édit. 1 vol.

Houssaye (A.) : *Le violon de Franjolé.* 1 vol.
— *Voyages humoristiques.* 1 vol.

Kœcklin-Schwartz : *Un touriste en Laponie.* 1 vol.

Larchey (Lorédan) : *Les cahiers du capitaine Coignet* (1799-1815), publiés d'après le manuscrit original. 1 vol.

Lemaître : *La comédie après Molière et le théâtre de Dancourt.* 1 vol.

Marbeau (E.) : *Slaves et Teutons : notes et impressions de voyage.* 1 vol.

Marmier (X.), de l'Académie française : *En Alsace.* 1 vol.
— *Gazida,* fiction et réalité. 1 vol.
 Ouvrage couronné par l'Académie française.
— *Hélène et Suzanne.* 1 vol.
— *Le roman d'un héritier;* 2ᵉ édit. 1 vol.
— *Les fiancés du Spitzberg;* 4ᵉ édit. 1 vol.
 Ouvrage couronné par l'Académie française.
— *Lettres sur le Nord;* 5ᵉ édit. 1 vol.
— *Mémoires d'un orphelin.* 1 vol.
— *Sous les sapins*, nouvelles du Nord. 1 vol.
— *De l'est à l'ouest.* 1 vol.
— *Les voyages de Nils à la recherche de l'idéal.* 1 vol.
— *Robert Bruce; comment on reconquiert un royaume;* 2ᵉ édit. 1 vol.
— *Les âmes en peine*, contes d'un voyageur. 1 vol.
— *En pays lointains.* 1 vol.
— *Les hasards de la vie;* 2ᵉ édit. 1 vol.
— *Un été au bord de la Baltique;* 2ᵉ édit. 1 vol.
— *Histoire d'un pauvre musicien.* 1 vol.
— *Nouveaux récits de voyage.* 1 vol.
— *Contes populaires de différents pays,* recueillis et traduits. 1 vol.
— *Nouvelles du Nord.* 1 vol.

Marmier (X.) : *Légendes des plantes et des oiseaux.* 1 vol.
— *A la maison.* 1 vol.

Mézières (A.), de l'Académie française : *Hors de France.* 1 vol.
— *En France.* 1 vol.

Michelet (J.) : *L'insecte;* 9ᵉ édit. 1 vol.
— *L'oiseau;* 14ᵉ édit. 1 vol.

Peÿ : *L'Allemagne d'aujourd'hui* (1862-1882); 2ᵉ édit. 1 vol.

Ralston : *Contes populaires de la Russie.* 1 vol.

Saintine (X.-B.) : *Le chemin des écoliers;* 4ᵉ édit. 1 vol.
— *Picciola;* 49ᵉ édit. 1 vol.
— *Seul!* 5ᵉ édit. 1 vol.

Stahl : *Histoire d'un homme enrhumé.* 1 vol.

Topffer (R.) : *Nouvelles genevoises.* 1 vol.
— *Rosa et Gertrude.* 1 vol.
— *Le presbytère.* 1 vol.
— *Réflexions et menus propos d'un peintre genevois,* ou Essai sur le beau dans les arts. 1 vol.

Valbert . *Hommes et choses d'Allemagne.* 1 vol.
— *Hommes et choses du temps présent.* 1 vol.

Wey (Francis) : *Chronique du siège de Paris* (1870-1871). 1 vol.
— *Les Anglais chez eux;* 7ᵉ éd. 1 vol.
— *Petits Romans.* 1 vol.

2ᵉ SÉRIE, A 3 FR. LE VOLUME

Achard (Amédée) : *La chasse à l'idéal.* 1 vol.
— *Le journal d'une héritière;* 2ᵉ édit. 1 vol.
— *Les chaînes de fer.* 1 vol.
— *Les fourches caudines.* 1 vol.
— *Maxence Humbert.* 1 vol.
— *Le serment d'Hedwige.* — *Madame de Maillac.* 1 vol.
— *Olympe de Mézières.* — *Le mari de Delphine.* 1 vol.
— *Yerta Slovoda.* 1 vol.

Deltuf (P.) : *L'ordonnance de non-lieu.* 1 vol.

Depret : *Contes de mon pays.* 1 vol.
— *Silhouettes de villes.* 1 vol.
— *Chez les Anglais.* 1 vol.

Énault (Louis) : *En province;* 2ᵉ édit. 1 vol.
— *Olga;* 2ᵉ édit. 1 vol.
— *Un drame intime;* 2ᵉ édit. 1 vol.
— *Le roman d'une veuve;* 4ᵉ édit. 1 v.
— *La pupille de la Légion d'honneur.* 2 vol.
— *La destinée;* 3ᵉ édit. 1 vol.
— *Le baptême du sang;* 2ᵉ édit. 2 vol.
— *Le secret de la confession;* 2ᵉ édit. 2 vol.

Énault (L.) : *Irène, un mariage impromptu; — Deux villes mortes.* 1 vol.
— *La veuve;* 4ᵉ édit. 1 vol.

Erckmann-Chatrian : *L'ami Fritz;* 9ᵉ édit. 1 vol.

Féval (Paul) : *Cœur d'acier.* 2 vol.
— *Le mari embaumé.* 2 vol.

Fleuriot (Mˡˡᵉ Z.) *Tombée du nid.* 1 vol.
— *L'héritier de Kerguignon.* 1 vol.

Gautier (Théophile) : *Caprices et zigzags;* 3ᵉ édit. 1 vol.

Girardin (J.) : *Le locataire des demoiselles Rocher.* 1 vol.

Girardin (J.) : *Les théories du docteur Wurtz.* 1 vol.
— *Les épreuves d'Etienne* 1 vol.

La Cottière (Jacob de) : *Nos semblables.* 1 vol.

Ouida : *Umilta. — La récompense du vétéran. — Les oiseaux dans la neige. — La dernière des Castlemaine. — L'assiette de mariage.* Nouvelles traduites de l'anglais. 1 vol.
— *Amitié,* traduit par J. Girardin. 1 vol.
— *La princesse Zouroff,* roman traduit par J. Girardin; 2ᵉ édit. 1 vol.

Witt (Mᵐᵉ de) : *Tout simplement.* 1 vol.

3ᵉ SÉRIE, A 2 FR. LE VOLUME

About (Edm.) : *Germaine;* 13ᵉ édit. 1 vol.
— *Le roi des montagnes;* 15ᵉ édit. 1 vol.
— *Les mariages de Paris;* 70ᵉ mille. 1 vol.
— *L'homme à l'oreille cassée;* 10ᵉ édit. 1 vol.
— *Maître Pierre;* 8ᵉ édit. 1 vol.
— *Tolla;* 12ᵉ édit. 1 vol.
— *Trente et quarante. — Sans dot. — Les parents de Bernard;* 40ᵉ mille. 1 vol.

Ancelot (Mᵐᵉ) : *Antonia Vernon.* 1 vol.

Bertrand (L.) : *Au fond de mon carnier.* 1 vol.

Bombonnel (C.) : *Le tueur de panthères;* 4ᵉ édit. 1 vol.

Énault (Louis) : *Alba;* 5ᵉ édit. 1 vol.
— *Hermine;* 4ᵉ édit. 1 vol.
— *L'amour en voyage;* 5ᵉ édit. 1 vol.

Énault (L.) *Nadèje;* 6ᵉ édit. 1 vol
— *Stella;* 4ᵉ édit. 1 vol.
— *Un amour en Laponie;* 2ᵃ édit. 1 vol.
— *La vie à deux;* 3ᵉ édit. 1 vol.

Erckmann-Chatrian : *Contes fantastiques;* 4ᵉ édit. 1 vol.

Fabre (F.) : *Le chevrier.* 1 vol.

Ferry (G.) : *Le vicomte de Châteaubrun.* 1 vol.

Gérard (J.) : *Le tueur de lions;* 9ᵉ édit. 1 vol.

Méry : *Contes et nouvelles;* 2ᵉ édit. 1 vol.

Renaut (É.) : *La perle creuse.* 1 vol.

Viardot (L.) : *Souvenirs de chasse;* 7ᵉ édit. 1 vol.

Wey (Francis) : *Trop heureux.* 1 vol.

Zaccone : *Nouveau langage des fleurs,* avec 12 gravures en couleurs. 1 vol.

4ᵉ SÉRIE, A 1 FR. 25 C. LE VOLUME

Achard (A.) : *Les vocations.* 1 vol.

Anonyme : *Une conversion.* 1 vol.

Araquy (E. d') : *Galienne.* 1 vol.

Arnould (A.) : *Les trois poètes.* 1 vol.

Bernardin de Saint-Pierre : *Paul et Virginie.* 1 vol.

Berthet (Elie) : *Les houilleurs de Polignies;* 3ᵉ édit. 1 vol.

Chapus (E.) : *Le turf;* 2ᵉ édit. 1 vol.

Deschanel : *Physiologie des écrivains et des artistes,* ou *Essai de critique naturelle.* 1 vol.

Enault (Louis) : *Frantz Müller. — Le rouet d'or. — Axel.* 1 vol.
— *Christine;* 10ᵉ édit. 1 vol.
— *Pêle-mêle,* nouvelles; 2ᵉ édit. 1 vol.
— *Histoire d'une femme;* 5ᵉ édit. 2 vol.
— *Alba;* 6ᵉ édit. 1 vol.

Énault (L.): *Hermine;* 6° édit. 1 vol.
— *La vierge du Liban;* 4° édition.
1 vol.
— *Cordoval.* 1 vol.
— *Les perles noires;* 3° édit. 2 vol.
— *La rose blanche, Inès, une larme ou petite pluie abat grand vent;* 5° édit. 1 vol.

Fabre (Ferdinand): *Julien Savignac.* 1 vol.

Figuier (Mme L.): *Nouvelles langue-dociennes.* 1 vol.

Gautier (Th.) : *Militona;* 6° édit. 1 vol.

Geruzez (E.) : *Mélanges et pensées.* 1 vol.

Guizot (F.) : *L'amour dans le mariage;* 11e édit. 1 vol.

Houssaye (Arsène): *Galerie de portraits du dix-huitième siècle.* 5 vol.
    Les 2 premières séries sont épuisées.
    On vend séparément :
    3° série : *Poètes. — Romanciers. — Philosophes.*
    4° série : *Hommes et femmes de cour.*
    5° série : *Sculpteurs. — Peintres. — Musiciens.*

Jacques : *Contes et causeries.* 1 vol.

Joanne (Ad.): *Albert Fleurier.* 1 vol.

La Landelle (de) : *La meilleure part.* 1 vol.

Lamartine (A. de): *Graziella.* 1 vol.
— *Raphaël.* 1 vol.
— *Le tailleur de pierres de Saint-Point.* 1 vol.

Laprade (Jules de) : *En France et en Turquie,* nouvelles. 1 vol.

Lasteyrie (F. de): *Causeries artistiques.* 1 vol.

Laurent de Rillé : *Olivier l'orphéoniste.* 1 vol.

Marchand-Gerin (Eug.) : *La nuit de la Toussaint. — Il cantatore.* 1 vol.

Marco de Saint-Hilaire (E.) : *Anecdotes du temps de Napoléon Ier.* 1 vol.

Michelet (Mme): *Mémoires d'une enfant.* 1 vol.

Ponson du Terrail : *Le nouveau maître d'école;* 3° édit. 1 vol.

Prévost (l'abbé) : *La colonie rocheloise,* nouvelle extraite de l'Histoire de Cleveland. 1 vol.

Reybaud (Mme Charles) : *Misé Brun;* 2° édit. 1 vol.
— *Espagnoles et Françaises.* 1 vol.

Viennet : *Epitres et satires.* 1 vol.

Wailly (Léon de) : *Angélica Kauffmann.* 2 vol.

5° SÉRIE

BIBLIOTHÈQUE DES MEILLEURS ROMANS ÉTRANGERS

Traductions françaises

A 1 FR. 25 LE VOLUME

Ainsworth (W.) : *Abigaïl,* traduit de l'anglais, par Révoil. 1 vol.
— *Crichton,* traduit par Ch. Romey. 2 vol.
— *Jack Sheppard ou les Chevaliers du brouillard.* 2 vol.

Andersen : *Livre d'images sans images,* traduit de l'allemand par F. Minssen. 1 vol.

Anonymes: *César Borgia,* ou l'Italie en 1500, traduit de l'anglais par E. Scheffter. 2 vol.
— *Les pilleurs d'épaves,* traduit par Louis Stenio. 1 vol.

Anonymes : *Miss Mortimer,* traduit par E. de Valbeau.
— *Paul Ferroll,* traduit par Mme H. Loreau. 1 vol.
— *Violette,* chronique d'opéra, imitée par Old-Nick. 1 vol.
— *Whitehall,* traduit par E. Scheffter. 2 vol.
— *Whitefriars,* traduit par E. Scheffter. 2 vol.
— *La veuve Barnaby,* traduit par Mme Ambroise Tardieu. 2 vol.
— *Tom Brown à Oxford,* imité de l'anglais par J. Girardin. 2 vol.

Anonymes : *Mehalah*, traduit de l'anglais par Yorick Bernard-Derosne. 1 vol.
— *Molly Bawn*, traduit de l'anglais par Mme A. Tardieu. 1 vol.

Austen (Miss) : *Persuasion*, traduit de l'anglais par Mme Letorsay. 1 vol.

Azeglio (M. d') : *Nicolas de Lapi*, traduit de l'italien par Paul Vinger. 2 vol.

Beaconsfield (Lord) : *Endymion*, traduit de l'anglais par J. Girardin. 2 vol.

Beecher-Stowe (M^rs) : *La case de l'oncle Tom*, traduit de l'anglais par Louis Enault. 1 vol.
— *La fiancée du ministre*, traduit par H. de l'Espine. 1 vol.

Bersezio (V.) : *Nouvelles piémontaises*, traduites de l'italien par Amédée Roux. 1 vol.
— *Les anges de la terre*, traduit par Léon Dieu. 1 vol.

Black (W.) : *Anna Beresford*, traduit de l'anglais par A. Vaillant. 1 vol.

Blackmore (R. D.) : *Erema*, traduit de l'anglais par Fr. Bernard. 2 vol.

Braddon (Miss) : *Œuvres*, traduites de l'anglais. 40 volumes :
Aurora Floyd. 2 vol.
Henri Dunbar. 2 vol.
La trace du serpent. 2 vol.
Le secret de lady Audley. 2 vol.
Le capitaine du Vautour. 1 vol.
Le testament de John Marchmont. 2 vol.
Le triomphe d'Éléonor. 2 vol.
Lady Lisle. 1 vol.
Ralph l'intendant. 1 vol.
La femme du docteur. 2 vol.
Le locataire de sir Gaspard. 2 vol.
L'allée des dames. 2 vol.
Rupert Godwin. 2 vol.
Le brosseur du lieutenant. 2 vol.
Les oiseaux de proie. 2 vol.
L'héritage de Charlotte. 2 vol.
La chanteuse des rues. 2 vol.
Un fruit de la mer Morte. 2 vol.
Lucius Davoren. D. M. 2 vol.
Joshua Haggard. 2 vol.
Barbara. 1 vol.
Vixen. 2 vol.

Bulver Lytton (Sir Ed.) : *Œuvres*, traduites de l'anglais, 27 volumes :
Devereux. 2 vol.

Ernest Maltravers. 1 vol.
Le dernier des barons. 2 vol.
Le désavoué. 2 vol.
Le dernier jour de Pompéi. 1 vol.
Mémoires de Pisistrate Caxton. 2 vol.
Mon roman. 2 vol.
Paul Clifford. 2 vol.
Qu'en fera-t-il ? 2 vol.
Rienzi. 2 vol.
Zanoni. 2 vol.
Eugène Aram. 2 vol.
Alice ou les mystères. 1 vol.
Pelham ou aventures d'un gentleman. 2 vol.
Jour et nuit ou heur et malheur. 2 vol.

Caballero (F.) : *Nouvelles andalouses*, traduites de l'espagnol par A. Germond de Lavigne. 1 vol.

Caccianiga : *Le baiser de la comtesse Savina*, traduit de l'italien par L. Dieu. 1 vol.
— *Les délices du farniente*, traduit par le même. 1 vol.
— *Le bocage de Saint-Alipio*, traduit par le même. 1 vol.

Cervantès : *Nouvelles*, traduites de l'espagnol par L. Viardot. 1 vol.

Craik (Miss Mullock): *Deux mariages*, traduit de l'anglais par Mme J. Ala. 1 vol.
— *Une noble femme*, traduit par Stryienski. 1 vol.
— *Mildred*, traduit par Mme E. Robert. 1 vol.

Cummins (Miss) : *L'allumeur de réverbères*, traduit de l'anglais par J. Belin de Launay et Ed. Scheffter. 1 vol.
— *Mabel Vaughan*, traduit par Mme Loreau. 1 vol.
— *La rose du Liban*, traduit par Ch. Bernard-Derosne. 1 vol.

Currer-Bell (Miss Brontë) : *Jane Eyre*, traduit de l'anglais par Mme Lesbazeilles-Souvestre. 2 vol.
— *Le professeur*, traduit par Mme Loreau. 1 vol.
— *Shirley*, traduit par Ch. Romey. 2 vol.

Dasent : *Les Vikings de la Baltique*, traduit de l'anglais par Emile Montégut. 2 vol.

Dickens (Ch.) : *Œuvres*, traduites de l'anglais. 28 volumes.
Aventures de M. Pickwick. 2 vol.
Barnabé Rudge. 2 vol.

Bleak-House. 2 vol.
Contes de Noël. 1 vol.
David Copperfield. 2 vol.
Dombey et fils. 3 vol.
La petite Dorrit. 2 vol.
Le magasin d'antiquités. 2 vol.
Les temps difficiles. 1 vol.
Nicolas Nickleby. 2 vol.
Olivier Twist. 1 vol.
Paris et Londres en 1793. 1 vol.
Vie et aventures de Martin Chuzzlewit. 2 vol.
Les grandes espérances. 2 vol.
L'ami commun. 2 vol.
Le mystère d'Edwin Drood. 1 vol.
Dickens et Collins : *L'abîme,* traduit de l'anglais par Mᵐᵉ Judith. 1 vol.
Disraeli : *Sybil,* traduit de l'anglais. 2 vol.
— *Lothair,* traduit par Bernard-Derosne. 2 vol.
Voir ci-dessus *Beaconsfield.*
Edwardes (Mʳˢ Annie): *Un bas-bleu,* traduit de l'anglais par Gem. 1 vol.
Edwards (Miss Amélia): *L'héritage de Jacob Trefalden,* traduit de l'anglais par Guidi. 2 vol.
Farina (S.) : *Amour aveugle.* — *Bourrasques conjugales.* — *Un homme heureux.* — *Valet de pique.* Nouvelles traduites de l'italien par S. Blandy. 1 vol.
— *Le trésor de Donnina,* traduit par le même. 1 vol.
Fleming (M. A.): *Un mariage extravagant,* traduit de l'anglais par Ch. Bernard-Derosne. 2 vol.
— *Le mystère de Catheron,* traduit par le même. 2 vol.
— *Les chaînes d'or,* traduit par Yorick. 1 vol.
Freytag (G.): *Doit et avoir,* traduit de l'allemand par W. de Suckau. 3 vol.
Fullerton (Lady): *L'oiseau du bon Dieu,* traduit de l'anglais par Mˡˡᵉ de Saint-Romain. 1 vol.
— *Hélène Middleton,* traduit par M. Villaret. 1 vol.
Gaskell (Mʳˢ): *Œuvres,* traduites de l'anglais, 7 volumes :
Autour du sofa. 1 vol.
Marie Barton. 1 vol.
Marguerite Hall (nord et sud). 2 vol.
Ruth. 1 vol.
Les amoureux de Sylvia. 1 vol.

Cousine Philis. — *L'œuvre d'une nuit de mai.* — *Le héros du fossoyeur.* 1 vol.
Gerstæcker : *Les deux convicts,* traduit de l'allemand par Révoil. 1 vol.
— *Les pirates du Mississipi,* traduit par le même. 1 vol.
— *Aventures d'une colonie d'émigrants en Amérique,* traduit par X. Marmier. 1 vol.
Gœthe : *Werther,* traduit de l'allemand par L. Enault. 1 vol.
Gogol (N.) : *Tarass Boulba,* traduit du russe par L. Viardot. 1 vol.
Grenville Murray (E.) : *Le jeune Brown,* traduit de l'anglais par J. Butler. 2 vol.
— *La cabale du boudoir,* traduit par le même. 2 vol.
— *Veuve ou mariée?* traduit par le même. 1 vol.
— *Une famille endettée,* traduit par le même. 1 vol.
— *Étranges histoires,* traduit par le même. 1 vol.
Hacklænder : *Boutique et comptoir,* traduit de l'allemand par A. Materne. 1 vol.
— *La vie militaire en Prusse,* traduit par le capitaine L. Lemaitre. 4 vol. Chaque vol. se vend séparément.
— *Le moment du bonheur,* traduit par A. Materne. 1 vol.
Hall (capitaine Basil): *Scènes de la vie maritime,* traduites de l'anglais par A. Pichot. 1 vol.
— *Scènes du bord et de la terre ferme,* traduites par le même. 1 vol.
Hardy (T.) : *Le trompette-major,* traduit de l'anglais par Yorick Bernard-Derosne. 1 vol.
Harwood (J.) : *Lord Ulswater,* traduit de l'anglais par Léon Bochet. 2 vol.
Hauff : *Nouvelles,* traduites de l'allemand par A. Materne.
— *Lichtenstein,* trad. par de Suckau. 1 vol.
Haworth (Miss): *Une méprise.* — *Les trois soirées de la Saint-Jean.* — *Morwell.* Nouvelles traduites de l'anglais par Paul de Baussire-Seyssel. 1 vol.
Hawthorne : *La lettre rouge,* traduit de l'anglais par E. Forgues. 1 vol.

Hawthorne : *La maison aux sept pignons,* traduit par le même. 1 vol.

Heiberg (L.) : *Nouvelles danoises,* traduites du danois par X. Marmier. 1 vol.

Helm (Mme) : *Madame Théodore,* traduit de l'allemand par Camille Valdy. 1 vol.

Hildreth : *L'esclave blanc,* traduit de l'anglais par M. F. Mornand. 1 vol.

Hillern (Mme de) : *La fille au vautour,* traduit de l'allemand par J. Gourdault. 1 vol.

— *Le couvent de Marienberg,* traduit par le même. 1 vol.

Immermann : *Les paysans de Westphalie,* traduit de l'allemand par Desfeuilles. 1 vol.

James : *Léonora d'Orco,* traduit de l'anglais par Mme de Morvan. 1 vol.

Jenkin (Mrs) : *Qui casse paye,* traduit de l'anglais par Mme Léon Georges. 1 vol.

Jerrold (D.) : *Sous les rideaux,* traduit de l'anglais par A. Le Roy. 1 vol.

Kavanagh (J.) : *Tuteur et pupille,* traduit de l'anglais par Mme H. Moreau. 2 vol.

Kingsley : *Il y a deux ans,* traduit de l'anglais par H. de l'Espine. 2 vol.

Kompert : *Nouvelles juives,* traduites de l'allemand par Daniel Stauben. 1 vol.

Lawrence (G.) : *Œuvres,* traduites de l'anglais par Ch. Bernard-Derosne. 8 volumes :
Frontière et prison. 1 vol.
Guy Livingstone ou à outrance. 1 vol.
Honneur stérile. 2 vol.
L'épée et la robe. 1 vol.
Maurice Dering. 1 vol.
Flora Bellasys. 2 vol.

Lennep (J. van) : *Les aventures de Ferdinand Huyck,* traduites du hollandais par Wocquier et D. van Lennep. 2 vol.

— *La rose de Dekama.* 1 vol.

Longfellow : *Drames et poésies,* traduits de l'anglais par X. Marmier. 1 vol.

Ludwig (O.) : *Entre ciel et terre,* traduit de l'allemand par A. Materne. 1 vol.

Manzoni : *Les fiancés,* traduit de l'italien par Giovanni Martinelli. 2 vol.

Marsh (Mrs) : *Le contrefait,* traduit de l'anglais par L. Bochet. 1 vol.

Mayne-Reid : *La piste de guerre,* traduit de l'anglais par V. Boileau. 1 vol.

— *La quarteronne,* traduit par L. Stenio. 1 vol.

— *Le doigt du destin,* traduit par H. Vattemare. 1 vol.

— *Le roi des Séminoles,* traduit par B. H. Révoil. 1 vol.

— *Les partisans,* traduit par Héphell. 1 vol.

Melville (Whyte) : *Les gladiateurs : Rome et Judée.* Roman antique traduit de l'anglais par Ch. Bernard-Derosne. 2 vol.

— *Katerfelto,* traduit par le même. 1 vol.

— *Digby Grand,* traduit par le même. 2 vol.

— *Kate Coventry,* traduit par le même. 1 vol.

— *Satanella,* traduit par le même. 1 vol.

Mügge (Th.) : *Afraja,* traduit de l'allemand par W. et E. de Suckau. 2 vol.

Nouvelles du Nord, traduites du suédois, de A. Blanche, Frederika Bremer, J. L. Rudeberg, etc., par Léouzon Le Duc. 1 vol.

Ouida : *Ariane,* traduit de l'anglais par B. Buisson. 2 vol.

— *Pascarel,* imité par J. Girardin. 1 vol.

Pouchkine (A.) : *La fille du capitaine,* traduit du russe par L. Viardot. 1 vol.

— *Poëmes dramatiques,* traduits par I. Tourguéneff et L. Viardot. 1 vol.

Poynter (E.-F.) : *Hetty* (Among the hills), traduit de l'anglais par C. Stryienski.

Reade et Dion Boucicault : *L'île providentielle,* traduit de l'anglais par L. Bochet. 2 vol.

Reuter (Fritz) : *En l'année* 1813. Episode de la vie militaire des Français en Allemagne, traduit de l'allemand par E. Zeys. 1 vol.

Sacher-Masoch : *Le legs de Caïn,* contes galiciens, traduits de l'allemand. 1 vol.

Sacher-Masoch : *Le Nouveau Job*
— *Le laid.* Nouvelles traduites par
Mme Noémi Mangé. 1 vol.
— *A Kolomea*, contes juifs et petits-
russiens, traduits par A. Strebin-
ger. 1 vol.
— *Entre deux fenêtres.* — *Servatien
et Pancrace.* — *Le Castellan.* Nouvelles traduites par Mlle Strebin-
ger. 2 vol.

Segrave (A.) : *Marmorne*, traduit de
l'anglais par Ch. Bernard-Derosne.
1 vol.

Smith (J.) : *L'héritage* (Dick Tarle-
ton), traduit de l'anglais par Ed.
Scheffter. 3 vol.

Spielhagen (F.) : *Le mariage d'Ellen*,
traduit de l'allemand par Mlle Heinecke. 1 vol.

Stephens (Miss) : *Opulence et misère*,
traduit de l'anglais par Mme H.
Loreau. 1 vol.

Thackeray : *Œuvres*, traduites de
l'anglais. 9 vol.
    Henry Esmond, par Léon de
    Wailly. 2 vol.
    Histoire de Pendennis, par Ed.
    Scheffter. 3 vol.
    La foire aux vanités, par G. Guif-
    frey. 1 vol.
    Le livre des Snobs, par G. Guiffrey.
    2 vol.
    Mémoires de Barry Lindon, par
    L. de Wailly. 1 vol.

Thackeray (Miss) : *Sur la falaise*,
traduit de l'anglais par Mme E. Mar-
cel. 1 vol.

Tourguéneff (I.) : *Mémoires d'un
seigneur russe*, traduit du russe par
E. Charrière. 2 vol.

Townsend (V. F.) : *Madeline*, traduit de l'anglais par Mme S. Le
Page. 1 vol.

Trollope (A.) : *Le domaine de Belton*,
traduit de l'anglais par E. Dailhac.
1 vol.
— *La veuve remariée*, traduit par
Mme A. Tardieu. 2 vol.

Trolloppe (A) : *Le cousin Henry*, traduit par Mme H. Martel. 1 vol.

Trollope (Mrs) : *La pupille*, traduit
de l'anglais par Mme de la Fizelière·
1 vol.

Wichert : *Les perturbations.* — *Au
bord de la Baltique.* — *Le vieux
cordonnier.* Nouvelles traduites de
l'allemand par Mlle H. Heinecke.
1 vol.

Wilkie Collins : *Le secret*, traduit
de l'anglais par Old-Nick. 1 vol.
— *La pierre de lune*, traduit par
Mme de Clermont-Tonnerre. 2 vol.
— *Mademoiselle ou Madame ?* — *Un
drame dans la vie privée.* Nouvelles.
1 vol.
— *Mari et femme*, traduit par Ch.
Bernard-Derosne. 2 vol.
— *La morte vivante*, traduit par le
même. 1 vol.
— *La piste du crime*, traduit par C.
de Cendrey. 2 vol.
— *Pauvre Lucile !* 2 vol.
— *Cache-cache ou le mystère de Marie
Gryce*, traduit par C. de Cendrey.
2 vol.
— *La mer glaciale.* — *La femme des
rêves.* 1 vol.
— *Le spectre d'Yago.* Nouvelles tra-
duites par le même. 1 vol.
— *Les deux destinées*, traduit par A.
Hédouin. 1 vol.
— *L'hôtel hanté*, traduit par H. Dal-
lemagne. 1 vol.

Wood (Mrs) : *Les filles de lord
Oakburn*, traduit de l'anglais par
L. Bochet. 2 vol.
— *Le serment de lady Adélaïde*, traduit
par le même. 2 vol.
— *Le maître de Greylands*, traduit
par le même. 1 vol.
— *La gloire des Verner*, traduit par
de L'Estrive. 2 vol.

Zschokke : *Addrich des mousses*,
traduit de l'allemand par W. de
Suckau. 1 vol.
— *Le château d'Aarau*, traduit par
le même. 1 vol.

Paris. — Imprimerie Pillet et Dumoulin, 5, rue des Grands-Augustins.

LIBRAIRIE HACHETTE ET Cie

BOULEVARD SAINT-GERMAIN, 79

NOUVELLE COLLECTION DE ROMANS

FORMAT IN-18 JÉSUS

A 3 FRANCS LE VOLUME

Achard (A.) : La chasse à l'idéal.
1 vol.
— Le journal d'une héritière ; 2e édit.
1 vol.
— Les chaînes de fer. 1 vol.
— Les fourches caudines. 1 vol.
— Maxence Humbert. 1 vol.
— Le Serment d'Hedwige. — Madame de Meilach. 1 vol.
— Olympe de Mézières. — Le mari de Delphine. 1 vol.
— Yerta Slovoda. 1 vol.
Deltuf (P.) : L'ordonnance de non-lieu. 1 vol.
Depret : Contes de mon pays. 1 vol
— Silhouettes de ville. 1 vol.
— Chez les Anglais. 1 vol.
Dickens (Ch.) : Le mystère d'Edwin Drood. Roman traduit de l'anglais par Ch. Bernard Derosne.
1 vol.
Enault (Louis) : En Province.
2e édit. 1 vol.
— Histoire d'une femme ; 4e édit
1 vol.
— Irène. — Le mariage impromptu. — Deux villes mortes. 1 vol.
— Olga. 2e édit. 1 vol.
— Un drame intime ; 2e édit. 1 vol.
— Le roman d'une veuve ; 4e édit
1 vol.
— La pupille de la Légion d'honneur. 3e édit. 2 vol.
— La destinée ; 3e édit. 1 vol.
— Les perles noires. 1 vol.
— Le Baptême du sang ; 2e édit
2 vol.

— Le secret de la confession ;
2e édit. 2 vol.
1re partie : Entre deux femmes.
1 vol.
2e partie : Servante et maîtresse. 1 vol.
— La veuve ; 2e édit. 1 vol.
Erckmann-Chatrian : L'Ami Fritz ; 7e édit. 1 vol.
Faugère (P.) : Fragments de littérature morale et politique. 2 vol.
Féval (P.) : Cœur d'acier. 2 vol.
— Le mari embaumé. 2 vol.
Frarière (A. de) : Les abeilles et l'apiculture, avec 23 vignettes ;
2e édit. 1 vol.
Gauthier (Th.) : Caprices et zigzags ; 3e édit. 1 vol.
Génissien (F.) : En prenant le thé.
1 vol.
— Un Fils d'Ève. 1 vol.
Gogué : La cuisine française ;
4e édit. 1 vol.
La Cottière (Jacob de la) : Nos semblables. 1 vol.
La Vallée (J.) : La chasse à tir en France, avec 30 vignettes, par F. Grenier ; 5e édit. 1 vol.
— La chasse à courre ; 4e édit. 1 vol.
avec 20 vignettes.
Léo (A.) : Les deux filles de M. Plichon. 1 vol.
— L'idéal au village. 1 vol.
Ouida : Pascarel, roman imité de l'anglais, par J. Girardin. 1 vol.
Pellier (J.) : L'équitation pratique ;
3e édit. 1 vol.
Rendu (V.) : Les insectes nuisibles à l'agriculture. 1 vol. avec 47 figures.

Imprimeries réunies, B.

www.ingramcontent.com/pod-product-compliance
Lightning Source LLC
Chambersburg PA
CBHW072105020726
47501CB00003B/717